後宮医妃伝二
～転生妃、皇后になる～

涙鳴

STARTS
スターツ出版株式会社

目次

後宮医妃伝二～転生妃、皇后になる～

一章　見えない女王蜂の針

北の果ての海に浮かぶ大陸、その全土を領地とする雪華国《せっかこく》に新皇帝《こうてい》が即位した。

その輝かしい歴史の裏側には、あらゆる病《やまい》を治し、人々を癒《いや》す、神通力《じんつうりき》を会得《えとく》した仙人——医仙《いせん》の存在があったとか。

人々は言う。伝説上の山岳——天雲山《てんうんざん》にある仙界《せんかい》から、地上へと舞い降りた医仙が真の皇帝を選び、その座に導いたのではないかと。

そして皇帝は白花《しらはな》のごとく美しい医仙を後宮妃に据えた。後宮でただひとり惜しみない寵愛《ちょうあい》を注《そそ》がれ、仙人でありながら皇后《こうごう》として皇帝の隣に立つ、彼女の名は——。

「白蘭《びゃくらん》、今日は琥劉《くりゅう》陛下と御花園《ぎょかえん》を散歩するんじゃなかった?」

赤漆《せきしつ》の花窓《はなまど》から、湿った空気が入り込んでくる。今の皇帝が皇子の頃に与えられた殿舎《でんしゃ》——青蕾殿《せいらいでん》。その中にある後宮の外れに、患者用の寝台や調剤台、薬草を煎《せん》じるためのかまど、豊富な生薬《しょうやく》が揃《そろ》った薬棚など、治療に必要なものが備えられた医仙《いせん》宮《きゅう》はある。その医仙宮の薬棚の前で、私を振り返って声をかけてきたのが、薬の在庫を確認していた医妃《いひ》付き薬師《くすし》の姜《よう》麗玉《れいぎょく》だ。

「そうなんだけど、雨が降ってきちゃったわね」

麗玉は私と同じ十九歳で、茶色の大きな瞳が愛らしい。頭の高い位置で二つ結びにされた栗色の髪は、根元がお団子になっていてお人形のよう。だが、高飛車で気が強いのが彼女だ。

雪華国随一《ずいいち》の薬店の娘で、女に生まれたために薬師になれず、城と実家が円滑に取引できるようにと後宮入りさせられた麗玉。実家では男に生まれた弟ばかりが可愛がられ、役立たずになりたくない一心で貴妃《きひ》まで上り詰めたが、その地位を奪われたくないという思いから他の妃嬪に毒を盛ってしまい、唯一の味方であった親友も失った。

一度は冷宮《れいぐう》に入れられ、自暴自棄になっていた時期もあったが、親友が好きになってくれた自分らしく生きる。そう決めてからは本来の夢であった薬師となり、私の力になってくれている。彼女のお団子に結ばれている桃色の布紐は、その親友の形見だ。

「失礼いたします、医妃様」

藤色の瞳と、右目の下にあるほくろが妖艶《ようえん》な美女が入ってきた。白襦袢《しろじゅばん》の上から着ている柚子《ゆず》色の袖のない短い上衣《じょうい》と、合わせ襟と同じ茶色の下衣《かい》に身を包んでいる。

建前上は医妃付き女官《にょかん》及び後宮内のしきたりや、妃の振る舞いを教えてくれる教育係ということになっているが――。

「猿翔《えんしょう》、お疲れ様。外では猫百匹被って生活しなきゃならないなんて、地獄よね」

ねぎらったつもりなのだが、猿翔はぶっと吹き出して笑う。

「猫百匹って、確かに違いないけどさ」

これが本来の猿翔の話し方だ。後ろで三つ編みにされた長い梔子《くちなし》色の髪を揺らし、片目を瞑《つぶ》る仕草はどこからどう見ても女人《にょにん》だが、見た目に騙されてはならない。彼はれっきとした男だ。

「俺と麗玉嬢以外の使用人がいないから、俺があちこち外に出て回らなきゃなんだけどね。俺の本業、護衛役なのに」

　そう言って、目の前まで歩いてくる猿翔を見上げる。

　私より四歳年上の彼は禁軍大将軍《きんぐんだいしょうぐん》の養子で、孫《そん》猿翔という。彼は妓女《ぎじょ》だった姉が今の皇帝の兄である第一皇子に嫁《とつ》いだっきり連絡が取れなくなり、心配して後宮女官として潜入したところを禁軍大将軍に見つかった。捕らえられそうになったが、猿翔は元妓楼の用心棒だ。応戦したところ、その身軽さと変装術を買われ、武将にまでなったそう。今は皇帝の命で女官に扮《ふん》し、私の護衛役をしてくれている。

　私はそんな彼らと共に、後宮の階級に属さず、医術を施すことにおいて皇后と同等の権力を行使《こうし》できる後宮の医妃として、後宮内外関係なく患者に治療を施している。

「ふふ、いつも守ってくれてありがとう、猿翔」

「……うん、いきなりそういうこと言うのやめようね。俺の心の臓に悪いから」

　にっこり笑ったまま、胸を押さえている猿翔。その耳が少し赤く、微笑ましく思っていると、猿翔は「あ、そうだ、そうだった」と不自然に話題を変える。

「陛下から、麗玉嬢にって預かってきたものがあるんだ」

「え、私に？」

薬棚の引き出しを閉めて、麗玉が目を瞬《しばた》かせた。

私と麗玉は、円卓に大きな風呂敷包みを置いた猿翔のもとへ集まる。

「琥劉陛下が先月、科挙《かきょ》を実施したでしょ」

そうなのだ。私の夫、雪華国の第十三代皇帝である雪華琥劉は、身分や年齢、性別を問わず優秀な者を城の要職に登用《とうよう》する科挙を実施した。すでに官職についている者も参加でき、結果次第で高官に昇進することもできるそうだ。

官吏《かんり》も武官も身分に関係なく、外から優秀な者を連れてきて、城内の風通しをよくできれば、血を重んじるばかりに起こる権力争いをなくしていけるのではないかと考えてのこと。それだけ、ここでは簡単に血が流れる。それを生まれたときから目にしてきた琥劉だからこそ、成し遂げたい気持ちは人一倍あったはずだ。

「麗玉も宮廷《きゅうてい》薬師の試験を受けたのよね」

そう言って麗玉を見れば、気恥ずかしそうに「まあね」とぶっきらぼうに答える。

琥劉は後宮妃たちが親の権力のために自分の寵愛を求め、傷つけ合うことに胸を痛めていた。即位したら『女人でも好きな仕事に就けるようにしたい』という思いを現実のものとし、女人の未来を切り開いたのもそんな理由からだ。

「白蘭のはからいで医妃付き薬師になったけど、それってコネに違いないじゃない？

私、自分の力でのし上がって、胸を張って薬師だって言えるようになりたかったから」

麗玉から科挙に挑戦したいと言われたとき、負けず嫌いで努力家の彼女らしいなと真っ先に思った。

「そういう機会をくれた陛下や白蘭に、すごく感謝してるの。もちろん、同じ医仙宮で働く同僚で仲間の猿翔にもね」

「でもさ、麗玉嬢。尚薬局《しょうやくきょく》に行かなくてよかったの？　実家にいる両親を見返す、いい機会だったんじゃない？」

本来、宮廷薬師は官吏などを治療する医官や皇族及び後宮妃を治療する侍医《じい》、軍の遠征についていく軍医などが所属する尚薬局に配属されるのだが、麗玉は医仙宮への配属を希望したのだ。

「あそこは父様がもともと薬師として勤めてた場所よ。私の価値も見抜けなかったあんなやつの息がかかったところで働いてたら、人間腐るわ」

私と猿翔の『あんなやつ……』『人間腐る……』という心の声が重なる。貴妃の面影はいずこへ。

「女で、やさぐれた廃妃《はいひ》だった私を薬師として取り立ててくれたのは白蘭よ。科挙を受けたのは、堂々と薬師を名乗れるようになりたかったからだって言ったじゃない。白蘭の薬師を辞めるつもりなんて初めからないわ。それに、別の部署なんて、それこそ猫百匹被んなきゃでしょ。無理無理、疲れるわ」

要約すると、医仙宮にいたいってことね。それがわかり、私と猿翔はニヤニヤする。

「顔がうるさいわよ！　で、その風呂敷包みはなんなの？」

恥ずかしさを誤魔化《ごまか》すためか、麗玉は勝手に包みを開けてしまう。

中から出てきたのは襖裙《おうくん》――斜め襟の上着を下衣の中に入れずに着る服だ。桃色の上衣には桃の花が、ヒダが折り重ねられた黄白色《おうはく》の下衣には白雲《しらくも》が刺繡されている。

「薬師の官服《かんぷく》だって。後宮妃に付く女官や宦官《かんがん》は見劣りしないように、主が身なりを着飾らせるでしょ。でも、いつまでも襦裙《じゅくん》じゃ動きにくいだろうからって、陛下から試験合格の祝いもかねて、麗玉嬢に贈るそうだよ」

「琥劉……本当なら私がしないといけないことだったのに、そこまで気を回してくれてたのね」

主が身なりを着飾らせるっていう概念がなかったわ。麗玉に申し訳なさすぎる。

「姫さんの頭の中は、医術のことばっかりだからね。そういう後宮のしきたりに疎《うと》いだろうことは、陛下も承知の上で贈ったんだと思うよ」

「うっ……でもね、私も贈り物を用意したのよ？」

忙しくて渡せずじまいだったが、私は文机《ふづくえ》に置いてあった風呂敷包みを開け、黒い漆塗りの箱を彼女の前に運ぶ。麗玉に似合う桃の花の金箔《きんぱく》があしらわれたものだ。

「琥劉の持ってる文箱《ふばこ》が綺麗でね。それを作った職人に頼んで、特別にあつらえてもらった道具箱なの。開けてみて」

開ける本人よりもうずうずしながら、麗玉が銅の取っ手を掴んで蓋を持ち上げるのを見守る。蓋が開くと薬箪笥《だんす》は三段に広がり、麗玉と猿翔が「おおっ」と感嘆した。

中にはいくつも仕切りがあり、多くの生薬が収納できる。他にも漢方薬を調剤するのに使う小ぶりの両手包丁や鉢、薬研《やげん》などの道具も揃えた。私の世界の知識を総動員して、職人に無理を言い作らせた、世界にひとつだけの道具箱だ。

「なにこれ、嬉しすぎる……」

いつもは素直じゃない麗玉が、ひしっと首にしがみついてきた。

「私は薬師のあなたを尊敬してる。与えられたものだけで満足しない性格も、なにもかもが好きよ。だから、敬意と愛情を込めて贈るなら、これにしようって決めてたの」

麗玉が顔を埋めている、私の肩口が冷たい。たぶん、泣いているのだろう。

「まだ終わってないよ、麗玉嬢。俺からはこれ」

猿翔は懐《ふところ》から上質そうな布包みを取り出した。

麗玉が私に引っ付いたまま顔を上げると、布を開く猿翔。中には大振りで長い金装飾がついている、雫《しずく》状の紅翡翠《べにひすい》の耳飾りが三組ある。

「俺たち、三人でひとつでしょ。だから、今回の麗玉嬢みたいに、誰かが新しい道に踏み出すことがあったとき、いつでも俺たちがいるってことを忘れずにいよう」

「お揃いね、気に入ったわ」

鼻を啜《すす》りながら、麗玉は耳飾りをつける。

「なんだか私たちって、琥劉と愉快な仲間たちみたいよね」

私も今までつけていたものから、猿翔の耳飾りにつけ替えた。

ちなみに紅翡翠は、私の銀の首飾りにもあしらわれている。今着ている金銀糸《きんぎんし》の装飾が美しい赤の襦裙も、頭の横にある紅牡丹《べにぼたん》も、すべて琥劉が贈ってくれたものだ。

ここへ身ひとつで来たというのに、いつの間にか私には宝物がたくさんできていた。

「ぶっ、愉快な仲間たちって、うちの親父と英秀《えいしゅう》先生のこと？」

猿翔はまたも吹き出し、おかしそうにそう言った。

「まあ、だから俺たちは紅翡翠なんだけどね」

自分の耳飾りを指で弾く猿翔。きょとんとする私に、麗玉は呆れている。

「私はすぐにわかったのに、どうして本人が気づいてないのよ。これは白蘭の色でしょ？　あの三人の中心に陛下がいるように、私たちの中心には白蘭がいるってこと！」

今度は、私が涙ぐむ番だった。ふたりにひしっと抱き着き、「愛してる！」と叫んでしまう。私の居場所は、もうここなのだと実感する。

「もう！　いいから、さっさと陛下のところに行きなさいよ！」

照れながら私を引き剥がした麗玉が、扉の外に向かって顎をしゃくった。

「傘も忘れずにね」

猿翔が紅い油紙を貼り、竹を骨にした雨傘を渡してくれる。

「陛下にお礼を伝えておいて」

麗玉が官服を自分の身体に当てながら言う。私は「わかったわ」と返し、ふたりに見送られて医仙宮を出た。


琥劉の即位から半年が経《た》ち、皆がひとつ歳を取った。

皇帝になってから、医仙宮にも来られないほど政務に追われている琥劉とは、即位式のあとから会える時間が格段に減っている。そんな中、琥劉が朝議《ちょうぎ》のあとに一緒に御花園を散歩しようと誘ってくれたのだが、生憎《あいにく》の雨だ。

雨が降ると、決まって思い出すのは、過去よりも遠い記憶のこと。年中降り積もっている雪に足を取られつつ、私は御花園に向かいながら、これまでのことを振り返る。

白蘭になる前の私は、白井蘭《しろいらん》という名前で、ここことは別の世界、別の国――日本で看護師として生きていた。恐らく災害で元の世界は壊れ、二十七年の生涯に幕を閉じたあと、私はこの雪華国に転生していた。

看護師の知識や技術はこの世界では神の御業《みわざ》かのようにとられ、おまけに転生の後遺症なのか、この世界でも珍しい白銀色の髪と紅色の瞳を持って生まれたのも相まり、皆が私を医仙だと噂した。琥劉もそれを聞きつけ、都《みやこ》の華京《かきょう》から最も遠い冬州《とうしゅう》にある白龍山《はくりゅうざん》にいた私を攫《さら》い、自分の病を治す夜伽係《よとぎがかり》兼出世の道具にしようとした。

初めはそんな琥劉に怒りがわいたが、彼が抱えていたPTSDという心のトラウマが原因で起こる病は、災害を経験し、親友の芽衣《めい》を目の前で失った私にとっても他人事《ひとごと》ではなかった。その苦しみを知っているだけに、なんとかしたいと関わっているうちに、『ほっておけない』が『好き』に変わって、『愛してる』になった。

「琥劉がいてくれるから、雨が降っても、もう怖くない」

私は傘を傾け、空を仰ぐ。災害があった日と同じ天気になると、ときどき親友の幻覚を見ることがあった。芽衣がそんなことを言うはずがないのに、『あなただけ、なぜ生まれ変わったの』と恨む幻聴が聞こえることも。でも、芽衣が琥劉の先祖がいる時代に転生していたことがわかった。先祖である始皇帝《しこうてい》と結ばれ、その血を琥劉が継いでいると知ったときは、親友の子孫と自分がまさか結ばれるなんてと運命を感じた。

これまでの出来事に思いを馳せているうちに、御花園の入り口が見えてくる。

御花園は四後宮の中央にあり、皇帝や皇子、妃嬪《ひひん》たちの共有庭園だ。四後宮といっても、琥劉が即位したことで他の皇子の後宮は閉じられた。他の皇子の妃嬪は褒賞を渡され、権力争いが起きぬよう故郷へと戻したそうだ。今は青蕾殿の後宮だけがある。

でも、琥劉はいずれ自分の後宮すらも閉じるだろう。前に『後宮妃たちが寵愛を得るために傷つけ合い、心を病んでしまうくらいなら、後宮を失くしてしまいたい』と切実に語っていたからだ。私が後宮に入ってからも、多くの妃たちが命を落とした。どんな相手であれ、人が死ぬところなど、私も見たくない。

私は御花園に足を踏み入れ、彼がいる如休亭《じょきゅうてい》と呼ばれる東屋《あずまや》に向かって歩き出す。大きな池には、雨の雫が作った波紋がいくつも浮かんでいた。それを見つめている彼の横顔には、憂《うれ》いが滲《にじ》んでいる。

「琥劉」

振り返った彼の金の瞳が、私を映した途端に感情を表す。普段は無表情な彼だが、こうして私にだけ心を見せてくれることが、なにより嬉しい。

傘を閉じて近くの柱に立てかけると、私は琥劉のそばに行く。

長い黒髪の上半分をまとめている瑠璃《るり》の髪留め、藍色の上衣下裳《かしょう》に金の帯、腰には黄金の装飾が施された長剣《ちょうけん》──威厳ある装いをした彼こそ、この国の皇帝だ。

だが、今目の前にいる琥劉は、皇帝の鎧を脱いだ私と同い年のただの青年だ。

「私が雨女なのか、あなたが雨男なのか、今日に限ってついてないわね」

浮かない顔をしているので、なにかあったのだろうが、あえて尋ねなかった。言葉にできない悩みなら、きっと日記に書いているからだ。

日記は治療の一環で始めたものだが、今も私たちは続けている。ふたりで帳面を覗《のぞ》き込み、寄り添う時間をお互いに大切に思っているからだ。

「そうでもない。雨が降ったから、ここでお前とふたりきりになれた」

ほら、たった一言で、憂鬱《ゆううつ》な雨を特別なものに変えてくれる。そんな琥劉に、自然と私の頬も緩《ゆる》む。

「その考え方、好きだな。世界の在り方なんて、気にすることないのよね。大事なのは、私たちがなにを大切に思うかなんだわ」

「ああ。俺はお前さえいれば、他は割とどうでもいい」

私たちは見つめ合って、同時に笑みをこぼした。

「白蘭、その耳飾り、似合っている」

すぐに私の変化に気づいてしまう琥劉に、頬がじんわりと熱くなる。

「これ、猿翔に貰ったの。仲間の印、みたいなものね」

耳飾りに触れながら言えば、琥劉は苦虫を嚙み潰《つぶ》したような顔になる。

「言っておくけど、麗玉も貰ったわよ？」

それを聞いた琥劉は、わかりやすいほど、ほっとしていた。

「それから、麗玉で思い出したわ。あなたにお礼を言っておいてって」

「ああ、あの襖裙を猿翔が渡したのだな」

「ええ。すごく喜んでたわ。あなたが頑張ってくれたから、麗玉は前よりももっと、自分に自信が持ててる。女人の未来を切り開いてくれて、ありがとう」

琥劉は参ったな、というように笑う。

「皇帝が見返りを求めるなど、あってはならないことだとは思うが……お前に褒められると、やはり力を尽くしてよかったと思う」

今まで血筋を重んじ、その一族が代々重役に就いてきたため、科挙は大臣からも反発があったそうだ。だが、琥劉はそれで古参の者たちが必要なくなるということではなく、次の世代を育てる人材として必要なのだと説《と》き、新たに『師伯《しはく》』という役職を作った。それはあらゆる官職において、適応されるそうだ。

「褒められて伸びる皇帝だっているはずよ。だから、あなたがそれを嬉しいと思うなら、私は何度だって、あなたを甘やかすわ」

「……甘やかしたいのは、俺も同じだ」

躊躇《ため》らいがちに伸びてきた腕が、私をそっと抱き寄せる。

私たちは琥劉が即位するまでの期間限定の夫婦だった。私は自由になるため、琥劉は病を治して即位するため、利害が一致しての関係だったのだ。

今は心から結ばれたとはいえ、会えないことの方が多く、あれだけ一緒にいたというのに、想いを確かめ合ってからは琥劉のそばにいると、まるで付き合い始めたばかりの恋人同士のように胸が高鳴って落ち着かなくなる。
「即位してから、片付けても片付けても政務に追われる。そのせいで、俺はお前にな
にもしてやれていない。本当にすまない」
「なに言ってるの。私のために時間を作ってくれたでしょう？　今のあなたにとって、
それがどれだけ大変なことなのか、わかってるつもりよ。だから、私のことにまで、
気を回さなくていいのよ。ちゃんと、あなたの気持ちは伝わってるわ」
「そうではない。俺が耐えられない。毎日、寝顔を見るだけでは足らない」
「……ん？　寝顔って？」
　そこで琥劉が、ばつが悪そうに視線を逸らす。私は目を細め、「琥劉～？」とその
顔を両手で挟んだ。
「まさか、人の寝顔を見に来てたの!?」
沈黙は肯定と同じ。私はため息をついて苦笑すると、背伸びをして、その頬に自分
から口づけた。
「……！　怒っていない……のか？」
微《かす》かに目元を赤らめつつ、琥劉は不安そうに尋ねてくる。
「怒ってない。恥ずかしかっただけよ。今さらだけど、寝顔って、女人はあんまり見
られたくないものなのよ。口開けて寝てるかもしれないし、半目かもしれないし……」

「だが、俺だけが見られる姿だ。お前はいつもしっかりしているゆえ、もう少し無防備なところも見てみたい」

今度は私が息を呑む番だった。天然は無自覚でこういうことを言うから怖い。

「――白蘭」

他愛ない会話の中で、空気が和《やわ》らいだからだろう。琥劉は改まった様子で、私の名前を呼んだ。私は琥劉から少しだけ身体を離し、真っすぐ向き合う。

「実は即位してから、皇后を決めるべきではと、朝議で話が出ている」

即位式のあと、琥劉からは『俺の皇后になってほしい』と言われている。だが、琥劉の浮かない顔から察するに、その申し入れでないことはわかった。

「科挙で新しく決まった六部長官《りくぶちょうかん》らと、四大臣《しだいじん》から上書《じょうしょ》で嘆願《たんがん》されたのだ」

「六部長官からも？　任命されてから半年で、皇帝の婚姻にまで意見できるのね」

前の六部長官らは謀反《むほん》を起こした第四皇子から賄賂《わいろ》を受け取り、それに加担したとして一斉退任に追い込まれた。その関係で、科挙で新たに六部長官が選ばれたのだ。

古参の四大臣と新参の六部長官。反発もあるだろうが、いい刺激になるだろうと、琥劉は前向きだ。

「ああ。前は四大臣らの権力が強かったが、六部長官らは科挙で選ばれたという実績《じっせき》があるゆえ、強気だ。自主性は歓迎できるが、古参の大臣らの機嫌も損ねぬよう、立場の均衡をとっていく必要がある」

「気苦労が絶えないわね……」

少しやつれた琥劉の頬を撫でる。すると、私の手の甲に琥劉も手を重ねてくる。

「そんな苦労は、どうということはない」

「なら、あなたの気が重たいのは、上書の内容のせいね」

「……ああ。皇太后《こうたいごう》が亡くなった今、早々に後宮を束ねる人間が必要だ。そして、俺が即位するまでに、皇室には多くの血が流れた。民にめでたい知らせを聞かせるためにも、皇后を決めるべきだろうと」

後宮の主になれるのは、皇后及び皇太后だけだ。琥劉の母君である皇太后は第四皇子の謀反で崩御《ほうぎょ》し、今の後宮には管理者がいない。妃嬪が皇帝の世継ぎを産むという役目を果たせるよう、後宮をきちんと機能させるために大臣らが急《せ》くのは当然だ。

「候補は四大臣や六部長官が選んだ。その中の最有力候補は同盟国の第十三皇女《おうじょ》だ」

「……っ」

予想はしてたけど、候補の中に私がいるわけないわよね。私には国の利益になるような後ろ盾も、身分もない。

「皇帝が即位したばかりの国は、法体制や官吏の人事、国内の情勢を落ち着かせるのに気が取られていると思われるゆえ、侵略されやすい。それを見越して、同盟をより強固なものにするのが狙いだろう」

「あなたはそれを、どう切り出すべきか、ずっと悩んでいたのね」

ここで立ち尽くしていた、琥劉の憂いを帯びた横顔を思い出す。

「事情はわかったわ。あなたは、まだ即位して日も浅い。今は新しい官吏たちにも認められて、朝議を有利に進められるように、足場を固めたい時期でしょう?」

声が重くなる。立場をわきまえているように装ってはいるが、ぼろが出ない自信がない。心は、私だけを見ていてほしいと叫んでいる。

「でも、この話を断ったら、あなたの立場が悪くなる。皇帝のあなたを、私だけが独占するなんてできない。その覚悟を……私も決めないといけないのよね」

——琥劉は、私ひとりだけのものではない。

頭では理解していても、心は簡単に受け入れられない。それでも、いちばん胸を痛めているのは琥劉だから、私はそれを表には出してはいけない。

「自分が望むものだけを守り、大切にすることができれば……どんなにいいか。そういう立場ではないとわかってはいるが……息が詰まりそうだ。皇帝はこうして、孤独になっていくのかもしれない」

琥劉の悲痛な面持ちを見ると、私まで苦しくなる。誰よりも大切なのに、その人のいちばんになれないつらさは、琥劉も同じ。皇帝としての正しい決断を鈍らせてしまうほど、琥劉にとって私は大きな存在。それがわかっただけで、今は十分だ。

「私が、あなたを孤独な皇帝にはしない」

琥劉の目が見開かれる。私は誓うように、琥劉の手を握った。

「あなたがひとりで歩まなくて済むように、その道に追いつけるように、私にできることがあるなら、それを見つけたい」

ずっと医術しか学んでこなかったから、すぐには思い当たらないけれど、後ろ盾がなくても琥劉を支えられる存在になってみせる。そのために必要なことがあるなら、全力で取り組むつもりだ。

「今はお互いのためだけに生きることはできないけど、いつか、それも叶う道を進めるように……」

胸の痛みに耐え、滲む涙は瞬きで押し込み、声の震えを気力だけで抑え込む。

「今のあなたが、正しいと思うことをして」

琥劉の表情が、痛々しく歪《ゆが》んだのは一瞬。私の覚悟に応えるように、琥劉は強く見つめ返してくる。

「わかった。近々、その皇女を妃として後宮へ迎える。すぐに皇后になることはないが、候補である以上は後宮でも権力を持つことになるゆえ、用心してくれ」

「大丈夫よ。前に言ったでしょう。たとえ、あなたにこの手を振りほどかれることがあったとしても、離れないって」

私たちは両手を重ね、固く握り合う。

「覚えている。俺が捕まえていたいと思った女は、白蘭だけだ。苦しめるとわかっていても、もう離せない」

先が見えない未来を、お互いに照らし合うように、唇を重ねる。

遠くで響く雨音も、降り積もる雪の寒さも、世界は私たちに冷たいけれど、こうして触れ合っていれば温かい。だからきっと、あなたさえいれば、大丈夫――。


ひと月後、九頭の蛇の模様がある、赤い錦《にしき》に囲まれた華やかな輿《こし》で、同盟国の皇女が雪華国にやってきた。大国の皇女だけあって、担《かつ》ぎ手や護衛の武官、道中の身の回りの世話をする女官も併せて、何百人もの行列を引き連れた大掛かりな輿入れだ。

先帝の代から同盟が結ばれたという『蛇鴻国《じゃこうこく》』は、南の大陸を領地とする。雨は多いが年中蒸し暑く、砂漠地帯で、そこに住まう者は皆、褐色の肌をしているそうだ。

私が城に来る前、琥劉は一度も後宮に足を運んだことがなかった。というのも琥劉はその頃、帝位争いの真っ只中で、後宮に構っている暇がなかったのだ。世継ぎの心配をした皇太后が勝手に迎えた妃ということもあり、余計に足が向かなかったそうだ。

それゆえに後宮の正門から入ってきた皇女の輿を琥劉自ら出迎えたことには、もともといた青蕾殿の妃嬪たちも複雑そうだった。

到着した輿に琥劉が手を差し出すと、女官が錦の幕を左右に広げた。そこから白い腕が伸びてきて、琥劉の手を取る。中から現れた皇女は頭から黒い薄絹の面紗《めんしゃ》を被っており、顔のほとんどが覆われていた。

「どんな美貌《びぼう》の持ち主なのか、拝めると思いましたのに、残念ですわね」

声をかけてきたのは、私が後宮入りしたときからいる淑妃《しゅくひ》の金蜂鈴《きんほうりん》だ。白茶色《しらちゃ》の髪に茶色の瞳をしており、その容姿に映える白の襦裙には金の襟や刺繍がついている。

本人に尋ねたことはないが、見た目や話し方から、歳は恐らく二十七、八くらいだ。

後宮妃たちには大きく分けて、上から『四夫人《しふじん》』の貴妃、淑妃、徳妃《とくひ》、賢妃《けんひ》がそれぞれひとりずつと、妃に次ぐ『九嬪《きゅうひん》』『二十七世婦《せいふ》』『八十一御妻《みさい》』という階級が設けられているが、後宮内外の権力争いのせいで、今は淑妃以外の四夫人はいない。

琥劉はもともと後宮を廃するつもりだったため、新しい妃を迎えることも、四夫人の空きを埋めることもしなかったのだ。

「蛇鴻国の風習かもしれませんね。夫以外に顔を見せてはならないとか」

「医妃は複雑ではなくて？　陛下が自分以外の妃を正室に迎えるんですのよ」

その問いに胸がちくりと痛むも、平静を装う。私の後ろに控えている猿翔や麗玉が心配するし、他の妃嬪たちの目もあるからだ。

「そういう金淑妃は張り合う相手ができて、うきうきしていますよね。物騒ですよ」

金淑妃は皇后の地位に興味はあっても、皇帝に愛されたい願望は特にないらしく、自分が頂点に立つことに意味があるという変わった価値観の持ち主なのだ。

「うふふ、あなたの歯に衣着せないところ、好きですわよ。正直者は後宮では希少ですもの」

加虐的で好戦的なところもあるが、金淑妃は私を面白いからという理由で気に入ってくれている。主に彼女が強制的に開催するのだが、気づけば茶会仲間になっていた。

「また、後宮が荒れますわね」

これまでは、後宮の中から暗黙の了解で階級の最上位である貴妃が正妻の皇后に選ばれていた。だが、今の後宮には貴妃がいない。加えて科挙で選ばれた新しい官吏と武官の育成や統制など、国内が落ち着かないうちは他国の侵略を受ける可能性がある。その軍事上の保険である同盟国の皇女と琥劉の政略結婚が、今後後宮や紅禁城《こうきんじょう》にどんな波風を起こすのか。先行きが不安になりながら、私は輿入れを見守るのだった。

妃嬪たちと輿入れしてきた皇女を出迎えたあと、私は医仙宮に戻ってきていた。

「やっぱり、後宮はざわざわしてるね」

猿翔の言葉に、麗玉はぶすっとしながら言う。

「当然じゃない！　皇女には四夫人じゃなくて、『皇后候補』っていう階級が与えられたのよ⁉　なんのひねりもない！」

私は窓際の円卓に頬杖をついて、ぼんやりとふたりの会話を聞いていた。

胸が痛いのに心は空虚。麗玉のように怒れたら、少しはすっきりするのだろうが、聞き分けのいい大人のふりをして、国のために琥劉が別の妃と婚姻するのを受け入れたのは私だ。一体誰に、なにに、怒りの矛先を向ければいいというのだろう。彼の立場も国のことも二の次にして、我が儘にならなかった自分にだろうか。

そんな無意味なことを考えていると、猿翔が私のところへやってきた。向かいの椅子を反転させ、跨《またが》るようにしてどかっと座ると、背もたれに両腕を乗せる。

「身分、政《まつりごと》においての利用価値、年齢……どれをとっても皇女は好物件。すぐに皇后に迎えてもおかしくなかったのに、『候補』で止まってるのは、琥劉陛下の働きがあったからだと思うんだよね」

「うん、わかってる。琥劉は……自分の願いのために戦ってるんだよね」

国のために選べなかったこともあるけれど、私を諦めていない。抗《あらが》おうとしてくれているのに、本当に私が落ち込んでどうする。

「でも、皇女が皇后の座につくのは時間の問題よ」

円卓にばんっと両手をつき、麗玉が現実を突きつけてきた。持ち直そうとした心が、また沈みそうになる。

「私に、嫌な記憶を抹消できる神通力があったらいいのに……現実は私に冷たすぎる」

「らしくないこと言ってんじゃないわよ！」

麗玉はずかずかと大股で私の後ろに回り、活を入れるように背中を強く叩いてくる。

一瞬、目の前に星が散った気がした。

「当面の目標は、この後宮で生き残ることよ！　琥劉陛下の寵愛を受けてる妃なんて、皇后候補からしたら目の上のコブでしかないんだから！」

腕を組んで、麗玉は臨戦態勢に入っている。

ふたりは私を心配してくれているからこそ、事実を述べているのだ。逃げずに向き合え、と。気を確かに持たなければ。なにをするにしても、命あってこそだ。

「そうよね……うん、ふたりともありがとう。元気出たわ」

麗玉と猿翔がいるから、私は琥劉に情けない自分を見せずに済んでいる。

和やかな空気が流れたとき、外が騒がしくなった。

「ちょっと見てくる」

猿翔はすぐに部屋を出ていく。

麗玉と顔を見合わせていると、ややあって扉の外から、猿翔の慌てた声が聞こえた。

「媛夏《えんか》妃様、勝手に殿舎に入られては困ります！」

媛夏妃って――皇后候補!?　私が慌てて立ち上がったのと同時に、扉が開いた。

「あなたが医仙ね！」

黒い瞳を輝かせながら、濡れ羽色の長髪を真ん中分けにした二十歳くらいの女人が入ってくる。紫色の襦裙と、鈴の形をした花が穂状についた金の髪飾り。背に金糸で刺繍された九頭の蛇は、蛇鴻国の象徴。間違いない、この方は――。

「医妃様、申し訳ございません。媛夏妃様が医妃様にお会いしたいと……」

媛夏妃の横から室内に入ってきた猿翔が、困ったように頭を下げる。

面紗を外しているけれど、雪華国の風習に倣《なら》ってだろうか。

蛇鴻媛夏妃は皇后ではないものの、それに準ずる。現状、後宮妃の頂点の階級にあるので、どう挨拶《あいさつ》すべきか悩んだが、ひとまず他の後宮妃同様に略礼をする。

「ご、ご機嫌麗《うるわ》しゅう」

右手の拳を左手で包み、頭を下げる。すると、猿翔や麗玉もあとに続いた。

「白蘭の話は、わたくしの国でも有名なのよ。琥劉陛下が即位できたのも、あなたのおかげとか。そのために、あなたは仙界から降りてきたのでしょう？」

感激しながら、私の両手を握る媛夏妃。なにが狙いなのか、口を挟む間もなく喋る。

「仙界ってどんなところなの？　あ、白蘭も神通力を使えるって本当？」

「あ、えと……」

質問が多すぎて、どれから答えればいいのか、わからない。

それに、いきなり呼び捨てにされたことにも驚く。皇后候補は臨時で設けられた階級なので例外としても、後宮では階級をつけて呼ぶのが一般的なのだ。

もしや、後宮のしきたりを知らないとか？

媛夏妃の勢いに圧倒されていると、顔にそばかすのある女官がすっと前に出る。後宮で見かけたことがないので、彼女は自国から連れてきた女官だろう。

「お話なら、茶会でなさってはいかがでしょう」

低頭しながら、とんでもない提案をする女官を恨みたくなる。輿入れの際にいた大勢の蛇鴻国の女官は、道中に皇女の世話をする役目を終えると、自国に帰ったそうだ。つまり、ここに残った女官は媛夏妃のお気に入りというわけだ。

「淡慈《たんじ》、それはいいわね！」

ぱんっと手を叩き、はしゃいでいる様子の媛夏妃。とてもじゃないけれど、断れる雰囲気ではない。

この後宮で最も危険な媛夏妃に、真っ先に目をつけられるだなんて……。

冷や汗が背を伝ったとき、猿翔が私のそばに歩いてきて、軽く頭を下げつつ言う。

「それでは、茶会の席をこの医仙宮にて、ご用意いたします」

その一言で猿翔の考えがわかった。猿翔が用意したものであれば、安心して口にできる。私にしかわからないように片目を瞑ってみせる猿翔に、小さく笑みを返した。

「それでは、失礼いたします」

そう言って、一旦部屋を出ていく猿翔。すぐに茶会の支度を済ませ、私は媛夏妃と向き合うように座る。猿翔や麗玉、媛夏妃の女官たちに見守られながら、初めは緊張を紛らわせるように、円卓に並んだ菓子や花茶を口に運んでいたのだが……。

「わたくしの祖国では、香油《こうゆ》が有名なのよ。雪華国は寒いし、空気が乾燥してるって聞いたから、たくさん持ってきたの。白蘭にも分けてあげるわね」

「ありがとうございます」

「それからね、香辛料も有名で――」

茶会は一方的に媛夏妃が話しているだけで、私は完全に聞き役だった。なにかを探っているという様子もなく、単純に医仙という伝説上の生き物に会えて興奮している、という感じだ。そうだ、今なら聞いてもいいかな……。

「蛇鴻国は褐色の肌の人が多いって聞いたんですが、あなたも淡慈も色白ですよね」

淡慈にも目を向けると、不思議そうな顔をしていた。

あれ、聞こえなかった？　それか、妃嬪が女官の自分に話しかけてくるとは思わなかったのかも。私は山暮らしの平民の出だ。未だに妃嬪の振る舞いというのが板につかない。そば仕えに気軽に話しかけるのは、やっぱり妃嬪らしくないのかな。

じっと見つめていたせいか、淡慈がおどおどしだした。私は申し訳なくなりながら、

「気にしないで」と笑いかける。

「わたくしと淡慈が色白なのは、ほとんど王宮から出たことがないからよ。外に出るときも、日除けがついた輿で移動するから、肌が焼けないの」

媛夏妃はそう答えたあと、持っていた蓋碗《がいわん》の中で揺れる花茶に視線を落とす。

「身分ある女は、人生の大半を王宮の中で過ごすわ。気休めに町に出られることはあっても、それは本当の自由じゃない」

自分の境遇を憂いてか、切なく微笑んでいる媛夏妃に、胸が締めつけられる。

「本当の意味で王宮を出られるのは、婚姻のときだけよ。政治の道具として、ね」

今回の婚姻のことを匂わせているのがわかる。

悪いことを聞いてしまったわ。私はこの婚姻に、琥劉との仲を裂かれた。そんなふうに思えて、内心傷ついていた。けれど、国のために自由に生きられないのは、媛夏妃も同じ。その胸中を想像すらしていなかった。

「でも、それは白蘭も同じでしょう？　ここにいる妃嬪たちも、後宮で一生を終える。ひとりじゃないなら、少しは……祖国を離れた寂しさも紛れるわ」

「媛夏妃……ごめんなさい。つらいことを話させてしまいました」

頭を下げると、媛夏妃は「白蘭は優しいのね」と言い、再び瞳を輝かせる。

「……決めたわ。わたくしたち、お友達になりましょう！」

唐突な申し入れに、私は「え？」と目を瞬かせた。私が呆気にとられている間にも、媛夏妃は席を立ち、そばにやってくる。なにをするのかと思えば――。

「お願いよ、白蘭～っ」

私の腕を掴んで、駄々っ子のように左右に揺すった。

「ここに来たばかりで心細かったの。でも、あなたみたいに優しい人がお友達になってくれたら、ここでもやっていけると思うのよ！」

媛夏妃の怖いところは、ただ押しが強いだけではなく、母性本能をくすぐってくるところだ。こんなふうにお願いされてしまうと、断りにくい。

「わかりました。私でよければ」

私はどうかしている。媛夏妃は恋敵みたいなものなのに、後宮にいる間、寂しい思いをしてほしくないなんて。お節介が過ぎると自覚しながらも、これはもう性分だ。

「じゃあ、わたくしに敬語もよしてね」

「え、ええ……じゃなかった。わかったわ」

どうしてだろう、彼女を突っぱねられない。それがなぜなのか、すぐに思い当たる。

そっか、このするりと人の懐に入ってくる感じ、芽衣に似てるんだ。あの子も、こっちの都合なんてお構いなしに、気づいたらそばにいた。踏み込むことを恐れない。

ぐいぐい距離を縮めてくるので、友人を作る天才……いや、あれは人たらしだ。

「白蘭は、さっき私に肌色のことを聞いたけど、あなたも変わった色の髪と瞳をしているわよね。医仙は皆、そういう色で生まれてくるの？」

自分の席に戻った媛夏妃が、小首を傾げて尋ねてくる。

「他の医仙に会ったことがないから、自分以外の医仙のことはわからないわ」

「そうなのね。もし他の医仙がいたら……あなたは会ってみたいと思う？」

「そうね……」と言いながら脳裏に浮かんだのは、芽衣の顔だ。

「会ってみたい。私も、故郷にはもう帰れない身だから……一緒に思い出話に花を咲かせられる医仙がいたら、いいなって思うわ」

肩を竦《すく》めれば、媛夏妃も同じ寂しさを共有するかのように小さく笑い返してくる。

皇后候補が来るなんて、どうなることやらと懸念していたけれど、媛夏妃は無邪気で人当たりもいい。無論、猫を被っているのかもしれないが、ふと彼女が見せた寂しげな表情のすべてが演技だとは、どうしても思えなかった。

＊＊＊

旧四後宮の中央、皇太后宮内の朝礼殿《ちょうれいでん》にて、俺は後宮の朝礼に出ていた。本来は皇太后が仕切るものなのだが、母上が崩御してからは自分がその役目もこなしていた。

正面上座にいる俺の両脇には、ふたりの側近の姿がある。

赤褐色の髪と瞳、顔には横に大きく斬られたような古傷。朱《しゅ》色の武官服を纏《まと》い、背に大薙刀《おおなぎなた》を背負っている大柄な男が、この国の軍神にして禁軍大将軍の孫武凱《そんぶがい》だ。

この国の官制は二省六部《にしょうりくぶ》、宰相《さいしょう》や大臣が所属し、国政を司る『文葉省《ぶんようしょう》』と、軍師《ぐんし》や将軍が所属し、国防を司る『武葉省《ぶようしょう》』から成る。その武葉省に属し、皇帝直属の精鋭軍である『禁軍』と、禁軍含めその武将の部下で構成された『月華栄軍《げっかえいぐん》』の二軍をまとめているのが、この男だ。齢四十二、片足を失い、義足にもなったが、未だこの男に敵う武官は雪華国には存在しない。

そして、もうひとり。右に流された長い前髪の下にある碧眼《へきがん》、銀の留め具で左側にまとめられている紫の長髪。薄緑の襟の白い深衣《しんい》に碧《あお》の帯、上から蓬《よもぎ》色の羽織りを重ね着している男が、三十一歳にして宰相軍師を務める吏《り》英秀。細身ではあるが、軍師として戦場に赴くことも多く、武術においても秀でている。

英秀は二省に属し、さらに文葉省の中の六部──官僚の人事を担う『吏部《りぶ》』、財政と地方行政を司る『戸部《こぶ》』、科挙などの教育や外交を司る『礼部《れいぶ》』、建設などを担う『工部《こうぶ》』、刑罰の執行及び監獄の管理を行う『刑部《けいぶ》』、尚薬局の管理をする『医部《いぶ》』を総括している。

英秀は自分の心の内を見せないための癖なのか、手に持っている羽毛扇《うもうせん》で口元を隠し、眼鏡越しに皇后候補を鋭く見据えていた。

蛇鴻国の皇女である媛夏妃の初の朝礼ということもあり、朝礼殿には四大臣や六部長官の姿もある。壁際には、皇后候補が自国から連れてきた女官——淡慈も加わり、大勢のそば仕えたちが控えていた。加えて目下には、青蕾殿の後宮だけになったとはいえ、百人ほどの妃嬪が並んでいる。その最前列にいるのが媛夏妃なのだが、物珍しそうに周りを見回していて、落ち着きがない。

「ご挨拶いたします、皇帝陛下」

皆が声を揃え、いっせいに地面に片膝をつき拝礼《はいれい》する。「楽にせよ」と手で立つよう促せば——。

「陛下！　少し、よろしいでしょうか」

媛夏妃が声を発した。よほどのことがない限り、目下の者から皇帝に声をかけることは許されない。式典や、こういった集会の場では特に。

注意しようと一歩前に出た英秀を手で制し、俺は「話せ」と許可する。なにをしでかす気なのか、出方を見ておきたい。俺の考えをすぐに察した英秀が引く。

媛夏妃は「淡慈」と、自国から連れてきた女官を呼んだ。女官は風呂敷包みを手に、足早に媛夏妃に近づく。

「蛇鴻国には、金の像に故人の魂を封じ、今生《こんじょう》に繋ぎとめることで、永久に共にいられる、という言い伝えがあるのです」

はらりと、風呂敷の結び目を解く媛夏妃。中から現れたのは、皇太后にそっくりの像だった。朝礼殿には、どよめきが起こる。

「なっ……亡き皇太后の像を陛下に贈るとは、何事か！」

「それどころか、縁起物の金を使うとは……っ。祝い事があった際に贈ることを許されるものなのだぞ！」

「皇太后は陛下の母君。その死を祝う品など、無礼ではないか！」

四大臣から矢継ぎ早に叱責《しっせき》が飛ぶと、媛夏妃は青ざめる。

「も、申し訳ございません！」

その場にひれ伏した媛夏妃は、慌てたように弁解を始めた。

「蛇鴻国では、死したあとも故人のそばにいられるからと、重宝される品なのです！それがまさか、失礼にあたるだなんて……っ」

騒動の最中、俺は密かに中段の左右に控えている四大臣らに目を向ける。四大臣らは同盟国の皇女との婚姻に前向きだったが、こたびの媛夏妃の非礼には怒りを示した。今のところ、皇后の資質が媛夏妃にあるのかどうかを公正に見極めているようだ。

では、六部長官らはどうだ？　ちらりと、下段の左右に並ぶ六部長官らを観察する。

「まあまあ、媛夏妃はこの国に来たばかりなのですよ。雪華国の文化を知らなかっただけでしょう」

「媛夏妃には、教育係をつけては？」

「そうですね。たった一度の失敗を責め立てることよりも、改善点について意見することの方が、生産的かと」

四大臣を遠回しになじっているのは明白だ。当然、四大臣らの表情が険しくなる。

やがて、どちらが正しいのかを決めろとばかりに、臣下たちは俺を見上げた。

「吏部長官が言うように、媛夏妃はこの国に来たばかりだ。雪華国の文化を知らなかったのだろう。よって、それを咎《とが》めはしない」

それを聞き、勝ち誇ったような顔をする六部長官らには、内心呆れた。

優秀な者たちではあるが、自分の力を過信しすぎているようだ。

「だが、嫁ぎ先の文化を学んでいない媛夏妃にも問題がある」

六部長官らを鋭く見据えれば、全員が身を縮こまらせる。

「ゆえに礼部長官、媛夏妃の教育係に適した人間を選び、報告を上げよ」

礼部長官が「はっ」と一礼する。

「四大臣は祖父の代から、この国を守護してきた。皇帝への侮辱を許せないのも、愛国心の強さゆえ。意見をするなとは言わん。だが、六部長官は敬意を持って発言せよ」

六部長官らは右手の拳を左手で包み、「肝に銘じます、陛下」と低頭した。

「媛夏妃も、列に戻れ。誰か、媛夏妃の献上品を丁重に保管せよ」

命じられた宦官が媛夏妃の献上品を受け取り、壁際へ捌《は》けていく。

朝礼が再開されると、俺は再び媛夏妃を観察した。媛夏妃はこちらが懸念するほど、利口な妃ではないように見えるが、そう決めつけるのも早計か。

『本当に有能な人間は、むやみに能力をひけらかしたりしないんだよ……っ』

半年前、謀反を起こし、死罪となった第四皇子の劉奏《りゅうそう》が言った言葉だ。

城での劉奏の評価は、〝振る舞いが幼く、妓楼遊びや後宮で女との情事に耽《ふけ》る無能な皇子〟だった。だが、実際はすべてふりだ。悪巧みに関しては頭が回り、冷酷な決断力もある。その策略にはまり、皇太后は命を落とし、武凱も片足を失った。

武術にも秀で、本気で剣を交えたときは驚愕したものだ。それゆえに、どんなに愚鈍に見えようと、内に毒を持つやもと警戒するに越したことはない。

俺は短く息を吐き、そのまま視線を白蘭へ移す。皇女に皇后候補の階級を与えたのは、白蘭を皇后に迎えるまでの時間稼ぎだ。だが、白蘭がどれだけ医仙として国に貢献しようとも、後ろ盾としての価値はない。これも、俺が皇帝として未熟ゆえだ。

『師伯』の役職を取り入れたことで、古参の官吏からの不満も出ることなく、新しく雇用した官吏らを育てる環境は整えられた。あとは他国の手など借りずとも、雪華国の軍事力だけで侵略も防げると証明する必要がある。武科挙で血筋に関係なく、能力のある武官が集まった。ただ、実戦で使えるようになるまでには時間がかかる。人材が育つのを待ち、その成果と国力を見せつける場があればいいのだが……。

とにもかくにも、皇帝としての力量を示せなければ、俺の主張は通らない。白蘭を本当の意味で手に入れることはできないのだ。

媛夏妃が正式に皇后となる前に、皇帝としての功績を上げ、白蘭をその座に就かせる。自分に縛りつけたからには、白蘭が悲しむ結果になど、絶対にしてはならない。

即位式のあと、雪華が舞う中で白蘭を離さないと誓った日。己のすべてを懸けてでも、幸せにすると決めたのだから――。

＊＊＊

媛夏妃の輿入れから、数日が経った。相変わらず琥劉は忙しそうで、後宮にも渡ってこられない。そんな早朝のこと、医仙宮に来客があった。

「医妃、朝早くから失礼しますわ」

「金淑妃！　ご機嫌麗しゅう」

寝着《ねまき》のまま軽く挨拶を済ませると、ここまで金淑妃を案内してきた猿翔が羽織りを肩にかけてくれる。

「ご機嫌麗しゅう。医妃、外の騒ぎには気づいていらして？」

「騒ぎ？」

「見た方が早いですわ。私の淑妃宮にいらして」

四夫人は後宮内に自分の殿舎を持ち、九嬪以下はそれぞれ階級ごとの殿舎で共同生活をしている。私は猿翔と寝ぼけまなこの麗玉を連れて、金淑妃に手を引かれるままに淑妃宮に向かったのだが――。

「きゃあああああああっ」

麗玉が悲鳴をあげながら、私に飛びついた。私はというと、声も出せなかった。

宮殿の入り口に吊るされている兎の死体の数々。どれも首に縄がかけられ、足から血がぽたぽたと不気味な音を立てて滴り落ちている。

人間、本当に恐ろしいものに遭遇すると、理解することを放棄するらしい。頭は真っ白で、見たくないはずなのに目も閉じられない。

「他の宮殿も、同じような嫌がらせを受けたようですわ」

後宮に長くいるだけあって、金淑妃は動じることなく落ち着いていた。

「え……じゃあ、媛夏妃も？」

「そうなりますわね」

「異国に来たばかりで心細いでしょうに、こんな目に遭って……怖かったでしょうね。朝礼殿でもいろいろあったあとだし、心配だわ」

まさか、こんなことになっていたなんて……。

医仙宮は後宮の外れにあるので、まったく気づかなかった。

自分が後宮に来たばかりの頃、周りの人間すべてが敵に見えた。猛獣の檻に放り込まれたようで、毎日怖かったのを思い出し、同情せずにはいられない。

「人の心配をしている場合ではないですわよ」

「え?」

「陛下から寵愛を受けているあなたが、自分を差し置いて皇后候補になった媛夏妃を妬《ねた》んでやったと、皆が噂していますわ」

「ちっ、違います！　傷とか血とかは見慣れてますけど、こういうのはちょっと……耐性もないですしっ」

なるべく視界に入れないように、吊るされた兎を指差す。

「うふふ、わかっていますわ。あなたは、そういう小細工はしない。いつだって、真っ向勝負ですものね。ただ……皆が、わたくしと同じ考えとは限りませんわ」

金淑妃がそう言ったそばから、淑妃宮の前が騒がしくなる。門の外へ出れば、媛夏妃が他の妃嬪を引き連れてこちらへ歩いてきた。すぐに猿翔と麗玉が、私を庇《かば》うように前に出たが、それを押しのける勢いで四夫人に次ぐ九嬪の昭儀《しょうぎ》が言う。

「ちょうどよかったですわ。医仙宮に向かおうと思っていたところですの」

「医仙宮にも、兎は吊るされていまして？」

今度は二十七世婦の才人《さいじん》のひとりが、刺々《とげとげ》しい物言いで問いかけてきた。

私は心配そうにこちらを見た猿翔や麗玉に頷いてみせ、自分の口から説明する。

「いいえ、医仙宮はそういった嫌がらせは受けていません」

真実を伝えれば、皆が「やっぱり！」「あんまりだわ！」とざわついた。

「自分が皇后候補になれなかったから、こんなことをしたのではないの？」

「そんなっ、私ではありません！」

否定するも、皆が私を見る目は疑念に満ちている。

「医妃様、あなたがいくら陛下から寵愛を得たとしても、いけて貴妃まで。陛下を独り占めできないと知って、錯乱したのでは？」

「そんなこと……っ」

胸が締めつけられ、否定する言葉が出なかった。

青蕾殿の妃嬪たちとは、治療を通して随分と打ち解けたつもりでいた。

けれど、今はこんなにも敵意を向けられている。その変化にもついていけず、ただただ『どうして？』と、裏切られたという気持ちが消えてくれない。

「白蘭、急にごめんなさい。みんな、怖くて気が立っているだけなのよ」

媛夏妃が眉尻を下げながら前に出てきて、私の手を取った。

「悪い噂だわ。すぐに収まるはずよ」

「媛夏妃……」

励ますように言い、媛夏妃はぎこちなく笑みを浮かべると、他の妃嬪たちを見回す。

「さあ、ここにずっと集まっていては、医妃や淑妃にご迷惑だわ。帰りましょう」

皆は不服そうに「媛夏妃様は優しすぎます」「媛夏妃様が言うなら……」と散っていく。その場に残された私は、今頃になって膝が震えた。あんなふうに敵意をいっせいに向けられたのは、久しぶりだったからだ。

「まだ皇后ではありませんのに、もう様付けでしたわね」

金淑妃は人差し指で唇をさすりながら、去っていく妃嬪たちの背を眺めている。その口元は弧を描いているのだが、目が笑っていない。

「今まで散々白蘭に助けられてきたっていうのに、手のひら返し!? なんて不義理なやつらなの！」

憤慨している麗玉の肩に猿翔が手を置いて、「どうどう」と宥《なだ》める。

「私は馬じゃないわよ！」

「麗玉、落ち着いてください。でも、確かに手のひらを返すのが早すぎますね。数日前まで、媛夏妃様への敵意の方が著明でした」

金淑妃の手前、女官の話し方で言う猿翔に、麗玉も難しい顔で頷く。

「妃嬪たちが揃って医仙宮に問い詰めに行こうとしたのも変よね。白蘭のことを慕ってる人たちばかりだったのに、医仙宮だけが嫌がらせを受けなかったってだけで、急に心変わりするとは思えない。噂を信じるように、前もって根回しをしてたのかも」

「〝元〟貴妃の言う通りですわ」

自身の嗜虐心《しぎゃくしん》を満たすために、嫌味の針を刺すのも忘れない金淑妃。麗玉が顔をしかめると、満足そうに「うふふ」と微笑《ほほえ》む。やがて気が済んだのだろう。今度は顎に指を当てて、「うーん、そうですわね」と宙を仰いだ。

「たとえば、医妃の悪評を何日も前から密かに流していたとか……噂で陥《おとしい》れるのは、後宮妃の常套手段《じょうとうしゅだん》ですもの」

後宮に漂い始めた不穏な空気に、足が竦む。

今回、医仙宮だけに嫌がらせがなかったのは、私を犯人に仕立て上げたい誰かがいるということ。その誰かは、私に警告するために、何羽もの兎を犠牲にした。命を奪うことに躊躇いがない。次は当然、私をあの兎のように殺すのだろう。

血の気が失せるのを感じていると、金淑妃が微笑を湛えつつ、私に向き直った。

「医妃、階級に属さないというのは、争いの外にいるようで、安全に思えるでしょう？　でも、ひとたび状況が変われば、いちばん危険なんですのよ」

「危険？」

「後宮では、階級で人を従えることができますわ。地位を争わずして、得られるものなんてないのかもしれませんわね」

医妃は階級に属さないが、皇帝の寵愛を得てしまえば嫉妬の対象になる。蹴落として、その寵愛を奪いたいと誰もが思う。私はすでに争いの渦中にいたのだ。

ただ、これまで皆が手出しをしてこなかったのは、琥劉に寵愛されているのが私だけだと思っていたから。私に歯向かわずにいた方が、自分もその恩恵を受けられるかもしれないと考えたからだ。でも、媛夏妃が現れた。自分の安全と望む権力を手に入れるためには、後宮の主になり得る存在に取り入った方がいいに決まっている。

「医妃様の立場が悪くなることで、得をする人間が誰なのかを考えれば、医妃様を犯人に仕立て上げた者は、一目瞭然……」

猿翔は私を気遣ってか、言葉を切った。

私が疑いたくない人間だとわかっているから、最後まで言わなかったのだ。

「……いいの、わかってるから。媛夏妃……よね」

なんとか笑みを作るが、そんな私を見た猿翔も麗玉も、苦しげな顔をする。ふたりは自分のことのように、胸を痛めてくれているのだろう。

「でも、媛夏妃も他の妃嬪の誰かに、私と敵対するよう唆《そそのか》された可能性はない？」

「白蘭、階級が低い妃嬪たちは、自分の力では欲しいものを手にするどころか、命も守れない。だから階級が上がるまで、位の高い妃嬪に寄生するのよ。つまり、階級の低い妃嬪が手を汚しているのだとしても、その裏には必ず大物がいる」

貴妃だった麗玉の言葉は、嫌なくらい説得力がある。

「あなたに人を惹きつける強さがあるように、媛夏妃にも人に好かれる愛嬌《あいきょう》がありますわ。現に媛夏妃は、後宮に来てたった数日で妃嬪たちを従えてみせましたもの」

金淑妃は「ただ……」と言い、意味深に笑う。

「それが天然ものなのか、作り物なのか、判断に困るところではありますわね」

「私も直接話しましたけど、ひょうきんで憎めないというか……後ろ暗いところがあるようには見えない方でした」

「悲劇の主人公を演じている食えない女なのか、それとも本当に愛されるべくして生まれた皇女様なのか……」

そう言いながら、自分の殿舎の門へと歩いていく金淑妃。

「剥ぐ皮があるのかどうかを探るのも、一興ですわ」

足を止めて振り返った彼女は、本気でこの状況を楽しんでいる。前に『張り合う相手がいないと腑抜けてしまいますわ』と言っていたので、らしいと言えばらしいが。

「あなたは、わたくしの数少ない茶飲み友達。あなたがいなくなってしまったら、退屈してしまいますわ。ですから、こんなところで退場なさらないでね」

優雅に身を翻し、金淑妃は殿舎へと帰っていく。

金淑妃は私を気に入ってくれているけれど、あくまでそれだけだ。外の騒ぎを知らせてくれたのも、本当に茶会仲間を失いたくなかったから。私が窮地《きゅうち》に立たされたからといって、なんでもかんでも手を貸してくれるわけではない。

この半年、後宮は平穏そのものだった。そのせいで、私も平和ボケしていたのだ。

次はお前だとばかりに、吊るされた兎を見つめる。

喰われる前に、後宮という檻に放たれた猛獣を見つけ出さなくては――。

噂を鵜呑みにした刑部に、いつ連行されるのだろうと冷や冷やしていたのだが、なにも起こらないまま五日が経った。

あんなことが、あったあとだからだろう。医仙宮に来る患者もすっかり減ってしまった。手持ち無沙汰になった私は、朝食を取りに行った猿翔を待ちながら、文机で帳面を読んで過ごしている。この帳面は、雪華国立国の時代に転生した親友が書いたもの。彼女は日本で薬剤師だったため、自分の知識が役立てばと、この帳面を残したそうだ。それを代々雪華国の皇帝が継承し、時を超えて、私のもとへと届いた。

「姫さん、ただいま」

厨房《ちゅうぼう》から食事を運んできた猿翔が、医仙宮に戻ってきたようだ。

「おかえりなさ――なにがあったの⁉」

帳面から顔を上げれば、そこには髪はぼさぼさで、頬が赤く腫《は》れている猿翔の姿が。

「麗玉、雪を氷嚢《ひょうのう》袋に入れて、持ってきてくれる？」

「わかったわ！」

麗玉が部屋を飛び出していき、私は猿翔に駆け寄った。頬に軽く触れれば、猿翔は「いてっ」と顔をしかめる。よく見ると、肌に引っ掻き傷のようなものがあった。

「まさか……誰かにやられたの？」

「本当はかわせたんだけどさ、女官が猿みたいに身軽だったら、変に思われるかなって。でも、料理は死守したから、安心してよ」

「料理なんていいから、あなたの方が大事よ！」

私は猿翔の手から料理が載った盆を奪い、円卓に置く。そして彼のもとへ戻り、その腕を引いて寝台に座らせた。

「あの噂のせいよね。私が犯人だと思われてるから、あなたへの他の女官の当たりも強くなったんでしょう？」

足元に水を汲んだ桶を置き、布を浸すと、それを猿翔の頬に当てる。

「私のせいね……」

「姫さんのせいじゃない。それに、収穫もあったしね」

頰に触れている私の手に、猿翔が手を重ねた。私が気にしないように、片目を瞑って笑いながら。私は、猿翔の明るさにいつも救われてるわね……。

「それで姫さん、媛夏妃のことなんだけど。他の妃嬪たちと、頻繁に茶会を開いていたみたいなんだ」

猿翔の話によると、私の朝食を厨房へ取りに行ったとき、調理をしている女官たちが、『また、茶会用のお菓子を焼いておかなきゃ』『ここのところ、毎日だものね』と話しているのを聞いたらしい。それを誰が受け取りに来るのかを密かに見張っていたら、九嬪の昭儀付き女官だったというのだ。

「あの一件があったときの昭儀の様子からするに、昭儀は媛夏妃派よね。じゃあ、その茶会で媛夏妃は、自分の派閥に妃嬪を取り込んだ……?」

「そう考えるのが、むしろ自然だよね」

手当てをしながら、猿翔と話しているときだった。

「ちょっと！　なにするのよ！」

外から麗玉の悲鳴が聞こえて、私たちは顔を見合わせる。

急いで医仙宮の外へ出れば、なぜか麗玉が宦官たちに取り押さえられていた。

「麗玉!?　なぜ、私の専属薬師を捕らえているの！」

彼らを引き剥がそうとそばに行こうとすれば、他の宦官が目の前に立ちはだかる。

「医妃様、お下がりください。姜薬師には、妃嬪殺害の容疑がかかっております。刑部から捕らえるようにと命じられました」

――麗玉が妃嬪を殺害!?

耳を疑っていると、麗玉が「そんなことしてないわよ！」と暴れる。そんな麗玉を宦官たちが、ふたりがかりで地面に押さえつけた。

「なっ……乱暴しないで！　まだ、容疑がかかっているってだけなんでしょう!?」

土に頬を押しつけられ、顔を歪める麗玉に居ても立っても居られず、駆け寄ろうとすると、宦官たちが私の両腕を掴もうとした。それを猿翔が払い、私を背に庇う。

「麗玉――姜薬師は医仙宮の一室で寝泊まりをしていますし、日中は医妃様と患者を診ています。私や医妃様の目を盗み、妃嬪を殺すことなど不可能です」

猿翔が説得するも、宦官らは確固たる証拠でもあるのか、少しも怯《ひる》まない。

「妃嬪様方の死因は、姜薬師がお作りになった薬のせいではないかとのことです」

「薬？　麗玉が薬を作るとしたら、私の――」

私の指示の下で作っていると説明しようとしたのだが、猿翔に腕を掴まれ、止められる。猿翔を見れば、私にしかわからないように首を横に振った。

そっか、ここで私が指示したなんて言ったら、麗玉ともども連行されてしまう。

「あの、麗玉が作った薬のせいだと疑われているのは、なぜなの？　薬なら、侍医だって処方《しょほう》するはずよ」

「兎の死体を殿舎に吊るされた妃嬪様方は、恐ろしくて眠れなくなったとか。それを改善する薬を姜薬師がお作りになったと」

それには心当たりがあった。数日前、媛夏妃が訪ねてきて、『あの一件で妃嬪たちが眠れなくなってしまったみたいなの。なにか、いい薬はない？』と頼んできたのだ。私を陥れようとしているかもしれない相手だったので、できるだけ関わらない方がいいとは思ったのだが、私は医術を施すために後宮に入れられた身。断るわけにはいかず、睡眠薬を用意し、麗玉に直接妃嬪たちのもとへ運ばせた。服用の際も、誰かが毒を混入させたりしないよう監視までさせたのだ。

「それが原因だという証拠は？　まさか、皆がそう噂してるから、というだけで捕らえる……なんて言わないわよね？」

宦官たちは困惑したように、顔を見合わせている。

麗玉の薬が原因だなんて、ありえない。でも、薬が安全なものだったと証明するのも難しい。というのも、私が転生前にいた世界の知識をもとに、麗玉には薬を調合してもらったのだ。薬を他の宮廷薬師に見せても、そんな処方の仕方はないと言われてしまうだろう。下手をすれば、女の若い薬師を敵視している他の薬師から、『間違った調合だ』『知識も経験もない薬師に、妃嬪様方の薬を作らせるからこうなるんだ』などと、麗玉を陥れる材料にされる可能性もある。

胸を張って薬師と名乗れるように、麗玉は科挙にまで挑戦したのだ。その努力が水の泡になってしまうような事態は、なんとしても避けないと。他の切り口から、麗玉の無実を証明できないだろうか。そうなると、まずは死因を知る必要がある。

「亡くなった妃嬪たちの遺体を見させていただいても？」

「それは……」

宦官たちが判断に困ってか、言い淀んでいると——。

「俺が許可する」

声が聞こえて振り返ると、琥劉が英秀様と武凱大将軍と共に歩いてくる。後宮は男子禁制だが、皇帝がいれば男の側近でも入れるのだ。

宦官たちは「陛下！」と片膝をつき、頭を下げて拝礼する。

隣に立った彼は、私を案じるような視線を寄こした。おかげで焦りが収まっていく。

「姜麗玉を捕らえるように命じたのは、刑部長官か？」

皇帝に見据えられただけで、宦官たちは身を竦ませた。それに英秀様は眉を寄せる。

「陛下がお尋ねなのですよ。誰か説明なさい」

「は、はい。陛下のおっしゃる通りでございます」

それを聞いた琥劉は地面を見つめ、じっと考え込んでいるようだった。

「……状況は把握した。容疑が晴れるまで、姜麗玉を牢に閉じ込めよ」

「琥劉!?」

麗玉を助けてくれるのだとばかり思っていた私は、その腕に縋《すが》りつく。

しかし、琥劉は私に見向きもしない。宦官たちは皇帝の許可を得たことで、躊躇《ちゅうちょ》せず麗玉を引きずっていく。

「そんなっ、麗玉!」

「白蘭……っ」

泣きそうな顔で、私に手を伸ばす麗玉。その姿が、かつての親友の姿に重なる。

『蘭っ、離さないで……っ』

天災で世界が壊れる間際、親友は私の手を強く握って、そう叫んだ。あのときの記憶が蘇り、ひゅうっと喉が鳴る。

「駄目……麗玉が、芽衣みたいに……いなく、なって……」

現実と過去の境《さかい》が曖昧《あいまい》なまま、麗玉を追いかけようとすると――。

後ろから抱きしめるようにして、琥劉が止めた。

「……っ、離して!」

ジタバタと暴れるも、私を閉じ込める腕はびくともしない。

宦官たちに連れ去られていく麗玉を前に、私はなにをしているのか。不安で怖くてたまらないはずの麗玉の手を取ることすら叶わず、目に涙が滲んだとき――。

「大丈夫だ」

耳元で、琥劉が囁いた。

「ここは雪華国だ。世界が壊れぬ限り、離れ離れになど、なりはしない」

琥劉の考えは少しもわからないのに、なぜだろう。この人の言葉を、私は無条件で信じてしまう。

宦官たちがいなくなると、私は抱きしめられたまま身体ごと琥劉の方に向き直った。

「……大丈夫って、どういうこと？」

よほど情けない顔をしていたのだろう。私の顔を見た琥劉は一瞬息を呑み、親指で優しく下瞼を拭《ぬぐ》ってくる。

「麗玉は牢の中にいた方が安全だ」

どういうこと？

首を傾げる私に、英秀様が仕方ないですね、と言わんばかりに息をついた。

「先日、妃嬪の宮殿に兎の死体が吊るされる事件が起きましたが、その犯人が医妃なのではないか、そんな噂が流れているでしょう。それからそんなに日が経たないうちに、麗玉が妃嬪殺害の犯人に仕立て上げられた。狙いは明らかに医仙宮の者たちです。ここぞとばかりに、あなたの権威を削ごうと、他の妃嬪らも動くでしょう」

だから、兎の死体の一件も、今回も、私や麗玉が犯人だと、他の妃嬪たちは口を揃えて噂に乗っかった？　真実かどうかは重要ではなくて、自分の地位を守るため、皇帝の寵愛を独占するために。

人の命が懸かってるのよ？　どうしてそんなにも非情になれるの？

拳を握り締めて俯《うつむ》く私を、琥劉はきっと案じるように見つめている。

でも、彼の前で強がれるだけの気力がない。今は容疑でも、今後は麗玉がありもしない罪で殺されてしまうかもしれないのだ。

「そうなれば、最初に狙われるのは身分の低い者たちです」

それには心当たりがあった。猿翔も厨房で他の女官に折檻《せっかん》を受けている。身分が低いというだけで、なんの証拠もなしに冤罪《えんざい》で捕らえることもできてしまうなんて……。

「身分の低い者たちは痛めつけられれば、保身のために主の秘密を話し、虚偽の証言をすることもあります。それ以外に、彼らが助かる術《すべ》がないからです」

「でも、麗玉はそんなことしません」

即答する私の頭に、大きな手が乗る。顔を上げれば、武凱大将軍がにかっと笑った。

「嬢ちゃんがそばに置いてる麗玉嬢と猿翔が、嬢ちゃんに心から尽くしてるのはわかってる。裏切ることはないってな。だからよ、英秀が言ってるのは一般論だ」

「武凱大将軍……すみません。私、冷静じゃない」

額を押さえれば、英秀様が再び、ため息をついた。英秀様の人を見下すような態度と毒舌は標準装備なので、悪気はないのだ。

「妃嬪の死因は、麗玉の作った薬のせいだと噂されていますね。その薬を麗玉に作るよう指示したのは、あなたでしょう。相手は麗玉を使って、芋づる式に関係者を捕らえ、あなたを追い詰めるための証言を強要し、あなたを罪人にすることが狙いです」

馬鹿正直に説明しようとした私を猿翔が止めてくれなかったら、今頃一緒に牢の中だったということね。

「そして、あなたに指示されたと言わせるため、麗玉が拷問されることもありえます。まあ、あなたも断言していたように、麗玉はどんな状況であっても、死ぬまで口を割らないでしょうが」

「死……！　それなら、牢になんて入っていて大丈夫なんでしょうか？　そこで痛めつけられるなんてことは……っ」

「落ち着きなさい。それに関しては、すでに陛下が手を打っています」

「え……」

琥劉を振り返れば、強く頷いてくれた。

「ほんの少し前に刑部が麗玉を捕らえるという情報を耳にしてな。麗玉が牢に入れられる際は、牢の前に刑部の中でも信頼できる者をふたり、見張りとして置くよう手配した。不審な者が現れれば、俺に知らせるよう勅命《ちょくめい》も出している」

「事前にそこまで……ありがとう、琥劉」

胸を撫で下ろすと、琥劉は無言で私を抱きしめる腕に力を込めた。それから、あやすように、私の後頭部のあたりを撫でてくる。

「陛下はご存じの通り、今が最も多忙な時期なのです。後宮まで気を回せるほどの余裕がない。ですから、後宮内にいる方が危険なのですよ。それに対して、六部は私の管轄下にありますから、今回のように刑部の動きを事前に察知することもできます」

「英秀はな、これでも『目を光らせておくから安心しろ』って言ってんだ」

ニヤリとする武凱大将軍を、英秀様は『余計なことを』と言わんばかりに睨んだ。

「英秀様も、ありがとうございます。どうか、麗玉のことをお願いします。私は……」

決意を固めるように、琥劉の服の胸元あたりをぎゅっと握りしめる。

「麗玉の冤罪を晴らすために、まずは妃嬪の死因を突き止めようと思います」

猿翔が止めてくれなければ、さっき私も連行されていただろう。そうなれば、後宮内を調べて回ることはできなかった。そして、麗玉は琥劉たちが保護してくれている。みんなが作ってくれた機会を無駄にはしない。

「白蘭、危険なのはむしろお前だ」

琥劉は少し身体を離して、私の両手を握った。

「お前の女官や専属薬師がお前を裏切らないとわかれば、敵は痺《しび》れを切らし、直接お前を狙ってくるだろう」

「私を陥れたい犯人が麗玉に疑いの目を向けさせたのは、妃嬪たちを毒で陥れた過去があるからよね」

「……そうだな。無関係とは言えない。前科があるゆえ、罪を被せるのに好都合だと思ったのだろう」

「私はね、それがいちばん許せないの。人は誰だって罪を犯すわ。そして、それは永遠に消えずに、罪悪感として心に残り続ける」

私は襦裙の胸元を握り締める。罪を犯していない人なんて、この世にはいない。大なり小なり、人は誰かを傷つけて生きている。私だってそうだ。

「でも、麗玉は生きて、もう二度とそれを繰り返さないように、自分がどうしてそんなことをしたのか、どうすれば相手を傷つけずに済むのか、いちばん見たくない自分の闇に向き合ってきたわ」

誰かには一生許されなくても、変わろうとする自分を受け入れてくれる人はいる。私は麗玉の歩んできた道を見てきたから、そのすべてを否定するような人が許せない。

「変わろうと努力してきた彼女の未来を踏み潰す権利は、誰にもない」

心配そうな琥劉の瞳を、強く見つめ返す。

「ここでじっとしていても、私が危険であることには変わらないし、私の大事な人たちが傷つけられたのよ。このまま、泣き寝入りなんて絶対にしたくない」

言葉にしていたら、自然と心が奮い立った。

「お前なら、そう言うと思っていた」

琥劉は、ふっと困ったように笑う。

「だが、あまり目立たないように行動してくれ。後宮では念のため、麗玉を庇うような発言も控えろ」

「それは、麗玉が無罪だって根拠がないから？」

私はそれでも、麗玉の無罪を訴え続けるつもりだ。だが、琥劉は「そうではない」と、子供に言い聞かせるように、私の頭に手を乗せる。

「兎の死体を吊るすような人間だ。お前の大事な者を見せしめに殺す可能性もある」

「あ……そう、よね。あんな残酷なことができるんだもの。相手はまともじゃない」

「そうだ。それゆえ、あくまで事実確認のための調査だということにしろ」

「私が死んでしまったら、元も子もないものね……わかったわ」

素直に頷いたのに、琥劉は半信半疑の様子で私を見つめている。

「そんなに心配そうな顔をしなくても……なんの考えもなしに敵陣に突っ込んでいくほど、無謀じゃないわ」

「お前は大事な者のこととなると、頭に血が上る。どんな無茶をしでかす気なのか、今から気が気でない」

「……私、信用なさすぎない？」

これでは、どちらが年上なのか、わからない。見た目は同い年だが、精神年齢は琥劉よりもうんと上だ。でも、皇帝になってから、琥劉は大人びたような気がする。見た目ももちろんだが、精神的にも不安定さがなくなった。

「お人好しが災《わざわ》いして窮地に陥るということが、多々あっただろう」

「うっ……あったような、なかったような……」

頭をよぎるのは、自分を陥れようとした麗玉を冷宮まで押しかけて説得しようとしたり、第一皇子から暴力を受けていた猿翔のお姉さんを助けようとして、斬られそうになったことだ。

「だが、そういうお前だから愛した」

「……っ、この流れで、それを言いますか」

毎度唐突すぎるのは、今に始まったことではない。琥劉曰く、『そう思った瞬間に言葉に出てしまうのだから、どうしようもない』のだそうだ。

「こういうのを惚れた弱みというのだと、武凱が言っていた」

武凱大将軍と、どんな話をしてるの……。私も狩猟大会のとき、武凱大将軍に恋愛相談のようなものをしてしまったので、人のことは言えないけれど。

振り返ると、武凱大将軍がニヤリとする。

――恥ずかしすぎる！

気まずくなって、私はそろりと琥劉の方へ顔を戻した。

「後宮の主が変われば、そこにいる者たちも変わる。今回の麗玉の薬のように、お前の真心を逆手にとって、陥れてくることもある。今まで以上に警戒しろ」

後宮の主に最も近いのは、皇后候補の媛夏妃だ。治める皇帝の采配次第で国が栄え困窮するように、後宮も治める主によって、美しい花園にも女の戦場にも変わる。

「肝に銘じます、皇帝陛下」

手を挙げて誓えば、琥劉は眉間にしわを寄せ、私の頬を摘まんだ。

「ふざけている場合ではない。その身はもう、お前ひとりだけのものではないのだ。俺の目の届かないところで、勝手に傷つくことは許さない」

「ふあい、ひはいはふ」

「……その誓いを忘れるな」

――私の言葉、よくわかったな。

私の頬から手を離した琥劉を目を丸くしながら見上げていたら、ふっと笑われた。

「わかる。お前のことなら」

手を取られ、強く引っ張られる。「わっ……」と声をあげたときには、その胸の中に誘われていた。至近距離で琥劉と目が合い、鼓動がとくんと音を立てる。

「凹んでも、過去の傷に引きずられそうになっても、お前は未来を変えるために動ける女だ。そうして何度も絶望を跳ね除けてきた。だが、お前がひとりで立てなくなったときは、俺が引っ張り上げる。お前が俺にしてくれたように」

「琥劉……そんなに頼もしくなっちゃって。私も負けてられないわね」

私たちが笑みを交わしたとき、英秀様がげんなりしながら言う。

「なぜそこで張り合うんですか、理解に苦しみます」

その横で武凱大将軍は「がっはっは！」と笑い、猿翔は「姫さんは男勝りだからなあ」と頭の後ろで手を組みながら楽しそうに私たちを眺めていた。

みんなはきっと、私を励まそうとして、いつもの賑やかな空気を作ってくれたのだ。

私はひとりじゃない。麗玉、あなたにも私がついてる――。

皆で亡くなった妃嬪らの遺体を確認しに行く途中、九嬪宮の方から悲鳴があがった。

急いで中に飛び込めば、女官らが青ざめた顔で床に倒れている誰かを取り囲んでいる。

「通して！」

女官らを掻き分けるように、前に出ると……。

――九嬪の昭儀！　倒れていたのは、嫌がらせの一件があった際、私を疑っていた昭儀だった。血の気の失せた顔で、目を閉じている彼女のそばに膝をつく。

「起きて！　私がわかる⁉」

その肩を叩きながら呼びかけるが、反応がない。すぐに口元に頬を寄せ、胸部と腹部の動きを確認する。

「昭儀の容体は？」

琥劉はそう言いながら、昭儀の身体を挟んで向かいに膝をついた。猿翔や英秀様、武凱大将軍も、他の女官らと共に固唾《かたず》を呑みながら様子を見守っている。

「……っ、息をしてないわ」

私は気道を確保して、胸骨圧迫を始めた。

「ふっ……ふっ……ふっ……ふっ……」

心肺蘇生を施しながら、ふと昭儀の暗紫色《あんししょく》になっている爪が目に入る。

……チアノーゼ？　眉を顰《ひそ》めつつ、人工呼吸と胸骨圧迫を繰り返す。だが、妃嬪が目覚めることはなく、私は静かに手を止めた。

「心拍も呼吸も停止……誰か、明かりを持ってきてくれる？」

手燭台《てしょくだい》を昭儀の顔のすぐそばにかざしてもらい、私はその瞼を指で開く。

「瞳孔《どうこう》も散大。対光反射もなし……」

私は静かに手を離して、重い口を開く。

「昭儀は亡くなっています」

心臓の拍動、呼吸の停止、瞳孔散大と対光反射の消失は死を判定する三徴候《さんちょうこう》だ。

皆が息を呑み、女官らは「そんなっ」「昭儀様っ」と泣き崩れている。

私は昭儀の手を掬《すく》うように持ち上げた。

振り返り尋ねれば、女官は何度も頷いて答える。

「爪が暗紫色になってる。これはチアノーゼといって、酸素が足りてない場合に起こるの。昭儀は、倒れる前に呼吸が苦しそうだったり、胸の痛みを訴えてなかった？」

「は、はい。苦しそうに、胸を押さえていらっしゃいました」

もしかして、他の亡くなった妃嬪たちも同じ症状を？　そんなことを考えながら、昭儀の手を下ろそうとしたとき、肘《ひじ》の内側にぽつんと丸い内出血の痕を発見する。

「……？　昭儀は鍼《はり》治療を受けていたの？」

「いいえ、昭儀様は、その……先日の嫌がらせの件で眠れないとおっしゃっていて、それに効くお薬だけを飲まれていました」

私が犯人だという噂は、女官たちの耳にも入っているのだろう。気まずそうに言葉を詰まらせながらも教えてくれる。

「薬って、麗玉の薬？」

「は、はい。姜薬師がお作りになった薬を、毎日欠かさず夜に……」

「ちょっと待って、毎日欠かさず？　麗玉は一日分の睡眠薬しか、処方していないはずよ。初めて飲む薬は特に、体質に合わなくて副作用が出るかもしれないし、薬をまとめて渡すことはないの」

女官は『そう言われましても』という面持ちになる。

「昭儀が飲んでいた薬は残っているか？」

皇帝直々に問われ、恐縮しきった様子で女官は「はいっ」と一礼すると、すぐに壁際の花鳥図《かちょうず》が美しい黒漆箪笥《こくしつだんす》の引き出しを開けた。

「こちらです」

女官が持ってきた薬袋を開け、手のひらに出してみる。

「……麗玉の作った薬じゃない。使われてる生薬が少なすぎる」

刻まれてしまっているが、一目でわかった。

「麗玉が作ったのは『加味帰脾湯《かみきひとう》』といって、精神不安による不眠に効く薬よ。十四種類もの生薬を使うし、分量も細かくて麗玉にしか作れないものなの」

「この薬を届けた者は誰だ」

皇帝を偽ることは大罪だ。おまけに主である昭儀も亡くなり、隠し通す理由もないと思ったのだろう。

「……それが、淡慈でして」

「媛夏妃付き女官か」

「は、はい。あのことがあって、妃嬪様方は医仙宮の薬を使うのを躊躇っておりましたが、媛夏妃様が医妃様は信じられると。それで皆の代わりに医仙宮に取りに行ってくださった薬を、自分が配っているのだと淡慈が……」

私を信じてる。そう言いながら、大事なところが事実と食い違っているのはなぜなの、媛夏妃。

私は「それは違うわ」と口を挟んだ。

「媛夏妃が不眠に効く薬を作ってほしいって医仙宮を訪ねてきたことはあったけど、薬は麗玉が直接配ったの。それ以外に、誰かに薬を託したことはないわ」

首を横に振りながら断言すると、琥劉は女官と英秀様を振り返る。

「薬はこちらで押収する。英秀、淡慈が妃嬪に配った薬がなんなのかを、信頼できる宮廷薬師に調べさせろ。それから、葬儀の手配を」

英秀様が「はっ」と一礼し、宦官らに向かって手を叩いた。

「昭儀を丁重に安置宮《あんちきゅう》へ運びなさい」

安置宮は後宮の隅にあり、妃嬪の遺体を安置する殿舎だ。火葬の準備が整い次第、彼女たちの葬儀が執り行われる。

「俺たちも向かうぞ。そこに急死した他の妃嬪の遺体も安置されている」

琥劉が私の手を取る。そのまま促されるように立ち上がり、安置宮へと向かった。

黄金の瓦屋根に朱色の柱、雪華と龍が描かれた黒い石造りの外観。その荘厳な殿舎の中に入ると、空気がひんやりとしていた。内装も天井や壁や床に至るまで黄金だ。

「死に引きずられぬよう、陰の気に満ちた安置宮に生者が赴くことはほとんどない」

琥劉は拝壇《はいだん》に鎮座する、この国の象徴ともいえる雪華と龍の像を見上げた。

「亡くなった者たちは雪華となり、龍にその御霊《みたま》を天へと運んでもらえると信じられているゆえ、この国では雪華と龍を題材にした縁起物が多い」

「雪華国では、死をそういうふうに捉えるのね……」

まだまだ、私の知らない常識がこの国にはあるようだ。

私は石の寝台に横たわる、妃嬪らの遺体に視線を移す。白い布が身体にかけられた遺体は五つもあった。

「こんなに……妃嬪が亡くなったんですね……」

目を閉じて、手を合わせた。

「なにをしているんですか？」

訝《いぶか》しむような英秀様の声が背中にかかり、私は黙禱《もくとう》を捧げたまま答える。

「私の世界では、死者を弔《とむら》うとき、こうして手を合わせて祈りを捧げるんです」

「医仙に弔ってもらえるんなら、ここにいる妃嬪たちも、少しは浮かばれるだろうよ」

私は、武凱大将軍が言うような霊験《れいげん》あらたかな存在ではないけれど、この死を無駄にはしないと、そう伝えたかった。

「皇帝の跡継ぎを産むという大役を担い、後宮に入ってきた者たちだ。後宮の妃嬪の力なくして、雪華国が今まで繁栄し、歴史を築き上げることはできなかっただろう。その妃嬪たちを弔ってくれたこと、感謝する」

琥劉は片膝をつき、私に頭を下げた。英秀様は「陛下！」と慌てていたが、武凱大将軍は面白そうに眺めている。

「琥劉に膝をつかせられる女は、国中探しても嬢ちゃんだけだろうな」

「尻に敷かれる琥劉陛下の姿が目に浮かぶよね」

猿翔も一緒になってからかう。こういうところは、血は繋がっていなくても親子だ。

「ほら、立ってください、陛下」

私は少し呆れつつも、小さく笑いながら琥劉の手を引っ張り、石の寝台に近づいた。

五人もの妃嬪が次々と謎の死を遂げるなんて、おかしい。その手がかりが、少しで

の」


「昭儀が亡くなったときの様子からするに、急性循環不全《きゅうせいじゅんかんふぜん》を起こしたんだと思うの」

手足の爪にチアノーゼが見られた。

断りを入れて、亡くなった妃嬪たちにかかっていた布をめくる。身体を確認すると、

「失礼しますね」

も見つかるといいんだけど……。


「それはどういう状態なんだ」

琥劉が私と同じように妃嬪の遺体を覗き込みながら、尋ねてくる。

「血液の流れが悪くなって、酸素……身体に必要なものが不足して、脳や心の臓、肺といった臓腑の働きが低下してしまう状態のことよ。心の臓にもともと持病があったか、血管——血の通り道に血の塊が詰まる塞栓症《そくせんしょう》が原因で起こったりするの。突然息ができなくなって、胸が激しく痛んで、最終的に心の臓が止まってしまう」

「健康な女人でなければ、後宮妃にはなれん。妃嬪になる際は侍医の診察があるゆえ、持病があれば弾かれるはずだ」

「そうなのよね……私もそこが引っかかってるの。心の臓に持病がなかったとして、もうひとつ考えられるのは塞栓症の方ね。年齢を重ねると、血の通り道の壁が硬くなったり、脂肪の塊がくっついたりして通り道が狭くなるわ。おまけに血液もどろどろになって、流れが滞《とどこお》ったところに血の塊ができやすくなる。それが詰まって塞栓

症は起こるの。でも、妃嬪たちはみんな若いわ。それに、これはうつるような病じゃない。なのに、こんなに相次いで同じ症状で亡くなるなんて変よ」

そう言って持ち上げていた遺体の腕を下ろそうとしたとき、肘の内側に見覚えのある内出血の痕を見つける。

「これ、昭儀にもあった……」

もしかして、と他の妃嬪の肘を確認していく。すると、右肘か左肘かの違いはあるけれど、その内側に同じ内出血の痕があった。

「白蘭、どうした」

急に遺体の腕を確かめ始めたからだろう。琥劉が怪訝そうに声をかけてくるが、返事をする余裕が私にはなかった。

「嘘、こんなことって……」

内出血の痕があるのは、腕の血管の位置だ。私の世界で言う、採血のときに針を刺す場所になる。この内出血の痕って、まさか針の痕じゃないわよね？　でも、もしそうだったとしたら？　突然発症の呼吸苦、胸痛、心肺停止……そして、針の痕。

「原因は……空気塞栓症《くうきそくせんしょう》？」

ありえない。でも、最も有力な仮説だった。

「その、くうき……なんとか、というのは、どういう病なのですか？」

「血の通り道に詰まったのが血の塊ではなくて、空気だった場合の塞栓症です……」

「空気？」

そんなものが詰まるんですか、と言いたげに英秀様は驚いている。

「どの遺体の腕にも、内出血の痕があります。もし、この腕の血管……血の通り道から、体内に致死量の空気を注入したのだとしたら……侵入した空気が血の通り道に詰まって血流が悪くなり、先ほどお話しした急性循環不全を起こして……死に至ります」

動悸がして、呼吸が微かに乱れている。全身から血の気が引くのを感じ、浅い呼吸を繰り返していたら、めまいに襲われた。よろめく私を、琥劉がとっさに抱き留める。

「顔色が悪い……なにか、気になることがあるんだな？」

「……たぶん、シリンジ……筒がついた針みたいなものを使って、空気を体内に注入したんだと思う。その一回で注入できる量は限られてるから、短時間に何回も空気を入れたのよ。しかも、薬で眠っている間なら、部屋に行けさえすれば、相手に気づかれることなくできる……」

症状が出るまでには個人差があるが、だいたい数刻後に現れる。それだけの時間が空いていれば、犯人以外の人間が亡くなった妃嬪に接触する機会は十分にある。つまり麗玉が無罪だとわかったとしても、疑惑の矛先はそれまでに接触したすべての人間に向き、犯人を特定しにくくなる。そして、こんなことができるのは……。

嫌な可能性が浮かび頭を振っていたら、「白蘭？」と琥劉に顔を覗き込まれた。私は話すか、話すまいか悩んで——。

「ここにいる昭儀以外の妃嬪たちも、亡くなる前に睡眠薬を服用していたのか、亡くなるまでに起きた症状に共通点はあるか、調べてみないとね……」

結局、言葉にできなかった。琥劉はなにか言いたげに見つめてきたが、「そうだな」と答え、私を問い詰めることはしなかった。

ごめんなさい、琥劉。でも……考えたくなかったのだ。

血管にシリンジでなにかを注入する概念は、あの世界の医学。血管の位置を正確に知っているのは、あの世界の医療者でなければありえない。なにしろ、この世界には身体に血管があるという知識すらないのだ。でも、決めつけるのは早い。だって、確証もない。私以外にも、転生者がいるなんて確証は……。

＊＊＊

紅禁城は皇帝が居住した北の内廷《ないてい》と政を行う機関がある南の外朝《がいちょう》に分かれる。

その内廷の左右に蕾殿と呼ばれる皇子たちの御殿があり、即位するまではそこで政務にあたっていたが、皇帝となってからは外朝の『龍心殿《りゅうしんでん》』に移った。

外朝には皇帝の即位式や葬儀、宮廷の重大な式典を行う紅禁城最大の正殿――『雪華殿』と、その左右に四大臣や六部の文官らが出仕する『文葉省』、武官が出仕する『武葉省』の殿舎が置かれている。『龍心殿』は、その雪華殿の後ろにあり、俺はそこでいつものように執務机に積まれた上書や法案書類に目を通していた。朝議にかけられて可決した法案書類には、国の意思であることを表す印――玉璽《ぎょくじ》を押す。玉璽が押されると、その書類には法的効力が発生するため、集中力がいる作業なのだが――。

「…………」

書類をさばく手が、ときどき止まってしまう。頭をよぎるのは昨夜の白蘭のことだ。安置宮で妃嬪の死因について話していたとき、白蘭は明らかに様子がおかしかった。気になることがあるのかと尋ねるも、白蘭は本当に言いたかったことを呑み込んだ。

「よお、陛下」

白蘭が俺に本心を打ち明けられなかったのは、物理的に一緒にいられる時間が減ったせいか？　ここ半年、白蘭が眠ったあとに同じ寝台に入り、白蘭が目覚める前に出仕している。起きている白蘭と、まともに一緒に過ごせていない。夫婦でも久しぶりに会えば、遠慮してしまうものなのだろうか。

「おい、琥劉？」

こんなにも、自分がふたりいればいいのにと思ったことはない。

そもそも、俺と白蘭は夫婦になれているのだろうか。俺は皇族で世間一般の夫婦というものを知らないが、加えて白蘭は別の世界から来た人間だ。その世界の夫婦観がどんなものなのかも、わからない。始まりが契約結婚だっただけに、俺たちの仲がどこまで進んでいるのか把握できない。もしかすると俺たちは、夫婦の入り口にすら立てていないのではないだろうか。夫婦という関係にある以上、白蘭は離れていかない。その状況に甘え、俺は白蘭を繋ぎとめておくための努力を怠っているのではないか。

「嬢ちゃんが、あんまり夜ひとりにするんなら、猿翔と添い寝するからっつってたぞ」

「……！」

驚いた拍子に、執務机に積まれていた上書がどさっと崩れ落ちる。

いつの間に目の前にいたのか、武凱がニヤリとしながら立っていた。

「……笑えない冗談だ」

「がっはっは！　何度呼んでも、返事しねえからだろ。なんだ、なにか気になることでもあんのか？」

話すかどうか迷っている俺の背を押すように、武凱は続ける。

「おら、吐き出しちまえ。お前には、やらなきゃならねえことが山積みだろ。それに集中するためにも、頭ん中をすっきりさせておけ」

「……一理ある」

武凱は「だろ?」と笑う。

「昨日、安置宮で白蘭は、俺になにか重要なことを言おうとしていた。だが……結局、言葉にしなかった。それは、白蘭が頼りたいと思ったとき、俺がそばにいないことが多すぎたせい……なのだろうか」

情けなさに語尾が萎《しぼ》んでいく。媛夏妃の輿入れのあとも、嫌がらせの犯人だと噂されたときも、俺は白蘭のそばにいてやれなかった。俺が早く皇帝の地盤を固めること、それが白蘭を皇后に迎えるための近道になる。真相を突き止め潔白を晴らしてやれるよう動くことが、白蘭のためだと思ったからだ。

だが、独り善がりだったのだろうか。白蘭が戻れないという故郷の代わりに、俺が白蘭の故郷になると約束した。白蘭が会えないと言った家族の代わりに、そばにいるとも。なのに俺は、白蘭から貰ったものを、なにひとつ返せていない。

「一緒にいられる時間が少ない程度で、物理的な距離が離れた程度で、駄目になるくれえなら、ここで手放すんだな。嬢ちゃんが死んじまう前に」

「……っ、それは……今の俺には白蘭を守れない、そう言いたいのか」

「守れるって言い切れねえなら、諦めろって言ってんだ。自分の女にする、そう決めたんなら迷うな。中途半端な感情で関われば、一生手の届かねえところにいっちまうぞ。俺みてえにな」

経験者だからか、武凱の言葉には重みがあった。武凱は皇太后に密かに想いを寄せていた。だが、半年前に起きた謀反で、守り切ることができなかった。

武凱にとって、先帝は親友。その正妻である皇太后への恋慕《れんぼ》は忠義に反する。それゆえ先帝亡きあとも、武凱は皇太后の護衛役で在り続けた。

「惹かれちまわないよう一線を引こうとすれば、自然と距離ができる。相手を気遣うばかりに、踏み込むのを躊躇っていても同じだ。その一瞬の隙に、大事なもんってのは消えちまう。そんくらいに思って、しっかり離さずにいねえとならねえんだ」

「……お前が言うのなら、そうなのだろうな」

俺は白蘭だけは手離せない。それはつまり、皇帝の義務や雪華琥劉個人の望み、白蘭や国を常に天秤にかけ続けることになる。俺を孤独な皇帝にしないと言っていた白蘭も同じだろう。俺となにかを比べ、選んでいかなければならない。ひとりで生きていくよりも、難しい道だ。だが、俺は隣に白蘭がいる未来を望んだ。なら、思い描いた未来を決して離してなるものか。悩む前に実行しろ。白蘭なら、間違いなくそうしている。

「情けないところを見せた。もう平気だ」

背筋を伸ばせば、武凱は満足げに口端を上げる。

「いい面構えになったじゃねえか。お前は俺の自慢の息子だ。やり遂げてみせろ」

武凱は多忙な父上の代わりに、実の息子のように俺に接してくれた男だ。育ての親も同然ゆえ、義息の猿翔も兄弟のように気兼ねなく俺に接する。

俺の血の繋がった両親や兄弟は、ひとりを除き帝位争いで他界してしまった。それでも、俺のそばに残ったものがある。俺の父親代わりの武凱や師である英秀、兄弟のような部下である猿翔、自分がひとりでないことを教えてくれた最愛の女、白蘭。

白蘭に人のぬくもりを教わった。冷え切った心を温めてもらった。だから俺も、当たり前のようにそばにあった幸せに気づくことができたのだ。

「ああ。俺はもう、なにひとつ失わない。奪わせない」

武凱にそう返したとき、執務室の扉の向こうから「失礼します、陛下」と声がした。

中に入ってきたのは英秀だ。

「淡慈が妃嬪たちに配った薬の内容物が判明しました。曼陀羅華《まんだらげ》という強い催眠《さいみん》効果がある薬だそうです」

英秀はこちらに歩いてくると、その薬が入った布包みを開いて、執務机に置く。

「宮廷薬師によれば、不眠の際に処方されるのは間違いないようです。ですが、医妃によると麻酔薬というものにも使われるそうで、毒性が強く、使いこなすのは難しいもののようですね」

「白蘭は致死量の空気を体内に注入するには、特殊な器具で複数回に渡り行わなければばならないと言っていた。針を使うとなれば痛みを伴う。それでも目覚めないほどの、強い睡眠薬が必要だったというわけか」

俺は眉間にしわを寄せ、曼陀羅華を見つめる。

媛夏妃が来てから、後宮はやはり荒れている。兎の死体が妃嬪の宮殿に吊るされただけでなく、妃嬪たちが次々と謎の死を遂げているのだ。

一度目は媛夏妃も被害に遭っている。当然、皇帝の寵愛を奪われた腹いせに、白蘭がやったのだろうと疑う声があがった。続けざまに前科のある麗玉を利用し、妃嬪殺害の罪を着せ、その主である白蘭の評判をも落とした。白蘭にはこれまでの功績がある。すぐに犯人だと決めつけられることはないだろうが、時間の問題だ。

「朝礼での振る舞いは、お馬鹿で無知な皇女そのものでしたが……媛夏妃が来てすぐ、これだけの騒ぎが起きているとなると、媛夏妃は食わせものかもしれませんね」

「ああ。懸念していたことが現実味を帯びてきたな」

後宮で実権を握り、国母として君臨する。婚姻関係を利用し、内側から国を乗っ取るのが媛夏妃……いや、蛇鴻国の目的か。

先帝はとんでもない国と同盟を結んだものだ。この同盟を反故《ほご》にすればどうなるのか、先帝はその威厳と脅威を以て牽制《けんせい》し、侵略から国を守ってきたのだろう。同じことが俺にもできなければ、雪華国は蛇鴻国に内側から喰われる。

「媛夏妃に関することで、もうひとつご報告が」

「選ばれなかった他の皇后候補について、調べがついたか」

兎の死体の一件があった際、秘密裏に英秀に調べさせていたことだ。

「媛夏妃が最有力候補であることに異論はないが、四大臣や六部長官らが満場一致で蛇鴻国の皇女を推したこと、特に六部長官は媛夏妃が朝礼殿で亡き皇太后への非礼を働いた際、誰ひとりとして咎めなかった。それが引っかかっていた」

「いっそ、媛夏妃に肩入れしているようにさえ見えましたね」

「ああ。蛇鴻国が自国の皇女を嫁がせ、雪華国を乗っ取ろうとしているのだとして、四大臣や六部長官はそれを承知の上で推薦《すいせん》したのか、はっきりさせたい」

もし承知の上ならば、これは臣下による謀反だ。

「そして、もしこの婚姻が仕組まれていたとすれば、他の皇后候補たちの身が危険だ」

「それが……一歩遅かったようです。媛夏妃が正式に皇后候補に選ばれたあと、他の皇后候補は病や不慮の事故で亡くなっています」

武凱は「全員か⁉」と驚きの声をあげる。

「はい。他の候補を邪魔に思う者がいるとすれば、媛夏妃以外に考えられないでしょう。万が一にでも自分以外に候補が移らないよう始末した……と考えるのが自然です」

「ますます、きな臭い皇女様だな」

武凱は渋い面持ちで、顎をさすっていた。

「媛夏妃が真っ先に医妃を狙ったのは、陛下の寵愛を得ていることを知っていたからでしょう。後宮内で最も皇后に近い、そう思われたのではないかと。同時に、医妃の評判を落とすことで、医仙をこの城に招いた陛下の権威も貶《おと》めることができる」

「俺の無能さを知らしめ、お飾りの皇帝とし、代わりに自分が女帝にでもなる気か」

「媛夏妃は同盟国の皇女です。正当な理由なく破談になどすれば、皇室の面目が立たなくなるだけでなく、戦《いくさ》にも発展するでしょう。いかがいたしますか？」

英秀と武凱が同時に俺を見る。皇帝として、国の大事に関わることだ。選択や攻め時を見誤れば、俺は象徴としてだけ必要とされる皇帝に成り下がる。命懸けで俺を今の座に就かせた者たちを裏切ることになる。大事な者を守る力を失ってしまう。

「英秀、媛夏妃を皇后候補にと後押しした四大臣と、六部長官を秘密裏に調べろ」

「承知いたしました。特に六部長官らは、科挙で公正に選出された者たちではありますが、念のため出自から再度洗い直します」

英秀は右手の拳を左手で包み、頭を下げながら言う。俺は頷き、武凱に視線を移す。

「俺は、先帝が蛇鴻国と同盟を結んだのは、単に貿易や軍事上の利があったからというだけではないと考えている。先帝が蛇鴻国の野心に気づけないとは思えん。恐らく、この同盟には侵略を牽制する意味がある。武凱、我が国が蛇鴻国よりも上回る軍事力を有すると、知らしめる必要がある。急ぎ、禁軍及び雪華栄軍の武官の育成を進めよ」

「承知！　まあ、武科挙で入ってきた新人は、なかなか見込みのあるやつらばっかりだったぜ。すぐにでも、その成果が見れるだろうよ」

「ああ。ふたりとも任せた」

俺は側近らに頷き返し、執務机にある曼陀羅華に視線を戻した。

人間はこの薬にも毒にもなる曼陀羅華のように、利益のためなら善にも悪にもなる。変わり身も早い。白蘭のおかげで、四大臣とはいい関係が築けていると思っていただけに、裏切り者がいるとは考えたくないが……その線も捨てきれん。このことを話すべきなのだろうが……正直、気が重い。

誰かのために戦っている白蘭が最も苦しむのは、大切な人間が傷つくこと、信じた者に裏切られることだろう。それでも、きっと白蘭は痛みを堪《こら》え笑う。その姿が脳裏に浮かび、俺は嘆息せずにはいられなかった。

＊＊＊

安置宮に行った翌日、私は猿翔と共に麗玉がいる牢に来ていた。

石造りの牢には小さな正方形の小窓がひとつだけ。そこから差し込む頼りない夕日に照らされた麗玉は、俯きながら、壁に寄りかかって座っている。

「白蘭……？」

牢の前で足を止めると、私たちに気づいた麗玉がゆっくりと顔を上げる。頬に赤みはなく、疲れ切った目。かなり憔悴しきっているのがわかった。

「麗玉、すぐに来られなくてごめんなさい。許可がなかなか下りなくて……」

木製格子を掴んで、視線を合わせるようにしゃがみ込めば、麗玉もそばにやってくる。そして、疲れを滲ませながらも、笑みを浮かべた。

「なに言ってるの、昨日の今日よ。すぐじゃない。それより、後宮妃は後宮の定めた区域から出られないはずよ。それなのに、どうやって来たのよ」

そうなのだ。私は特例で牢を管理している刑部まで来られた。

「陛下とあなたのお父様に感謝しないとね。ふたりの力添えがあったから、特別に面会が叶ったのよ」

「父様が……？」

麗玉の父、姜大臣は生家の利益や己の地位を上げるために娘を後宮に入れた。薬師になりたかった麗玉からすれば、自分を苦しめた張本人。信じられないのも当然だ。

「麗玉、人間は誰だって間違うわ。でも、誰だって自分の過ちに気づいて、変わることができる。あなたのように」

前に琥劉が言っていた。姜大臣は追放されてもおかしくない麗玉を薬師としてそばに置き、城に居場所を作ってくれた私に感謝していたと。

きっと姜大臣は、廃妃となった娘の身を案じていたのだ。同時に、自分が娘をそこまで追い詰めたのだと、胸を痛めていたのかもしれない。

「本当にあなたに興味がないなら、手助けなんてしない。薬師になることも反対したのではない？　利用するなら、あなたにまた実家の利益になる婚姻をさせたはずよ」

「でも、私……ようやく、認めてもらえそうだったのに、こんなところに入れられちゃって……結局、一度罪を犯した人間は、泥を啜って生きていく運命なのよ！」

強気な麗玉らしくない発言だ。こんな場所にいるから、精神的に参っているのだ。

牢の前に立っていた猿翔も、苦しげに麗玉を見下ろしている。

「ここには、麗玉嬢の過去を知ってる人間が多すぎる。何度もそういう罪を着せられるのは避けられないよ。麗玉嬢には特に、生きづらい場所だよね」

——だから、一度罪を犯した人間は、やり直すことも許されないって？

「一度罪を犯せば、まっとうに生き直したって、疑念を浴びせ続けられる。でも、それはあなたが傷つけた人たちの分まで背負うべき痛みよ。それも覚悟で、この道を進んできたのではないの？」

「心が……心が折れちゃったのよ！　私は、白蘭みたいに強くないの！」

麗玉は目に涙を溜め、私から視線を逸らす。

「頑張っても耐えても、正しい道を歩こうとするたびに疑われる。足を引っ張ってくる人間が現れる！　みんな、私になにを求めてるのよっ。破滅してほしいの？　死んでほしいの!?　そんなに私、恨まれてるのっ……？」

泣き叫ぶ麗玉に、負けじと私も声を張る。

「私も、そういう人たちを許せないって思う！　だけど、だからなによ！」

麗玉はこちらを見ずに涙をこぼしている。私は彼女から目を逸らさず、拳の代わりに言葉をぶつける。

「そうやって、また自分の価値を他人に委《ゆだ》ねるの？　あなたは薬師っていう価値ある自分を見つけたのに、また自分を見失ってる！」

「私はっ、白蘭の力になりたくて、宮廷薬師になったあとも、あんたのところに戻ってきたの！　でも、こんな私じゃ白蘭の足を引っ張る！　役立たずになるくらいなら、死んだ方がましよ！」

「ふざけんじゃないわよ！」

拳を格子に叩きつける。格子を殴った拍子に手の皮膚が切れ、血が流れた。今、格子がなかったら、きっと麗玉に馬乗りになって、ボコボコに殴っていただろう。

「姫さんっ」と猿翔が慌てていたが、痛いのは手よりも心の方だった。瞳の奥から涙がせり上がってきて、私は目に力を入れる。

こぼれそうになった嗚咽《おえつ》は呑み込み、私は格子から手を入れ、彼女の髪紐を引っ張った。するとふたつ結びにされていた麗玉の髪が片方だけほどける。

「この髪紐をしっかり見て！　箔《はく》徳妃が好きになってくれた自分を、もう裏切らないって決めたんじゃなかったの⁉」

麗玉は、はっとしたように目を見張った。

これは麗玉が犯した罪が災いして失った、唯一の味方であり親友の形見だ。

「あなたはちゃんと、傷つけられた側の痛みを受け止めてきた。だから私は、この腕の中で看取った箔徳妃のことを抜きにしても、あなたのそばにいたいと思ったの！」

「白蘭……」

麗玉の両目から、涙がとめどなく溢れている。

「箔徳妃との約束を抜きにしても、あなたをできるだけ先の未来まで連れていく！あなたの頑張りを私はちゃんと見てる！　だから、他の人の声に、視線に怯むな！」

叱りながら、ついに堪えきれず、私の頬にも涙がひっきりなしに流れていく。

「必ず、そこからあなたを自由にする。前にも、こうしてあなたを冷宮から連れ出したじゃない。だから私を信じて、いつもみたいに悪態ついてなさい！」

「……っ、どんな励まし方よ……うう、白蘭……っ」

べそをかきながら、麗玉も格子から腕を伸ばし、私に抱きつく。それから麗玉は、

「猿翔も来なさいよ！」と謎の八つ当たりをした。

猿翔はやれやれと笑いながら、地面に膝をつき、私たちに腕を回す。

「火山噴火のあとは、地固まるってね」

「猿翔、それ雨降って地固まる、だから。あと、噴火ほどじゃないわ。私と白蘭が本気で喧嘩したら、こんなもんじゃ済まないもの。今回は手は出てないし、平和な方よ」

麗玉が貴妃の頃に冷宮に入れられたときも、取っ組み合いの喧嘩をした。あのときに比べたら、手が出ていないだけ平和な喧嘩だ。麗玉も同じことを考えていたのだとわかり、私はぷっと吹き出してしまう。すると、ふたりは同時に私の顔を見た。

「麗玉、あなたを陥れようとする人間は確かにいる。でも、あなたには私たちがついてる。だから、大船に乗ったつもりでいて。これも、ちょっとした休暇だと思って」

それを聞いた麗玉は少し照れ臭そうに頬を染め、ふいっとそっぽを向いた。

「早くね。休みにしたって、ふたりがいなきゃ退屈なんだから」

夜伽の時間、久しぶりに琥劉が医仙宮に渡ってきた。

「これは、初めて見る」

円卓に向かい合って座っていた琥劉は、緊張の面持ちで目の前にある茶色い液体が

かかった白米を見下ろしていた。

「それはカレーよ。後宮の厨房に行ったら、隅の方に埃を被った壺を発見してね……」

私は厨房に行ったときのことを話す。

なんでも蛇鴻国から大量に香辛料が献上されたらしいのだが、雪華国の女官たちにはその使い方がわからなかったようで、部屋の隅に放置されていたのだ。

あの噂が広まってから、女官たちは私に対してもよそよそしかったのだが、香辛料は使い道がない上に場所を取るので、消費してくれるならと使わせてくれたのだ。

「舐《な》めてみたら、私の世界にあった食べ物と味が似てたのよ。それで香辛料を組み合わせていったら、なんと見事に再現できたわ」

「実験が成功してなによりだ。お前の世界の食べ物には興味がある。楽しみだ」

ふっと口元を緩める琥劉に、私もつられて頬を緩める。

琥劉には先帝を亡き者にした実の兄を、自ら討った過去がある。それから血を見ると、兄を殺したときのことを思い出し、正気を保てなくなる病に悩まされていた。私と同じ、PTSDだ。血に狂い、兄の幻影に囚われ、剣を振り回したこともある。返り血でその身が赤く染まるほど、敵を斬ったのだ。

出会った頃は表情も乏しく、味覚も感じられない状態で、恐らく心が痛みや苦しみを感じないように感覚を切り離すしかなかったのだと思う。

でも、一緒に過ごすうちに笑うようになり、食事も私が作ったものであれば味がすると言うので、こうして琥劉が後宮に来た際は、私が料理を振舞うことにしていた。

「いただきます」

匙《さじ》を口に運ぶ琥劉を、ワクワクしながら見守る。カレーを生まれて初めて食べる人って、どういう反応をするんだろう。

「……っ、辛い……なんだ、これは……」

こういう味なら先に言え、と涙目で訴えてくる琥劉。それがなんだか可愛くて、私はくすくすと笑う。

「カレーって名前からして、辛いって想像できてるかなあと。でも、食べてるうちに病みつきになるわよ」

疑わしそうにカレーを口に入れる琥劉。嫌なら食べなければいいのに、私の言葉を信じて食べてくれるところが、やっぱり可愛い。

「ん……辛さに慣れてくると、野菜の味が感じられるな。辛じょっぱいこの汁のおかげで、白米も進む」

「ふふ、この刺激がまた欲しくなるでしょう？　身体も温まってこない？」

「ああ、年中雪が降り積もっている雪華国には、もってこいの料理だ。お前の世界の料理は面白い」

こんなふうに、琥劉と他愛ない話をしたのはいつぶりだろう。この安らぎを感じられる時間が私には必要だったのだと、しみじみ感じる。最近、気が張ってばかりで、考えなければいけないこともたくさんあって、疲れていたのだ。それを今自覚した。

和やかな夕食を終えると、私たちは寝台に腰かけた。

「琥劉、淡慈が配った睡眠薬のこと、英秀様から聞いた?」

「ああ、報告を受けた。曼陀羅華だったそうだな」

亡くなった妃嬪らの宮殿から薬を回収し、他の宮廷薬師にも調べさせていた英秀様は、お昼頃に私のところにもやってきた。妃嬪らが処方されていた薬は曼陀羅華で、私にもその使い道を尋ねてきたのだ。

「亡くなった妃嬪以外にも、まだ淡慈から渡された曼陀羅華の薬を持っている妃嬪がいるかもしれないわ。どうにかして、回収できないかな……」

「亡くなっていればともかく、大っぴらには厳しいだろうな。媛夏妃が自分を疑っているのかと騒ぎ立てれば、同盟関係にひびが入りかねない」

「そっか……難しいわね」

前に琥劉は言っていた。権力者を争いの盤《ばん》の上から降ろすには、証拠をいくつも押さえ、逃げられないよう水面下で確実に追い詰める必要があると。じっと確実な勝機が見えるまで待つ。それができなければ、逆にこちらが盤上から追放されてしまう。

「あ、私の方では、亡くなった妃嬪たちの症状について聞き込みをしてみたわ」

「………」

　無言の圧力。これは……あまり目立たないように行動してくれ、と言ったそばから動き回っている私を咎めている目だ。

「しょ……症状に共通点はあるか、調べてみたの。そうしたら、やっぱり昭儀と同じように呼吸困難になって、胸を押さえて突然死したそうよ」

「そうか。やはり、お前が言っていた空気塞栓症を起こしている、ということか？」

「そうね……針の刺入部《しにゅうぶ》も確認できるし、強い催眠作用のある曼陀羅華で眠っている間に、妃嬪たちは体内に致死量の空気を注入されたんだと思う」

　この世界にCT画像がないから断言はできないけれど、恐らくそれが死因だ。

「琥劉――」

　そんな技を知っている人間は、自分と同じ世界から来た人かもしれない。そう打ち明けようとしたとき、琥劉が深いため息をつく。

「新たな皇帝を迎えて立ち上がろうとしているこの国を、内側から腐らせようとしている者たちがいる。まったく、次から次へと……」

　憂いを帯びた横顔。琥劉が皇帝になってから、私はこの顔ばかり見ている気がする。これ以上、琥劉の悩みを増やしたくない。確証もないことで負担をかけたくなかった。

「すまない、お前の話を遮ってしまった。なにを言いかけていた」

「えっと……さっき話したので全部よ」

私はまた、言葉を呑み込んだ。すると、琥劉もまたなにか言いたそうに私を見つめる。その視線に耐え切れなくなり、私は口を開く。

「それはそうと、あなたが久しぶりに医仙宮に渡ってきたのは、どうして？　私に話したいことがあったんじゃない？」

「あ、ああ……お前に話しておきたいことがあってな」

「話しておきたいこと？」

首を傾げながら聞き返すと、琥劉は考え込むように視線を落とし、それからゆっくりと私を見つめた。

「俺は、お前が隣にいる未来を望んだ。それゆえこの先、お前となにかを天秤にかけることがあったとしても、俺はお前を選び続ける。どんなに時間がかかってもだ。決して、お前を離さない」

「そ……それを言いに、医仙宮に？」

目を見張りながら、じっとその瞳を覗き込む。すると琥劉は困ったようにはにかみ、ゆっくりと私から視線を逸らした。

普通ならここは、照れながら喜ぶところだろう。でも、私にはわかる。琥劉もなにかを呑み込んだんだ。今、伝えてくれた言葉に嘘偽りはないだろうけど、今のは本当に伝えたかったことじゃない。それに気づけないほど、私たちは浅い関係じゃない。

もし、私たちの間に隠し事や嘘があるのだとしても、それはきっと相手を想いやって生まれたものだ。大切だからこそ、言えないこともある。好きな人の前だからこそ、いい女でいたいと取り繕ってしまうことも。

例えば、理解ある大人のふりをして、もう気にしていないようなふりをして、本当は琥劉が自分以外の人と婚姻したことを、今も複雑に思っているとか。

一緒にいられなかった時間のせい？　それとも離れた距離のせい？　私たちは互いを想うばかりに、すれ違っているのかもしれない。琥劉もそう思ったのか、どちらともなく手を握り合う。

「眠ろう」

琥劉はそう言って、私の手を引き、布団の中へと誘った。

夢の中でくらい、いろんなしがらみから解き放たれて、ただあなたのそばにいたい。琥劉も同じ気持ちだとばかりに、私を深く腕の中に抱いた。

どうか、同じ夢を見られますように。夢の中でも、あなたに会えますように。そう願って、私たちは身を寄せ合い、瞼を閉じる。互いの存在を深く胸に刻みながら。

「ご機嫌麗しゅう、媛夏妃様」

朝礼殿に現れた媛夏妃に、妃嬪たちが声を揃えてそう言い、いっせいに拝礼する。

この数日、後宮では媛夏妃が実権を握るようになっていた。朝礼を取り仕切り、夜伽の最中は宦官に見張らせ、必ずその回数を報告させるよう義務付けるなど、後宮の規律そのものとなった媛夏妃を、ついには『皇后』と呼ぶ者まで現れた。だが、それらを琥劉が許したのには、理由がある。

時は久しぶりに、琥劉が医仙宮に渡ってきた夜伽の日まで遡る。


カレーを食べた翌朝のことだ。髪を梳《す》かれる感覚で目が覚めると、琥劉が横になったまま寝台に肘をつき、私を眺めていた。

『……あなたね、人の寝顔を見る趣味でもあるの？』

『ある。お前の限定だが』

あまりに穏やかに微笑むものだから、私は赤くなっているだろう顔を隠すように、ごろりと寝返りを打った。

――朝から心臓に悪い！

『顔を見せてくれ』

布擦れの音がして、後ろから私の顔を覗き込む琥劉。私は両手で顔を覆った。

『嫌よ。寝起きだし、たぶん顔、赤いし……』

本当に今さらだ。一緒に眠ったことは何度もあるのに、琥劉と結ばれてからは、当たり前にしていたことすら特別に思えて、恥ずかしい。

『起きているお前に会えるのは貴重なんだ。それゆえ、隠さないでくれ』

琥劉は私の手首を掴み、やんわりと顔から外させると、そのまま寝台に縫い留めるように押さえた。私に覆い被さっている琥劉に、全部見られている。琥劉を愛しく思う気持ちも、見透かされたくない羞恥心さえも、すべて。

『……愛している』

掠れる声でそう言い、琥劉は口づけを落としてくる。

『お前を見つめるたび、何度も思う。皆を惹きつけてやまないお前を……俺だけが独占できればと……』

触れ合う唇の隙間で、低く囁かれる。

私の台詞を取らないでほしい。私の方が、あなたを見つめるたびに何度も思っている。皆のものであるあなたを、私だけのものにできたらいいのにって……。

そんな我が儘が口をついて出そうになり、無意識に引き結ぶ唇を琥劉は優しくほどいていく。琥劉は、どこまで気づいているのだろう。どうか、私の子供じみた嫉妬心まで見抜かれていませんように。琥劉に気を遣わせたいわけではないから……。

呑み込んだ言葉の代わりに、口づけで想いを伝え合ったあと、琥劉は私を抱きしめたまま切り出した。

『……これから、媛夏妃を自由に泳がせる』

『自由に？』

『朝礼も今までは、俺が皇太后の代わりに取り仕切っていたが、後宮の一切を媛夏妃に任せることになる。そうすることで、媛夏妃の行動は大胆になっていくだろう』

『ボロが出やすくなるってことね』

そうだと、琥劉は頷く。

『ただ、後宮が媛夏妃の天下になるゆえ、お前には窮屈な思いをさせることになる。すまない』

最近の琥劉は、私に謝ってばっかりね。そうさせているのは、きっと私。不安を隠し通せていないから、琥劉も心配するのだ。

『あなたと一緒に過ごした時間があれば、私はしばらく頑張れる。束の間の幸せでも、それが私の心を支えてくれる。あなたとまた、こうして過ごせる時間が欲しいから、なんとしても解決してやるって思えるの』

『そういう勝気なところも、愛している』

『……っ、あ、ありがとう。で、あなたに頼みたいことがあるんだけど』

照れ隠しに話を逸らす私は、麗玉のことをどうこう言えない。
私は苦笑しながら勢いよく起き上がり、寝台を出ると、文机にある紙を手に取った。
『それは？』
はだけた寝着もそのままに琥劉もそばにやってきて、後ろから私の手元を覗き込む。
『例の、身体に空気を入れるために使われただろう注射器の絵よ』
『この針がついた筒は、注射器というのか？』
『うん、私のせか……』
言いかけて、はっとする。琥劉はこれが、私の世界の技術であることを知らない。
それを話せば、私以外の転生者がいるかもしれないと、容易に想像がついてしまう。
まあ、聡明な琥劉のことだ。すでに気づかれているかもしれないけれど。
『と——とにかく、こんな道具を作らせたはずよ』
振り返って、琥劉に注射器の絵が描かれた紙を差し出す。
『こういうものを作れる職人をあたっていけば、依頼主に辿り着けるかも』
琥劉は探るように私をじっと見つめ、やがて切なげに笑うと、紙を受け取った。
『……助かる。すぐに劉炎《りゅうえん》兄上に調査させる』
第一皇子である劉炎殿下は、琥劉の腹違いの兄だ。いつも有能な琥劉と比較され、
後宮妃であった母親に折檻されていたそうだ。そのせいで、愛情は支配することでし

か維持できないという歪んだ考えを持つようになってしまった劉炎殿下は、妻である猿翔のお姉さんに暴力を振るっていた。だが、今ではきちんと妻とも向き合い、ふたりは愛し合っているものの、互いを傷つけないために離縁という道を選んだ。

優秀な琥劉を妬んできた劉炎殿下。初めはふたりの関係も冷え込んでいたが、互いに腹を割って話したあとからは琥劉を皇帝と認め、支えていきたいと心を入れ替えている。会える距離にいると妻を傷つけてしまうからと、今は琥劉の勅命を受け、主の目となり耳となり世界中を飛び回る役目を担っている。

『白蘭、離れていても、俺たちは夫婦だ』

『え……なに、突然』

心の奥底を覗き込むような真剣な眼差しに、緊張が身体に広がる。

口ではとぼけてしまったが、本当はわかっていた。琥劉はやっぱり、私がなにかを隠していることに気づいている。だからこんなふうに、念を押すように言うのだ。

『それだけは、覚えていてほしい』

なんでも話せる。夫婦って、そういうものじゃないの？

でも、私たちは本当に言いたいことを呑み込んでばかり。相手を不安にさせてまで、すべてを打ち明けることが正しいことなのか、私にはわからない。

『うん……忘れない』

だから、そう答えた声は、迷うように震えてしまった。

これが、媛夏妃が後宮の規則にまで口を出すようになった理由だ。

「皇后様、後宮では相次いで妃嬪たちが亡くなっておりますわ。それも皆、医妃を疑っていた妃嬪たちばかり」

「嫌がらせの件も、この件も、医妃が関わっているのでは？」

覚悟はしていたが、疑いの矛先が自分に向く。朝礼殿にいる妃嬪らが、私を振り返って蔑《さげす》むように笑っている。

居心地の悪さを感じていると、朝礼殿の中央上段にある御座に、優雅に腰かけている媛夏妃が手を叩いた。

「証拠もないのに、そんなふうに医妃を虐めては駄目よ。目をかけてた侍従が妃嬪を殺《あや》めたなんて、医妃にとっても衝撃的なことがあったあとよ。追い詰めないであげて」

私を案じるような物言いだが、こちらの神経を逆撫でする言葉選びは逸品だ。まだ疑惑の段階だというのに、麗玉が妃嬪を手にかけたと断言したのだ。『麗玉はそんなことしてません！』という言葉が喉まで出かかったが、琥劉の忠告が頭に響く。

『後宮では念のため、麗玉を庇うような発言も控えろ』

相手は兎の死体を吊るすような人間。私の大事な者を見せしめのように殺す可能性もある。麗玉や猿翔が傷つくなら、これくらいの侮辱《ぶじょく》は耐えないと。

壁際にいる猿翔が心配そうに私を見守っている。私は俯いて深呼吸をすると、笑みを作って顔を上げた。

「そんなふうに心配していただけるなんて、恐悦至極にございます、媛夏妃様」

右手の拳を左手で包み、頭を下げる。怒りがないわけじゃない。でも、ここでいくら私が麗玉の無罪を訴えたところで、無意味だ。

私はなんの後ろ盾もない妃だけど、医術がある。麗玉をあの場所から連れ出して、琥劉の悩みを少しでも軽くしてあげることはできるかもしれない。

だから今は、高みから笑っていればいい。だけど必ず、私の大切な人を傷つけたことを後悔させてやるから！


「昭儀が薬を飲んで眠ってから、部屋に入った人はいる？」

空気塞栓の症状は、空気を注入されてから数刻後に現れる。

私は猿翔と共に、妃嬪らが曼陀羅華を服薬した時間、亡くなるまでに交流した人間を調べて回っていた。

「昭儀様が眠られてから、部屋に入ったのは……明かりを消しに行った女官だけです」

答えたのは、昭儀付き女官長だ。葬儀は終わったものの、喪が明けるまでは女官たちも白い女官服を纏い、主の部屋を管理するのが習わしなのだそうだ。

「明かりを消しに行った女官に、話を聞くことはできる？」

昭儀付き女官長は戸惑いつつも「はい」と頷き、他の女官たちを振り返る。

「皆、手を止めて。あの日、部屋の明かりを消しに行った者は前に出なさい」

でも、室内の掃除をしていた女官たちは当惑顔で、お互いを見合っていた。

「あの日の当番は、美鈴《めいりん》でしょう？」

他の女官に暴露された美鈴は、驚いたように「えっ」と目を丸くした。

「あの日は確かに私の当番だったけど、急に担当が変わったって……！」

「誰がそんなことを？」

別の女官に追及された美鈴は、首を窄《すぼ》める。

「そう言えば、暗くてよく見えなかったわ」

美鈴によると、昭儀の部屋に向かっている途中、外廊下を歩いているときに、その女官に話しかけられたそうだ。この世界の明かりは原始的な蝋燭《ろうそく》だ。遠くが見渡せるほどの明るさはない上に、少しでも距離があれば、顔がはっきり見えない。

「でも、女官服を着ていたのは間違いないです！　それに、洗濯桶を抱えていたので、てっきり天槙《てんてん》か晴漣《せいれん》だと……」

名指しにされたふたりの女官は、犯人にされたらたまったもんじゃないとばかりに、

「私じゃないわよ！」「あの日は、お休みを貰ってたわ！」と慌てて首を横に振る。

「その当番が変更になったことを伝えに来た女官は、昭儀様付き女官ではなかったのかもしれませんね」

猿翔がさらっと恐ろしい仮説を口にする。部屋の空気が一度、下がった気がした。

昭儀の部屋を出たあと、私は猿翔と九嬪宮の廊下を歩いていた。

「あえて顔が見えない距離を保ち、美鈴さんに声をかけたのだとしたら……。この九嬪宮にいては、おかしい人物だったのかもしれませんね」

ここは九人の嬪がいる九嬪宮。どこで聞き耳を立てられているかわからないので、猿翔も敬語だ。

「犯人は恐らく、他の妃嬪様方が亡くなった際も同じような手口で寝込みを狙い、空気を注入したのでしょう」

「普通に考えると、難なく部屋に入ることができる妃嬪付き女官が怪しいけど……部屋には入れても、血管に針を刺す技術がなければ成功しないわ」

「妃嬪様方の女官を懐柔《かいじゅう》し、協力者全員にその医術を習得させるのは、非効率です。秘密を共有する人間が多ければ多いほど、外に漏れる確率も上がりますから」

「じゃあ、犯人はひとりなのかな？　その人が妃嬪付き女官のふりをして、宮殿に入り込んだ……」

「そうですね。命令したのが媛夏妃様だとしたら、実行犯は……あの者が怪しいかと」

それは私も考えていた。医仙宮の薬だと嘘をつき、妃嬪たちに曼陀羅華を配ったのが彼女だからだ。妃嬪は直接、手を汚さない。自分の最も信頼する女官を手足として使う。そうなると、いちばん怪しいのは──淡慈だ。

「他の亡くなった妃嬪たちの女官にも、話を聞いてみましょう」

他の妃嬪の部屋に向かおうとしたとき、前から媛夏妃が歩いてきた。その後ろには、宦官がずらずらとついてきている。

「白蘭！　こんなところで会えるなんて、わたくしはついているわね！」

弾む足取りで駆け寄ってきた媛夏妃。この無邪気さは果たして本物なのだろうか。

「どうして九嬪宮に？」

「わたくしは医妃。後宮でおかしな疫病《えきびょう》が蔓延《まんえん》しているのであれば、その原因を突き止める必要があります」

媛夏妃の後ろにいる宦官らの『お前が犯人のくせに』という視線が突き刺さる。

「嫌だわ、白蘭。わたくしたち、お友達でしょう？　敬語はよしてって言ったのに」

媛夏妃は、私の手をぎゅっと握った。悲しげに眉を下げられ、自分が疑い深い人間なのではないかと、悪いことをした気になる。

「あ、もしかして……わたくしが皆に、皇后と呼ばれているからなの？　皆、気が早いわよね」

気が早い……ってことは、やっぱり自分が皇后になれると信じて疑っていないんだ。

でも、そう過信していてくれた方が好都合だ。媛夏妃の行動が大きくなればなるほど、墓穴を掘る可能性も高くなるのだから。

「そんなことは。媛夏妃はみんなから好かれているし、きっと素敵な皇后になるわ」

心にもないことを口にしたが、顔には出していない。つもりだったのだが――。

「嘘つき」

媛夏妃は、にこやかに言い放った。

「え……？」

あまりにも表情と言葉が合っておらず、聞き返してしまう。

「後宮でおかしな疫病が蔓延している？」

鼻で笑い、媛夏妃は私の手を思い切り振り払った。予期せぬ衝撃に、よろめく。

「きゃっ……」

「医妃様！」

猿翔が倒れそうになる私を抱き留めた。ふたりで冷笑を浮かべる媛夏妃を見上げる。

「嘘ね、あなたはわたくしを疑っているのよ。わたくしが妃嬪たちを殺し、あなたにその汚名を着せようとしたんじゃないかって」

　これが、媛夏妃の本性……！　無邪気で世間に疎い女人。それが媛夏妃の第一印象だったが、あまりの豹変《ひょうへん》ぶりに寒気が走った。

「でもね、白蘭。怪しいのは、あなたの方よ？」

　こちらに屈《かが》み込んできた媛夏妃は、わざとらしく小首を傾げる。

「元毒妃を薬師としてそばに置いたり、あなたの宮殿だけ嫌がらせを受けなかったり、誰の目から見ても、あなたは医仙ではなくて――妖魔ね」

　毒妃というのは、貴妃だった頃に毒を使って、他の妃嬪らを害したことを意味する麗玉の蔑称《べっしょう》だ。

　媛夏妃は、後宮での私の価値をよくわかっている。私がこの後宮にいられるのは、医仙だからだ。そのご利益《りやく》がなくなれば、私は皆を偽った妖魔として罰せられる。同時に、私をここへ連れてきた琥劉の権威にも傷がつく。

　もしかして媛夏妃は、私のことだけでなく、琥劉の力も削ぎたいと思っている？

皇后になって、この国を牛耳《ぎゅうじ》るために……。

「医妃様は医術を施すことにおいて、皇后と同等の権力を行使できます。それを止める権利は、皇帝以外にありません。ですので、ここで失礼いたします」

猿翔が私の手を引いて、その場を立ち去ろうとするが――。

「媛夏妃様は、もう皇后のようなものよ」

騒ぎを聞きつけてか、今度は他の九嬪らがぞろぞろと立ち塞がる。すると、他の妃嬪の前だからか、媛夏妃はけろっと態度を変えた。

「皆さん！　お騒がせして、ごめんなさい。医妃に罪人捜しは風紀に関わるのではないかしらと、ご忠告して差し上げていたの。でも……」

妃嬪たちに走り寄った媛夏妃は、悲しげに口ごもった。

「そこの女官が皇帝以外に止める権利はないと、無礼にも意見したのを聞いておりましたわ」

「女官風情が出しゃばるなんて、教育が行き届いていないのね。主の品位のほどが知れること」

顎をつんと上げ、馬鹿にするように笑っている妃嬪たち。昨日の友は今日の敵とはよく言ったもので、これが人をいとも簡単に変えてしまう後宮という場所なのかと改めて思い知る。

人間は周りの空気に流されやすい。後宮妃は権力を以て人を従わせ、その空気を操ることができる。どんな悪意も正当化して、自分にとって不都合な人間を自分に従う人間に排除させることもできる。それが後宮の恐ろしいところだ。

「今は後宮をとりまとめる人が必要だと思うの。私はまだ候補だけれど、みんなが皇后と慕ってくれるのなら、そう在りたいと思っているわ」

あたかも純粋な人助けだと振る舞う媛夏妃に、妃嬪らは感動したふうに強く頷いて応えている。すべてが上辺《うわべ》の演技、とんだ茶番だ。

「皇后様、医妃には後宮の風紀を乱した罰が必要なのではなくて？」

「あまり気が進まないわ。だって、白蘭はお友達なんですもの……」

ぐすっと泣いて見せる媛夏妃に、妃嬪のひとりが「情に流されてはなりませんわ」と諭《さと》すように言う。

媛夏妃は皇后候補でありながら、皆に自分がいないとなにもできないような頼りなさを見せる。その立場が鼻につかないように、印象を操作するのがうまい。悪い人じゃないかも、そんなふうに気を緩めた瞬間、喉元に噛みつかれる。

「でも、皆がそう望んでいるなら……杖刑《じょうけい》二十回を言い渡すわ」

「なっ――風紀を乱しただけで、医妃様がそんな罰を受けるなんて、道理にかなっていません！」

猿翔がすぐさま抗議するが、

「女官のくせに、皇后様の意見に逆らうつもりですの？　お前も一緒に罰せられたいようね」

妃嬪らのいたぶる視線が猿翔に向けられ、私はとっさに背に庇った。

「女官の不作法は、しっかり教育できなかった主に非があります。それも併せて、わたくしを罰してください」

「医妃様！」

猿翔が私の腕を後ろから掴むが、振り返らずに媛夏妃に頭を垂れた。

「本人がそう言うなら……杖刑三十回にします。皆、医妃を連れていって」

媛夏妃の指示に従って、宦官らが私を取り押さえる。それを阻止しようとした猿翔に向かって、私は叫ぶ。

「手を出しては駄目よ！」

「ですが……っ」

泣きだしそうな顔で私を見る猿翔に、首を横に振る。

猿翔の力ならば、ここにいる宦官らを簡単に追い払えるだろう。

でも、そんな真似《まね》をすれば、猿翔が男であることが露呈《ろてい》してしまうかもしれない。それを指示した琥劉もただでは済まないのだ。

「猿翔、命令です。あなたは医仙宮に戻っていなさい」

幼い頃から猿翔は、両親に折檻されていた。それだけでなく、嫁いだ姉も夫に同じような扱いを受けてきたのだ。猿翔にとって、身内が暴力を受けることは、最もつらい状況だろう。猿翔には、トラウマなんて抱えてほしくない。だから、私が罰を受けるところを見せたくなかった。

「それだけは聞けません、医妃様」

絞り出すようにそう言い、首を横に振る猿翔。私は心苦しく思いながらも、最後の手段を使うことにした。

「あなたが非礼を働くたび、私は媛夏妃様に罰を増やしてもらわねばなりません」

「……っ」

猿翔は息を詰まらせた。

『それはずるいよ、姫さん』

そんな猿翔の心の声が聞こえて、私は苦笑する。

その場から動かず、俯いた猿翔を見て、妃嬪らはくすくすと笑っていた。

そして、項垂《うなだ》れる猿翔を置き去りに、私は朝礼殿前の広場へと連れていかれた。

あえて目立つ場所で折檻をするのは、私の罪を周知させる狙いがあるのだろう。そんなことをどこか他人事のように考えながら、十字の台の上にうつ伏せに寝かせられる。逃亡防止のためか、両手両足を縄で縛りつけられた。杖刑は木製の杖で背中や臀《でん》部を打つ刑罰だ。死ぬことはないだろうが、恐らく皮膚が裂けるのは免《まぬが》れない。

「始めなさい」

媛夏妃がそう命じると、宦官が「ひとーつ」と数をかぞえながら、容赦《ようしゃ》なく杖を私の背に打ちつけた。

「――うっ」

呼吸が止まるほどの衝撃だった。そのすぐあと、鈍い痛みに襲われる。

休む間もなく、「ふたーつ」と言う声がして、再び杖を振り下ろされた。奥歯を噛みしめても漏れるうめき声に、鑑賞している妃嬪らは「いい気味ですわ」「陛下の寵愛を得て、図に乗った報いですわね」と嘲笑《あざわら》っている。

悔しい……でも、それ以上に心が苦しい。私の傷を見た猿翔はどう思うだろう。

何度も杖を振り下ろされ、額に脂汗が滲む。その間もあの場に残してきてしまった猿翔を思い出して、涙が出そうになった。それでも泣くのは癪《しゃく》で、歯を食いしばって耐えていたとき――。

「なにをしている！」

空気を裂くような怒声が響く。杖を振るう宦官の手が止まり、朦朧《もうろう》としながら顔を上げると、琥劉がいた。琥劉は私の姿を見た途端、吹き荒ぶような殺気を纏う。

「……医妃に杖刑を命じたのは、誰だ」

琥劉に睨み据えられた妃嬪らは、腰を抜かして座り込んでいた。ただひとり、媛夏妃を除いて。

「医妃は後宮の風紀を乱しました。自分が妃嬪殺しの犯人であると疑われるのが嫌で、わたくしたちに罪を着せるべく、妃嬪の身辺を嗅ぎ回っていたのです」

罪状が体よく脚色されている。私の罪って、犯人捜しをしたことじゃなかった？

「罪状が曖昧だ。証拠はあるのか」

「証明できないとわかっていて、あえて聞くなんて、陛下はいじわるですわ。これは犯人に仕立て上げられそうになったわたくしたちが、どう思ったかが重要では？」

ねえ？　と、媛夏妃は妃嬪らを振り返る。皇后候補の後ろ盾を得てか、妃嬪らは慌てて頷き、「そうですわ」「わたくしたち、とっても傷つきましたもの」と賛同した。

そんな妃嬪らを嫌悪するように見ていた琥劉に、媛夏妃は困ったように言う。

「陛下、医妃を寵愛しているのはわかりますが、後宮のしきたりは守りませんと……。たとえ陛下であろうと、後宮への口出しは許されませんわ」

「後宮を管理する権限は与えたが、それはこちらも〝皇后〟に相応《ふさわ》しいか否か、見極めるためだということを忘れてもらっては困る」

ふたりのやりとりに、緊迫した空気が立ち込める。その場にいた妃嬪も宦官も女官も、固唾を呑んで見守ることしかできなかった。

「つまり陛下は、わたくしは皇后に相応しくないと、そうおっしゃりたいのですか？」

「血気盛んな妃が主となれば、後宮は血の海となるゆえ、わきまえろと言っている」

「ですが、わたくしは後宮にいる妃嬪を守りたいのです。そのためなら、陛下にも意見します」

凛と皇帝に立ち向かう媛夏妃を、妃嬪らは感動したように見つめている。媛夏妃の敵意を目の当たりにした私には、その振る舞いのすべてが演技にしか見えないが。

「わたくしをぞんざいに扱えば、蛇鴻国からの圧力は避けられません。穏便な関係を築くべきですわ。四大臣や六部長官も、わたくしを後押ししてくださっているのでしょう?」

「……皇后の資質について説かれただけで、ぞんざいに扱われたと騒ぐか。狭量《きょうりょう》さが露呈するだけだぞ」

「四大臣の心は掴めても、大多数の意見を無視しては、朝議でも陛下が不利になりましょう。それと、妃嬪が権力を動かすこともできるのをお忘れなく」

琥劉はすっと目を細め、低く唸《うな》るように言う。

「どういう意味だ」

媛夏妃は微笑むだけで、その問いには答えない。

「話が逸れてしまいましたわね。わたくしも陛下の求める皇后に近づけるよう、努力したく存じます。どうしてもと陛下がおっしゃるなら……そうですわ。医妃はしばらく医仙宮で謹慎《きんしん》とする、というのはいかがでしょう?」

今医仙宮に閉じ込められたら、その間に新たな被害者が出るかもしれない。麗玉も疑われたまま牢から出られない。なんとしても、謹慎だけは回避しないと……。

痛みを堪え、「陛下……」と声を発すると、琥劉がはっとしたように振り返る。

「わたくしは医妃として……妃嬪の命を……守る、ために……妃嬪が亡くなったときの状況を……聞いて回っておりました……」

呼吸をするだけで、背骨が痛む。打撲で済めばいいが、万が一にでも脊髄が傷つけば、一生歩けなくなるかもしれない。それでも、ここで引き下がれない。

「ですが……真実を知るためとはいえ……わたくしが妃嬪たちに不快な思いをさせたのであれば……このまま杖刑を受けたく思います」

「なにを——」

顔を強張らせて瞠目《どうもく》する琥劉から、媛夏妃へと視線を移す。

「媛夏妃様、それで風紀を乱した罪は、不問にしていただけますか……?」

食い下がろうと、口を開きかけた琥劉。それを視線だけで止めた。

媛夏妃は眉をハの字にして妃嬪を見回すと、肩を竦めながら言う。

「ごめんなさいね、医妃。不問にするかどうかは、まだわからないわ。お友達のあなたが傷つくのはつらいけれど、反省してないと皆さんが判断すれば、他の罰も考えなければいけないと思うの」

「では、わたくしもお友達として、ご忠告差し上げます。それは……媛夏妃様の不利益になるかと」

どういう意味だと問うように、媛夏妃は不思議そうな顔をして、小首を傾げた。

「皇后は後宮のしきたりそのもの……罪に比例しない罰は……私怨《しえん》による報復と、とられかねません」

微笑を浮かべていた媛夏妃の表情が、すっと消える。

「わたくしのしたことは……確かに犯人捜しともとられてしまうでしょうが……わたくしは、医仙です……」

反抗的な態度が気に入らなかったのだろうか。でも、じっと観察してくる媛夏妃の瞳は、私を品定めしているようにも見える。

「皇后を始めとする、妃嬪たちを……死から守るために情報を得るのは……医妃としての務めから。それを一方的に犯人捜しと決めつけ……次から次へと罰をお与えになっては……媛夏妃様の面子に関わります。ですので、どうぞ……ここは杖刑で、そのお怒りをお鎮めください」

「……それなら罰を受けていただくわ」

いい度胸ねと言わんばかりに好戦的な笑みを浮かべる媛夏妃だが、その表情は偽物に見える。どこか取って付けたようで、空っぽのようで、彼女の本質を掴めない。

でも、これで謹慎は免れた。それに杖刑を受ければ、私が疑いを晴らしたとき、媛夏妃に医仙に杖刑を与えたという罪を逆に負わせることができる。だから今は、いくらでも痛みに耐える。

「医妃たっての希望だもの、陛下も異論はないですわよね？」

私の意図を考えあぐねているのか、琥劉がじっと見つめてくる。

これでは前と立場が逆ね。麗玉を牢に入れろと命じた琥劉に、私もなにを考えているのかと不安を抱いた。

私がどうして杖刑を受けるのか、説明できる状況ではない。代わりにできることとしたら、『大丈夫』と口パクで伝えることだけだ。それできっと、琥劉なら――。

「……許可する。医妃への杖刑を続けよ」

苦しみを押し込めたような抑揚のない声で、琥劉は許可した。

私と同じ選択をする、そう信じていた。その目的がわからなくても、私たちならお互いを信じられるって。

「こ、ここのつー」

宦官らは戸惑いながら、杖を私に振り下ろす。琥劉は再開された杖刑を、唇を噛んで見守っている。

あんな顔をさせたいわけじゃない。できることなら、ここから立ち去ってほしい。

でも、琥劉は私と同じ痛みを負っているのだとわかった。

思い出すのは、謀反を起こした第四皇子が賜薬《さやく》の刑に処されると知ったときのこと。

私は自決させられる第四皇子に渡す賜薬——毒薬を、自分に作らせてほしいと申し出た。弟の刑の執行を自ら命じなければいけない琥劉と、同じ痛みを背負いたかったからだ。綺麗なものだけではなく、その罪までも分かち合いたかった。

琥劉も今、あのときの私と同じ気持ちなのだろう。痛みを共に背負う。その心がわかるから、こんな状況なのに彼への愛しさが増す。

やがて、目の前がかすみ始めた。痛みも感じなくなり、私は完全に意識を手放す。

それから、どのくらい経っただろう。雲の上にいるような浮遊感と、心地いい揺れに微睡んでいると、そっと柔らかななにかの上に下ろされた。

「ん……」

瞼を持ち上げると、琥劉と目が合う。

「ここは……？」

声が喉に張り付いて、掠れた。心なしか、身体が熱を持っている気がする。

「医仙宮だ。怪我のせいで、お前は発熱している。しばらく安静にする必要があると、侍医が言っていた」

杖刑のあとで意識を失った私を、琥劉が医仙宮まで運んでくれたようだ。

「お前の手当ては、俺が引き受けた。背中に軟膏《なんこう》を塗る。うつ伏せになれるか？」

「うん……」

熱のせいで頭がぼんやりとする。それでも言われた通りに、うつ伏せになろうとするも、身体に力が入らない。そんな私を痛みを堪えるように見つめ、琥劉が身体の向きを変えるのを手伝ってくれた。

優しい手つきで私の襦裙を肩から下ろし、露《あら》わになった背に冷たい布を当ててくる。

その瞬間、鋭い痛みが走り、「いっ……」と小さくうめいてしまう。

「すまない。腫れた皮膚が裂けているゆえ、まずは血を拭いたい。……構わないか？」

「大丈夫よ……さっきのは、驚いただけだから……」

小さく笑えば、琥劉はなにも言わずに私の傷口を綺麗にする。『強情だな』と、そんな彼の心の声が聞こえた気がした。

「そう言えば……どうして、あの場所にいたの……？」

「猿翔が知らせに来たのだ。お前が罰せられると」

「医仙宮にいてって言ったのに……っ、猿翔はどこに？　きっと……お姉さんのことを思い出して……つらかったはず……」

「まずは自分の心配をしろ」

咎める声には張りがない。琥劉は壊れ物を扱うように、私の傷に軟膏を塗っていく。

「お前の危険を見過ごすような男なら、護衛役になどしていない。あれは、お前を主と認めた。命懸けでお前を守る男だ」

「……っ、だから……心配してるの。守りたい人を守れなかった……そうして自分を責めたことが……私にもあるわ。すごく……苦しいことよね」

転生前の世界で、命が潰《つい》えるその瞬間まで私が守りたいと願った人は、新たな世界で目覚めたとき、私の隣にいなかった。あのときの感情を言い表すなら、もう一度世界が終わったのではないかと思うほどの絶望だ。

「あんな思いを……してほしくなかった……けど、選べる選択肢が、他になくて……」

「それをあとで、医仙宮の前に立ち、門番をしているあいつにも言ってやってくれ」

どうして彼がそんなことをしてくれているのか、すぐに理解できた。

「手当てが終わったら……猿翔を中に呼んでくれる……？　守るなら、そばで守ってって……私の……護衛役、なんだから……」

「ああ。こちらを向けるか？」

琥劉は、ゆっくりと私を仰向けにする。そして、私の手をそっと持ち上げると、悲痛な面持ちで、その手首に残る縄の痕に口づけた。

「琥劉……杖刑を受けたのは……あのとき、医仙宮に閉じ込められるわけには……いかなかったからよ……」

「わかっている。お前が『大丈夫』だと、そう伝えてくれたとき……それだけで、お前の決断を信じようと思えた」

「あなたなら……そう言ってくれると思った」

小さく笑えば、琥劉は優しい目をして、私の頬を手の甲でするりと撫でる。

「いつか……媛夏妃のしたことが、すべて明るみに出たとき……霊験あらたかな医仙を痛めつけた事実があれば……その罪も倍にできる。『この罰当たりめ！』ってね」

おどけて見せれば、琥劉は呆れ気味に「お前は……」と言って笑い、私の膝を曲げた。力の入らない私の片足を持ち上げ、縄が擦れて傷ついた足首にも唇で触れる。

「自分が傷つけられるぶんには、いくらでも耐えられてしまうのだろうが……覚えていてくれ。お前が傷つくと……死んでしまいそうなほど、つらい」

私の肌に残る縄の痕に口づけながら、琥劉は自分の無力さを嘆いているのだろうか。

私はそんな琥劉を見上げ、両腕を伸ばす。すると、琥劉もこちらの考えを読んだように、私の足を下ろして顔を寄せてきた。私は、その青白い頬を両手で包み込む。

「なら……できるだけ傷つかないように、頑張る。でも、杖刑の間、琥劉がすごい目で睨むから、途中から宦官の杖を振るう力が弱くなってたわ。さすが、私の旦那様」

「お前はまた……俺はいつも、心の臓が止まりそうになっているというのに、当の本人が、こうも呑気では困る」

ため息をつきながら、琥劉が額を重ねてくる。私たちはきっと同じことを考えている。こうして触れ合うだけで、互いの痛みが自分のものになればいいのにと。

「ねえ、琥劉……私たちには、障害がありすぎるわね……」

「……っ、嫌になったか。俺といるのが」

彼らしからぬ、怖気《おじけ》きった顔つきだった。

「そうじゃないわ。私はね……軽くできる荷物があるなら……できるだけ、減らしていこうって……提案してるの」

私を見つめる琥劉の頭上に、いくつも疑問符が見える。

「私たちが呑み込んできた言葉を……今、吐き出してしまわない……？　誰だって、卑屈になることはあるわ……だから、お互いを想いやりすぎて、離れるなんて選択をしてしまわないように……」

琥劉にも、私の言いたいことがわかったようだ。琥劉は寝台に上がってきて、私の上半身をそっと起こすと、後ろから抱くようにして座り直す。

「本当は……ずっと、話せなかったことがあるの」

琥劉の胸に背を預け、私は話し出した。

「あなたのことだから、もう気づいてるかもだけど……前に渡した絵の注射器は……私の世界の……医術で使われてた道具、なの……」

「……やはりか。血の通り道に針を刺すなどという技術は、この世界にはない。決め手はお前の反応だったが、なんとなく察しがついていた」

「私自身、取り乱してたの……だって、同じ時代に私以外の転生者がいたなんて……信じられる……？」

でも、いちばんの理由は受け入れたくなかったから。

「私の故郷では……殺人は滅多《めった》に起こらないの……それなのに、あの世界の技術を使って、人を殺めてる転生者がいるなんて……考えたくなかった……」

注射器を使った殺人なんて、あの世界の医術を知っている人間にしか思いつかない。同じ世界から来た人が他にもいるかもしれない。それ自体は嬉しいことなのに、複雑な心境だ。

「それに……確証もないのに、皇帝になったばかりのあなたを煩《わずら》わせたくなかった」

「……それが、俺に打ち明けられなかった理由か。お前も俺と同じだったのだな」

首を傾げる私に、琥劉はふっと笑みをこぼす。

「俺も……お前を沈ませたくなくて、話せなかったことがある」

そう切り出しながらも、私がこんな状態だからか、琥劉は案じるような目で見つめてきた。私は咳払いをして、前に琥劉がかけてくれた言葉を復唱する。

「俺は、お前が隣にいる未来を望んだ」

「……！」

ぎょっとしている琥劉に笑いを堪えつつ、続ける。

「それゆえ……この先、お前となにかを天秤にかけることがあったとしても……俺はお前を選び続ける。どんなに時間がかかってもだ。決して、お前を離さない」

「それは……なにに対しての意趣返《いしゅがえ》しだ」

「違うわ……私があなたに仕返しする理由はないもの。ただ……あの言葉を、あなたに言わせたのは……私が、あなたを不安にさせていたから……よね」

「──それは違う」

私は言葉尻に被せるような勢いで否定する琥劉を見上げた。

「でも、私はそう思ってしまうから……遠慮なく、話してほしい。あなたをひとりで悩ませたくないの。それがどんなにつらい事実でも、あなたと一緒に分かち合いたい」

お腹に回っている腕に手を添えると、琥劉は反対側の手を私の手に重ねた。

「媛夏妃の他にいた皇后候補が、病や事故で亡くなった」

「え……それって、偶然……じゃないわよね」

「殺された、と考えるのが自然だろう。同時期に皆、亡くなっているのだからな」

琥劉の腕に触れていた手に、力が入ってしまう。それを感じ取ったのか、琥劉は私に頬を擦り寄せた。

「こんな状況のお前に伝えるのは酷だが、蛇鴻国が自国の皇女を雪華国に嫁がせたのは、我が国を乗っ取るためではないかと考えている」

「つまり……侵略ってこと!? 他の皇后候補を消すくらいだものね……結婚自体が不自然だと思うのは、当然だわ」

「ああ。もうひとつの懸念は、四大臣や六部長官がそれを承知の上で媛夏妃を推薦していた場合だ」

「あなたは……四大臣や六部長官の中に……裏切り者がいるかもしれないって……そう思ってるのね」

この城の内側から、じわじわと毒が広がるように、誰かが琥劉を追い詰めている。

私は腕を上げ、触れ合っている方とは反対側の琥劉の頬に手を添えた。

「お前は聡《さと》いな。十を説明しなくとも、百を理解する」

声に憂いを滲ませ、琥劉は続ける。

「俺は……お前が繋いでくれた絆《きずな》を、守り切ることができなかったのやもしれん」

「四大臣たちが裏切ってたとしても……それは、あなたのせいじゃない。人は……良くも悪くも、変わってしまうものだから。けど……」

私は琥劉を振り返る。

「離れてしまったものを、もう一度繋ぎ直すことだって……できるわ」

それを教えてくれたのは琥劉だ。ずっと、この世界にひとり転生したことを、芽衣に申し訳なく思って生きてきた。災害で一緒に亡くなったので、私たちが離れてしまうのは、どうにもならないことだった。けれど、彼女を差し置いて幸せになる自分を責めずにはいられなかったのだ。そんな私を、琥劉が救ってくれた。

『お前はきっと、俺を救うためにこの世界に来た。そして親友殿も、俺という人間を生んでくれた人だ。お前たちは意味あってこの世界に来た。同じ時代に生まれなくとも、こうして俺の血となり繋がっている。お前は決して、その手を離してなどいない』

まったく違う時代に転生した私と親友を、時を超えて繋いでくれたのは琥劉だ。

「私たちも……お互いを想うあまり、気を回しすぎて……強がったり、言葉を呑み込んだり、してきたじゃない……」

一緒にいられなかった時間のせいなのか、それとも離れた距離のせいなのか、私たちはすれ違っているのかもしれない。そんなふうに考えたりもした。

「でも……こうして向き合ってみて、それだとかえって相手を不安にさせることに気づけた。これからは、不安なことも曝《さら》け出していこうって……同じ方向を向けた」

「そう、だな。会える時間が少なくとも、互いの距離が離れていようとも、心が通じ合ってさえいれば、不安にはならない。そうやって、俺たちなりの答えを出せたように……四大臣たちとも向き合えるだろうか」

「それは……断言できないわ」

肩を竦めれば、琥劉は苦い顔になる。

「そこは……『できる』と励ますところではないのか？」

「嘘は言えないもの。でも……本当に四大臣が裏切っていて、話してもわかり合えなかったときは……一発殴ってやるのよ。『末代まで祟《たた》ってやる！』って呪詛《じゅそ》付きでね」

にっと意地悪く笑ってみせれば、琥劉は小刻みに肩を震わせる。それから、「くっ、くっ……」と喉の奥で笑い始めた。

「もう……そこ、笑うところかな？」

軽く琥劉の頬を摘まめば、その手を握られる。

「愛している。お前にとっては不本意だっただろうが、先に自分の妻にしておいてよかったと思うほどに。でなければ、他の男に取られていた。皆、お前に惹かれずにはいられない。俺と同じように」

目を閉じて、近づいてきた唇を受け入れる。身体が火照《ほて》っているのは熱のせいなのか、彼への愛おしさのせいなのか。

琥劉は私に口づけたあと、驚いたように顔を離した。

「熱が上がってきたか？」

慌てた様子で、私を寝台に横たわらせる琥劉。心配そうに顔を覗き込んでくる愛しい人を見上げ、私は笑う。

「ふふ……きっと、あなたのせいよ」

「……っ、ふざけている場合か」

微かに目元を赤らめ、琥劉は寝台に座り直すと、私の額に手を乗せた。

「雪みたいに冷たくて、気持ちいい……」

私は目を閉じる。ひんやりとした琥劉の手が、熱を吸い取ってくれているようだ。

「お前の体温が高いから、そう感じるんだ」

「違う。琥劉の真心が……私を癒してくれてるのよ。そのまま、触れていてくれる？」

「ふっ、お前らしい考え方だ。お前が眠るまで、そばにいる。病人だというのに、話に付き合わせてすまなかった」

「私が話したかったのよ……それに、どんな良薬よりも、あなたといる方が……ずっと、効くわ……」

頭が鉛《なまり》のように重い。今まで起きていられたのが不思議なほど意識が遠ざかる。

「おやすみ、白蘭」

眠りに落ちる間際、そんな琥劉の優しい囁きが聞こえた。

＊＊＊

出仕してすぐ、書状が届いた。白蘭の図を参考に、注射器を作った職人を劉炎兄上に捜させていたのだが、その結果報告がようやく俺のもとへ届いたのだ。

俺は書状を開き、中身に目を通す。

＊＊＊

琥劉、息災《そくさい》にしているだろうか。依頼されていた件について、調べがついた。それを報告するよ。医仙の図は硝子製の筒に金属製の押し子を組み合わせた器具のようだったから、硝子職人と鍛冶職人に絞って捜索をした。他州に渡れば検問所で足がつく。依頼するなら都内の皇族の者が訪れなそうな辺鄙《へんぴ》な場所にいる職人だ。見られて都合の悪いものを作るとなれば、人目につかない場所を選んだはずだからね。

『ああ、このおかしな器具を作らされたときのことは、よく覚えてますよ』

何件目かを当たってようやく、注射器を作った職人が見つかった。職人は私が城からの使いだからか、隠し立てすることなく、その客のことを話してくれたよ。

『職人、これを依頼した者のことを尋ねたい。名や背格好、なんでもいい。わかることを教えてくれ』

『名前は芙蓉《ふよう》と名乗ってました。顔は……外套《がいとう》の頭巾《ずきん》を被ってたので見えませんでしたが、背も低いし、声も女でしたね。ただ、ちょっと気になることが……』

『気になること？』

『何度か、声をかけても聞こえてないときがあったんですよ。たぶんなんですが、片耳が不自由だったんじゃないですかねえ』

『なるほど、有益な情報だ。感謝する。それと、もうひとつ頼みたいことがある。これと同じ器具を作ってほしい。どのくらいでできる？』

『え、ええ、工程自体はそこまで複雑ではありませんので、十四日ほど頂ければ』

『それでは、十四日後に受け取りに来る。無論、このことは他言無用に頼む』

外套の頭巾を被り、店を出た私は周辺を見て歩いた。

店は華京の酒楼《しゅろう》や妓楼が集まった区域にあり、店は路地の奥まったところにある。女人がひとりで歩くにはいささか治安が悪い。男の協力者がいたのではないかと私は思う。女が職人と会っている間、店の外で待機していたのではないだろうか。

それと、恐らく依頼主が名乗った名前は偽名だろうけど、念のため戸部で戸籍を洗った方がいい。

以上だ。近々、城に実物を届けさせる。なにかあれば、いつでも私を使ってくれ。

＊＊＊

「劉炎殿下からの書状にはなんと？」

執務机の前に立っていた英秀に尋ねられ、俺は書状を置いた。

「例の注射器を作った職人が見つかった。客は芙蓉という耳の不自由な女だったらしい。媛夏妃のそばに、条件に合う女官はいるか」

「後宮内のことは妃嬪に聞くのがいちばんかと。芙蓉については、戸部で戸籍を洗ってまいります」

英秀の言わんとすることがわかり、俺は「そうだな」と頷く。

「今宵は医仙宮に渡る」

白蘭が媛夏妃から杖刑を与えられてから七日、俺もできる限り医仙宮へと渡った。だいぶ動けるようになったものの、まだ傷が痛むようで、時折顔をしかめている。

心の内を曝け出そうと話し合ったあとではあるが、白蘭は反射的に弱っている自分を隠す。それが癖になっているゆえ、そばについていないと、また無茶をしそうで目が離せない。俺たちは互いに時間をかけて、不安を吐露《とろ》する練習が必要だ。それまでは、ほっておけない。

「はい、それにしても医妃が療養している間、後宮で亡くなる妃嬪はいなかったというのに、医妃が朝礼に参加するようになった途端、また被害者が出ましたね。標的も絞られてきました。どうやら、中立の金淑妃派の妃嬪たちが多いようです。我々の目を欺くためか、それ以外の妃嬪も狙われていますが、数でみれば明らかです」

「中立といっても、金淑妃は医妃に好意的のようだ。白蘭の話では、よく茶会にも誘われるらしい。金淑妃の考えは読めんが、媛夏妃が白蘭の勢力を削ごうとしているのは確かだ。不安の芽は、根こそぎ摘んでおきたいのだろう」

蛇鴻国の皇女は、まさに蛇のような女だ。するりと内側に入り込み、無防備な肌に噛みつく。そしてじわじわと、毒を染み渡らせる。

「金淑妃は金大臣の娘です。そして、麗玉の父は姜大臣。四大臣の娘が狙われたのは、これで二人目です、陛下」

「俺に味方している四大臣の勢力を削ぐのが目的か」

そう考えると、四大臣が媛夏妃と繋がっているとは考えづらい。俺が勘繰りすぎていた可能性もある。

「劉炎兄上の書状によると、注射器を作った職人の店は、華京の酒楼や妓楼が集まった区域にあったそうだ。女人がひとりで歩くには治安が悪いゆえ、男の協力者がいたのではないかと兄上は考えている」

「男の協力者……事が事ですので、第三者には頼めないでしょう。協力者でないと思いたいところですが、六部長官の出自を洗い直しました。六部長官は全員、〝咎《とが》村〟

の出身です」

「……なんだと？」

耳を疑い、俺は眉を顰める。

雪華国の最南端にある荊州《けいしゅう》には、港町が多い。そこの草原にある咎村には、ある一族が今も住んでいる。

その昔、始皇帝の時代。この地に国を築こうとし、理想の政権を実現しようとした貘《ばく》という豪族《ごうぞく》の男がいた。小さな罪でも処刑されるほどの厳しい法体制、過酷な賦税《ふぜい》、身分をあからさまにした結果、民からの反発を招いた貘の一族が咎村にはいるのだ。

咎村の名は、その犯した咎を忘れるなという戒めのために始皇帝がつけたものだ。

「咎村は代々雪華国の監視下にある。貘一族の者は未来永劫、政務に関わることも、この紅禁城に足を踏み入れることも叶わんはずだ。それがなぜ……」

「始皇帝時代から続く、皇室への恨みが動機かと。新皇帝が治める雪華国を、蛇鴻国は好機とばかりに奪おうとしている。貘一族はそこへつけ込み、蛇鴻国のものとなったこの国で復権しようと目論《もくろ》んでいるのでは？」

「ならばやはり、この婚姻は貘一族と蛇鴻国が仕組んだもの……両者の利害が一致し、手を組んだと考えるのが妥当か」

まさか、自分の代で再び貘一族の脅威と戦うことになるとはな。

白蘭の親友は、始皇帝の時代に転生した。医仙として獏一族から政権を奪取する反乱軍に加わっていたのだ。ここまでくると、俺と白蘭が出会ったことも、獏一族と相まみえることも、定められた運命とさえ思える。

「雪華国にとって、獏一族は触れてはならない汚点であり、見過ごしてはならぬ脅威。蛇鴻国がそれを知っていて、獏一族と手を組んだという証拠を集めたい」

どの国にも、触れてはならない歴史がある。その領域に踏み込めば、国同士の関係が壊れるからだ。ゆえに雪華国と交流のある諸外国は、獏一族について知っていても、決してそこに踏み込まない。

「その証拠を突きつけ、蛇鴻国には相応の責任を取ってもらう。とはいえ、戦争にも発展しかねん。戦争で最も被害を受けるのは民だ。できるだけ同盟を維持し、媛夏妃との婚姻だけを破棄させ、国内から蛇鴻国の息がかかった者を追い出したい」

「我が国を脅かした責任として、蛇鴻国の方から、こたびの婚姻の破棄を掲示させることができれば、この婚姻が破談となっても、四大臣らから反感を買うこともない」

「そういうことだ。本来であれば蛇鴻国の悪行を四大臣らにも知らせるべきなのだろう。そうすれば、この婚姻を白紙に戻すことに反論も出まい。だが、我が国にはまだ、戦争に割く人員と時間の余裕がない。今はできるだけ穏便に、事を解決したい」

「承知いたしました。では陛下、まずは国内の膿《うみ》から徹底的に吐き出していくとのことで……科挙の管轄は礼部です。六部長官の選出にあたり、試験官を担当した者を連れてまいります」

英秀は俺の思考を何手も先まで読んでいる。

「科挙を受ける際、身辺調査は必須。その目を掻い潜《くぐ》り、獏一族が六部長官の地位に就くなど、内通者がいなければ成し得んことだ。まずは科挙で現六部長官に受験資格を与えた内通者から問い詰め、最後に親玉を取る」

「科挙の不正から六部長官を追い詰め、蛇鴻国との関与を明るみにするのですね。さすがです、陛下。もろもろ、承りました」

英秀が一礼して執務室を出ていこうとしたとき、扉が開く。

「おっと、悪い」

英秀にぶつかりそうになった武凱が、片手を上げながら中に入ってきた。

「図体がでかいんですから、入る前に声をかけるなりしてください。それが礼儀です」

「あー、育ちが悪いもんで、どうも忘れちまうんだよな。ほら俺、元海賊だろ?」

「一体いつの話をしているんですか、あなたは」

まったく悪びれることなく、へらっと笑っている武凱。英秀とこうして軽口を叩き合い始めると、執務室が騒がしくなるのは目に見えている。

「武凱、俺に用があったのではないのか」

助け舟を出してやると、英秀のお小言から逃れられるとばかりに、武凱は小包みを持ち上げて、こちらへやってきた。

「劉炎殿下からだ」

「もう届いたのか。仕事が早いな」

武凱が執務机に小包みを置く。俺は風呂敷に包まれていた木箱を開け、そこに入っていた注射器を慎重に持ち上げた。

これが白蘭のいた世界の医術道具なのか。英秀と武凱も「それが例の？」「なんだ、新手の暗器か？」と、興味深そうに観察している。

医仙がもうひとりいるとすれば、白蘭にとっては唯一の同郷の人間になる。だが、その医仙が蛇鴻国側につき、その力で悪事を働いているのだとしたら、俺は……。

＊＊＊

「猿翔、私はもう病人じゃないわ。いい加減、寝台から出てもいい？」

私が杖刑を受けた日から、猿翔はやや過保護だ。朝礼に出るとき以外、医仙宮にいる間は私を必ず寝台に戻そうとする。

「そうやって、無理して動いて傷が開いたら、どうするの？　駄目に決まってる」

私は妃嬪殺しに関与していると思われているので、医仙宮に患者は来ない。やることもないので寝ていても支障はないけれど、これでは逆に運動不足になってしまう。

「猿翔、まだ気にしてる？」

寝台のそばに立っている猿翔の顔を、下から覗き込む。でも、黙り込んでいる猿翔の思い詰めた表情を見れば、聞くまでもなかった。

「私がいくら、あなたのせいじゃないって言っても、あなたは自分を許せないのよね」

なにも答えない猿翔に、私は肩を竦める。

「ここに座って」

寝台を叩けば、猿翔は素直に腰かけた。その丸まった背中に手を添える。

「ごめんなさい」

「なんで姫さんが謝るんだよ！」

勢いよく振り返った猿翔は、今にも泣きだしてしまいそうな顔をしていた。

「私が傷つくと、悲しむ人たちがいる。簡単に傷ついては駄目よね」

「でも、姫さんは俺まで罰を受けないように、『女官の不作法は主に罪がある』なんて言ったんでしょ？　そのせいで姫さんは、俺の分まで罰を受けることになって……」

「そうやって、あなたが罪悪感を抱いたら、媛夏妃の思う壺よ？　私は倍返しにして、やり返してやるつもり。今から報復の瞬間が楽しみだわ！」

殴る素振りをすれば、猿翔の目が点になる。ややあって、「ぶっ」と吹き出した。

「姫さん、倍返しって……なんで、そんな好戦的なの？」

笑いを堪えきれず、声を震わせている猿翔に、私は頬を緩ませる。猿翔が楽しそうで、なによりだ。

「でも、もうおおっぴらに犯人捜しはできないわね。そのたびに杖刑に処されちゃうんじゃ、私の鉄の背骨もボキボキよ」

「ははっ、姫さん言い方！　でも、確かに媛夏妃は俺たちが犯人捜しをし始めたのを見計らって、宦官と現れた。しかも、姫さんが朝礼に復帰してから、また被害者が出始めたなんて怪しすぎるよ。慎重になって、損はないと思う」

「そうよね……あと、私が復帰してから亡くなった妃嬪のことなんだけど……金淑妃と交流がある妃嬪たちが多くない？」

初めは媛夏妃のそばにいた妃嬪らが亡くなっているようだったのだが、今は金淑妃についていた妃嬪たちの訃報《ふほう》ばかり聞いているような気がする。

「確かに。本命は姫さんと金淑妃なのかもしれないね。この後宮で自分の敵になるのは、寵愛を受けていて、階級がある妃嬪だし」

「それだけじゃなくて、金淑妃が狙われる理由は、私の味方だと思われたからなんじゃないかって思って。そうだったとしたら、私が巻き込んでしまったようなものだもの。これから金淑妃に被害が出ないように、私になにかできればいいんだけど……」

「標的は姫さんだけじゃないと思う。陛下の権威を奪うことが目的なんじゃないかな」

「国を内側から乗っ取るために……よね。淑妃ともなれば、簡単には退場させられない。だから、その下の者たちを狙った。金淑妃と協力する必要があるのかも」

猿翔はそれに対しては気が進まないのか、曖昧な表情を浮かべている。

「もし、この状況はまずいと思って、金淑妃が媛夏妃と協力関係を結んでたらどうする？　こっちの情報が筒抜けになるよ」

果たしてそうだろうか。金淑妃の性格上、自分が不利な立場になったからといって、誰かに縋るような真似はしない気がする。

「金淑妃は、のし上がることを楽しむ女人よ。遊戯《ゆうぎ》みたいに知略を練って、圧倒的な勝利を収めたい……そう考えるはず。有利な立場にいる媛夏妃に協力したとしても、金淑妃には張り合いがなくて退屈だと思うわ。だから、苦境に立たされてる私につく方が面白いと思うはず」

「普通ならありえないけど、金淑妃なら……って思ってしまう自分が怖いよ」

私も「同感よ」と言いながら、笑みが引きつるのを感じる。

「でも、自分に得がないのに、協力関係になるような無謀な賭けもしない。私と組む利益が、勝算があるのだということを伝えられれば、一時的にでも味方にできるはず」

そんな作戦会議をしているときだった。扉の向こうから、「医妃、失礼してもいいかしら」と声をかけられた。私たちは顔を見合わせ、『金淑妃!?』と心の中で叫ぶ。

「え、ええ。入ってください」

私が身なりを整えて答えると、猿翔も速《すみ》やかに寝台から立ち上がった。

「勝手に宮殿に入ってしまって、ごめんなさいね。一応、声をかけたんですのよ? ですけれど、応答がなくて心配で。ほら、あんなことがあったあとでしょう?」

「あんなこと……の心当たりが多すぎて、どれのことかわからないですけど……。お出迎えもできなくて、申し訳ない……」

「うふふ、やっぱり、あなたは面白いわね。出迎えのことは気にしていませんわ。ただ、もう少し女官を入れた方がいいんじゃないかしら? 不用心ですもの」

協力を申し込もうと思っていた相手が、計ったように現れてくれたことに驚きを隠せない。私は変な汗をかきながら、「そうですね」と返して寝台を出た。

「あら、横になったままでいいんですのよ。これ、侍医に特別に作らせた軟膏ですの。傷が綺麗に治るはずですわ」

金淑妃は自分の女官に視線をやる。女官はすっと前に出て、艶やかな瑠璃《るり》色の小壺を差し出してきた。

「毒が入っているか不安でしたら、目の前で使ってみせましょうか?」

「えっ、いえ！　このままいただきます」

私は小壺を受け取り、「どうぞ、こちらに」と金淑妃を円卓の方へ案内する。

「金淑妃、私の見舞いに来ただけではありませんよね？　今日はどんな御用で？」

「今度はどんな無謀な無茶をなさったのか、話を聞きたくて」

楽しそうな金淑妃は、本当にいい性格をしている。でも、それだけが目的ではない気がする。

考えを巡らせながら、自分が円卓に置いた小壺に目を留める。

邪魔な妃嬪を排除するのに使われるのは、毒と相場が決まっている。だから後宮妃たちから贈られる紅や白粉《おしろい》、出された料理には安易に触れてはならない。後宮に入ってすぐ、猿翔にそう教えられた。なので妃嬪は、よっぽど信頼している相手でない限り、そういった自分が疑われるようなものは贈らない。でも、金淑妃はその暗黙の了解を破ってきた。その意図は……。

「金淑妃、ちょっと背中の傷が痛み始めたので……せっかくですし、頂いた薬を塗らせていただいてもよろしいでしょうか？」

後ろで花茶を淹れている猿翔が、息を呑んだのがわかった。

「医術に精通している医妃に贈るものではないかしら、とも思ったんですのよ。ですけれど、〝今の医妃にいちばん必要なもの〟は、これしか思いつきませんでしたの」

微笑を浮かべている金淑妃からは、なんの感情も読み取れない。

この軟膏に毒が入っていたなら、私は金淑妃という人間を誤解していたことになる。

でも、私の目が確かなら――。

「猿翔、私の背中に薬を塗ってくれる？」

おずおずと近づいてきた猿翔の目が、『本当にいいの？』と訴えている。私は悩んでいる猿翔を促すように、こくりと頷いた。

猿翔は私の襟元を緩め、露わになった背中に軟膏を塗った。

金淑妃は恐らく、医術に詳しい医仙に薬を渡すという違和感を抱きながら、私が毒が入っているかもしれないそれを塗るのかどうかを確かめようとしている。

普通に考えれば、他の妃嬪の前で軟膏を塗るなど、はしたない行為だ。それでも、あえて塗って見せたのは信頼を証明するためだ。それを金淑妃も、私に期待している。

「やっぱり、手を貸すならあなたね。あなたほど、利口で真っすぐすぎる人間、この後宮にはいないもの」

「私は、金淑妃のお眼鏡に適いましたか？」

はだけた襦裙を整えながら、私は金淑妃に笑みを向ける。

「ええ。いい人なだけでは、協力者としては役不足。わたくしがあなたに協力を持ちかけようとしていることに気づいて、それに見合う反応を見せてくれるのかどうか、その覚悟を見極めたかったんですの」

　そこで猿翔も、私がどうしてあんな無茶をしたのかに気づいたようだ。

「……わたくしと懇意《こんい》にしていた妃嬪たちが、あの蛇女の餌食になっていますわ」

　猿翔が花茶を運んでくると、金淑妃は蓋碗の蓋で液面を撫でた。そうして茶葉に刺激を与えると、味が出やすくなるのだそうだ。

「蛇女っていうのは……媛夏妃のことですね。金淑妃、妃嬪たちの死因は、特別な器具によって体内に入れられた空気です。それが血の通り道に詰まることで、突然死を招いているのではないかと」

「空気……医術に疎いわたくしには想像もできない殺し方ですわ。でも、わたくしの周りの人間が狙われた理由はわかっていますの。陛下の最強の駒であるあなたや、そちら側にいるわたくしを排除するのが目的なのですわ」

「金淑妃を巻き込むような形になってしまって、申し訳ありません」

　頭を下げれば、金淑妃は「うふふ、医妃は本当に律義《りちぎ》ね」と笑う。

「あなたのせいではありませんわ。大物はすぐには討ち取らない。陛下を引きずり下ろすなら、その手足である臣下を、それが叶わなければ、その臣下の手足を……。わたくしの父は陛下派の四大臣。わたくしも、もがれる手足のひとつなのですわ」

「だから、私たちが真っ先に狙われるんですね。麗玉の投獄と私への杖刑がいい例です。私の自由と気力を奪うために、いちばん効果のある手段を相手はよくわかってる」

本命である琥劉の身動きが取れないように、その手足を切り落としてじわじわ追い詰めるのが向こうの狙いなのだ。一瞬、手足がなく、血を流しながら帝座《ていざ》に座らされている琥劉の姿が頭に浮かび、恐ろしさに全身が震える。

「勝つか負けるか、その手段は問わず、それだけがすべて。だから楽しい」

この状況でも楽しいと言える金淑妃は、相変わらずだ。

「ですから、わたくしたちも慎重にならなくてはいけませんわ。あなたの真っすぐさで動かせない人の心もある。そういうときは、騙し合いでも勝つ方法をとりませんと」

「騙し合い……」

俯いて知恵を絞っていると、ふいに閃《ひらめ》いて顔を上げる。

「相手には医術の心得があります。それも、普通の医術ではありません。私の故郷にいる者しか知らないはずの医術です。ですから、私が妃嬪及び女官や宦官全員に健康診断を行うふりをします」

「健康……診断？　というのは、なんですの？」

「病を早期に発見するために、病にかかる前から医者にかかって、身体に異常がないかを診てもらうことです」

仙界にはそういうものがあるのね……と、金淑妃は感心したふうに聞いている。

「その健康診断で、亡くなった妃嬪がされたように、注射器という特殊な器具を使って体内に空気を入れるふりをします。なにも注射せずに抜けば、特に支障はありませんから。ですが、中身が入っていない注射器で空気を注射されそうになったとき、その危険性を知っている者は、どういう反応に出ると思いますか？」

目をパチクリさせたあと、金淑妃は「ふふっ」と笑った。

「死を恐れて、抵抗する……驚きましたわ。あなたは善人ですけれど、ここぞというときは正攻法とも言えない手段がとれますのね」

「そう言われてしまうと、自分が大悪党になった気分です。とにかく、全員を対象にした健康診断なら、特定の誰かを疑った行為だとはとられない。そうしないと、また犯人捜しで風紀を乱したとかで、杖刑になってしまいますから」

「うふふ、でも、その手段は我慢比べですわよ。あなたに空気を注入する気がないとわかれば、向こうも恐怖を押し殺して耐えますわ。あなたの殺す気迫と、相手の死への恐怖……どちらが勝るか、それにかかっているということですわ」

また、諸刃の剣の策になってしまいそうだと、私は乾いた笑みをこぼしてしまう。

「私はそれまでに、演技力を磨いておくことにします……」

「その策の成功率を上げたいのなら、注射器を刺す相手は絞った方がよろしいですわ。なにしろ、犯人と同じ手技で行うんですもの」

「確かに注射器を使う以上、遺体にあったものと同じ針の痕が妃嬪の肌にも残る……こちらの狙いに気づいた犯人や私を蹴落としたい妃嬪が、健康診断で針を刺した妃嬪を秘密裏に殺めたら……」

「そう、あなたに針を刺されたせいで妃嬪が亡くなった。そう思われて、一連の妃嬪殺しの犯人にされてしまいますわ」

危ない橋を渡ることになるけれど、麗玉のためだ。絶対に成功させなければ。

「媛夏妃側の妃嬪をひとり仲間に引き入れたいところですわね。その健康診断で、本当に空気を入れられて、症状が現れたように演技させますの。そうすれば、容疑者の恐怖はさらに膨れ上がる。医仙は追い詰められて、ついに暴挙に出た……そう思わせた者勝ちですわ」

「その役は敵側の者でないと信憑性が薄い。こちら側の人間では、すぐに演技だと気づかれてしまう……妃嬪は親の立場や思惑に動かされて、派閥を決めるんですよね。なら、協力者については父側の事情に詳しい陛下に相談してみます」

「あとは誰に注射器を刺すか、ですわね。こちらはわたくしの方でも、怪しい人間を絞ってみますわ」

そう言って席を立つ金淑妃に続き、私も立ち上がる。

「それでは、お暇《いとま》いたしますわ」

「今日はありがとうございました。金淑妃がいてくれて、心強いです」

「わたくしも、あなたと組めてよかったですわ」

微笑みながら部屋を出ていこうとする金淑妃。私はつい、「あの！」と呼び止める。

「どうして、私なんですか？　私がいくら金淑妃のお眼鏡に適ったとはいえ、私の立場は容疑者です。一緒に組んでも足を引っ張ってしまうことの方が多いかと……」

振り返った金淑妃は、それはもう美しい微笑を浮かべて――。

「あなたを貶めるために私を踏み台にした蛇女を負かせるなら、その蛇女が敵視しているあなたを勝たせる。それは、最も蛇女が嫌がる報復方法だと思いませんこと？」

さも当然のように答える金淑妃に、私は「え……」と顔が引きつるのを感じた。

「ですから、今回は賭けを楽しむことにいたしましたの。窮地に立たされているあなたを勝たせることができたら、どれほど気持ちいいでしょうね」

やっぱり、動機が想像の斜め上を行くな。ある意味、金淑妃は自分の欲に真っすぐな人かもしれない。

私は苦笑いしながら、「ご機嫌よう」と去っていく金淑妃を見送った。

夜伽の時間、私は琥劉と寝台に腹這いになって帳面を覗き込んでいた。

【――というわけで、後宮で健康診断をさせてほしいの】

交換日記を通して、金淑妃と計画した作戦を琥劉に報告しているのには理由がある。

夜伽の最中は宦官に見張らせ、その回数を報告することが媛夏妃によって義務付けられた。今も扉の外には、媛夏妃が手配した宦官が二名いる。筆談は万が一にでも、話を聞かれないようにと警戒してのことだ。

【事情はわかった。こちらも報告しておきたいことがある。例の注射器を依頼した人間の手掛かりを掴んだ】

もう!? と琥劉を振り向けば、小さく笑みを浮かべて頷いてくれる。

【芙蓉という名の片耳が不自由な女だ。媛夏妃のそばに、条件に当てはまる女官はいるか?】

んー……芙蓉なんて名前の女官いたかな……。

犯行に使う注射器を取りに行かせたくらいだ。それだけ信頼している女官であるのは間違いない。媛夏妃が自分の国から連れてきた唯一の女官は淡慈だけだ。媛夏妃が曼陀羅華を医仙宮の薬だと偽って運ばせたときも、淡慈を使った。

でも、名前も違うし、淡慈の耳が不自由だなんて聞いたことは……。

その時、ふと蘇る記憶。あれは確か、初めて媛夏妃が医仙宮に来たときのこと。

『蛇鴻国は褐色の肌の人が多いって聞いたんですが、あなたも淡慈も色白ですよね』

淡慈にも話題を振ったのだが、不思議そうな顔をしていて、もしかしたら聞こえなかったのかもと思ったことがあった。でも、妃嬪が女官の自分に気さくに話しかけてくることに驚いていたようにも見えたので、絶対にそうとも言えないけれど……。

【媛夏妃のそばに芙蓉っていう女官がいたかどうかはわからないけど、耳が悪いのは淡慈かもしれないわ。前に声をかけたとき、聞こえてないような反応を見せたことがあって】

琥劉は頷きながら、筆を走らせる。

【芙蓉というのは、淡慈の偽名かもしれないな。それとなく、様子を窺ってみてくれ。それから、健康診断のことだが、妃嬪殺害の容疑をかけられているお前が行うと、反発が出るだろう】

容疑者である私が麗玉みたいにすぐに牢に入れられないのは、医妃という立場のおかげだ。今なら、金淑妃の言葉がよく理解できる。

『医妃、階級に属さないというのは、争いの外にいるようで、安全に思えるでしょう？　でも、ひとたび状況が変われば、いちばん危険なんですのよ』

『後宮では、階級で人を従えることができますわ。地位を争わずして、得られるものなんてないのかもしれませんわね』

まったくその通りだ。私は医術においては皇后と同等の権力を行使できるけれど、それ以外では無力。皇后に最も近い媛夏妃の一声で、数日寝込むほどの怪我を負わされても抗う術がない。

【ゆえに健康診断は皇帝からの勅命とする。後宮妃の体調を気遣ってのことだと言えば、皆も納得するはずだ】

【ありがとう。それと金淑妃が注射器を刺す標的は絞った方がいいって。医仙宮の薬だと言って曼陀羅華を配ったのは淡慈よ。きっと、注射器を依頼した人間も……。淡慈の主である媛夏妃も無関係じゃないはず。だから絞るなら、あのふたりかな】

【たとえ媛夏妃が親玉だったとしても、実行したのは淡慈だろう。女官の独断だと言い逃れされてしまえば、逆にお前が媛夏妃を疑い、注射器で害した責任を問われることもありえる。ゆえに、試すなら淡慈がいいだろう。この策が失敗したとしても、女官ひとりがお前を訴えたところで、権力でどうとでも捻じ伏せられるゆえ、お前が負う責任を最小限にできる】

【私だけじゃ、そこまで考えが至らなかったわ。あなたや金淑妃に相談してよかった】

みんなを悲しませないって決めたのに、自分の保身の部分で、私は詰めが甘かった。ふたりは、そんな私の欠点を補ってくれている。

【お前は他人のことばかりゆえ、自分をないがしろにする。だが、それがお前の長所でもある。もっと気をつけてほしい、でもそのままのお前でもいてほしい】

琥劉は、この後宮でも、ありのままの私でいられるように守ってくれている。琥劉は私を強いとよく言うけれど、それは琥劉の方だ。その広い懐で、私の未熟さも甘さも弱さもすべて受け止めてくれる。そんな彼に見合う自分になりたいと思う。

【周りの者がお前の分まで注意していればいい。お前のそばには、そうしてお前を守ろうとする人間が大勢いる】

私の身体は、もう自分だけのものじゃない。そう、琥劉にも言われたはず。

琥劉を引きずり落とすために、敵が私を狙っているのだとしたら、なおさら倒れるわけにはいかない。その私を追い詰めるために、猿翔や麗玉も狙われるのだから。

琥劉はそのままでいいと言ってくれるけれど、降りかかった火の粉は自分で払えるようにならなくちゃ。悲観して言っているんじゃない。私は琥劉の隣を歩いていくと決めたから、今のままじゃいけないのだ。もっと強くならないと。

でも、口ではなんとでも言えてしまう。だから私は、小声で「ありがとう」とだけ返した。覚悟は行動で示したい。

【話を戻すけど、注射器を作ってほしいの】

それを見た琥劉は、枕元にある包みに手を伸ばした。部屋に入ってきた際に、琥劉が置いたものだ。私の前で音を立てないように開いてみせる。

――これは、硝子の注射器！　私がいた世界では、古い時代に使われていたものだ。

【例の職人に、犯行に使われた注射器と同じものを作らせた。同じものを使った方が、

相手も動揺するだろう】

さすが琥劉！　思わずその肩に頭をくっつける。声に出せない反動か、身体が勝手に動いた。琥劉はそんな私を優しい眼差しで見つめ、再び筆を取る。

【最近亡くなった妃嬪たちの共通点についても、気づいているか？】

【うん、金淑妃と交流のある妃嬪が狙われてる。媛夏妃は、あなたの権力を削ごうとしてるのよね？】

琥劉は頷く。

【媛夏妃は六部長官と繋がっているかもしれない】

どういうこと……？　私は眉を寄せた。

【科挙で試験官らの不正が発覚した。借金を立て替えてもらう見返りに、今の六部長官が選ばれるよう試験結果を操作したらしい】

衝撃のあまり、言葉を失う。琥劉がどれだけの思いで、科挙を実施したのかを知っている。反発の声とも戦い、苦労してやっとのことで雪華国のためにと行った科挙が利用されたのだ。許せなくて唇を噛むと、琥劉の手が伸びてきた。

「噛むな、痕になるぞ」

琥劉は眉を下げて笑い、私の唇を指で撫でる。

【そもそも試験官たちに借金を負わせたのは、六部長官だ。試験官らを含む官吏たちは、多くが地方の土地の有力者だ。何代も広い土地を所有し、支配してきた。その財源は、そこに住まう者から徴収する地代だが、六部長官らはその土地の水路に毒を流し、田畑を腐らせ、働き手である人を害し、地代が収められぬよう仕向けた。そうなれば、試験官らは国に税を治められなくなり、六部長官らの話に乗るほかなくなる】

科挙を穢《けが》された琥劉は、私よりももっと許せなかったはず。慰めるようにその手を握ると、琥劉も握り返してくれる。

【試験官を問い詰めたのは、六部長官らがとある村の出身だと判明したからだ】

とある村？　問うように見れば、琥劉は躊躇いがちに文字を綴る。

【咎村だ。この村には、獏一族が住んでいる】

獏って……！　芽衣と始皇帝が政権を取り返すために戦った、豪族の名前よね？

芽衣が私に残した手紙によれば、この大陸が法や税制度の整っていない無法地帯だった時代。村ごとに独自の決まりを作って生活していたこの地に、獏という豪族が自分の国を築こうとして、民を苦しめたのだとか。

【獏一族は科挙を利用して六部長官となり紅禁城へ入り込んだ。そして、媛夏妃を俺の婚姻の相手に推した。皇室に恨みのある獏一族が、単に政に興味があって科挙を受けたとは考えにくい。蛇鴻国は雪華国を奪うため、獏一族である六部長官は蛇鴻国に奪われたこの国で復権し、皇室への恨みを晴らすために手を組んだのだろう】

まさかここで、獏の名前を聞くことになるなんて……。

始皇帝の子孫である琥劉と、獏の子孫、それからその歴史に深く関わった医仙の芽衣と親友である私が、再びこの時代に集まった。これはどういう巡り合わせなの？

【獏一族が雪華国になにをしたのかを知っていて手を組んだ蛇鴻国には、もろもろの証拠を突きつけ、その責任をとらせる。戦争を起こすのはこちらも望んでいないゆえ、媛夏妃を皇后候補から外すという条件を向こうから掲示させる。そうすれば、四大臣からの反発も出ないだろう】

蛇鴻国が侵略を目論んでいたとしても、今の雪華国にはまだ軍事上の保険が必要だ。それに、つい半年前、第四皇子を討ったばかりだ。皇室に血生臭い噂が流れ続ければ、民の信用を失ってしまう。簡単に婚姻を反故《ほご》にできない理由は、それもあるのだろう。

【大臣や民から反発が出ないように、戦に発展しないように、慎重に時期を見て媛夏妃を退けなければならないのね】

琥劉はそうだ、と首を縦に振る。

【だが、これ以上、お前やお前の大切な者たちを傷つけさせる気もない。向こうが俺たちの手足をもごうとしているのなら、こちらもあちらの手足を斬り落とすまでだ】

【媛夏妃の手足となって、今回の事件を起こしたのは淡慈の可能性が高いわ。彼女を捕まえるの？】

【淡慈という女官が黒ならば、厳しく処罰すれば媛夏妃をいくらか牽制できる。そういう意味で、お前の策は試す価値がある】

帝位争いのときよりも、難しい戦いだわ。今度は国内外から狙われているのだから。

【金淑妃が言っていた協力者に関してだが、媛夏妃側の妃嬪の中に戸部長官の娘がいるゆえ、親子ともどもこちら側に引き入れる】

【え……媛夏妃以外は、あなたが皇子の頃からいる妃嬪よね？　獏一族はそんなに前から、この城の中に入り込んでたの？】

【そのようだな。戸部長官は、娘を臣民《しんみん》から選ばれる采女《さいじょ》として後宮入りさせたようだ。娘は仕事ぶりが評価され、御女《ぎょじょ》に階級が上がっている。妃嬪の階級の昇格云々は、皇太后に一任していたゆえ、俺も今回初めて知った】

臣民というのは、民のことだ。采女は民の中から容姿端麗の者を選び、採用された女官のことで、皇帝の目に留まれば最下級の側室にも成り得ることから、宝林《ほうりん》、御女の下に連なる後宮妃——八十一御妻に含まれている。

【娘ともども臣民に紛れ込み、うまく城に入れたようだが、獏一族だと知られれば、それだけで皇室への謀反ととられる。流刑《るけい》どころか死罪だと脅し、戸部長官と娘をこちら側へ引き入れるつもりだ。戸部長官には余罪も多いゆえ、可能だろう】

余罪？　と首を傾げれば、琥劉が頷く。

【戸部長官は注射器の件にも一枚噛んでいる。注射器を作った職人の店は、ならず者が多い路地にある。女がひとりで行けるような場所ではないゆえ、付き添った男がいたはずだと劉炎兄上が言っていてな。調べてみると、戸部長官はその日、雪害を受けた華京の郊外にある村に視察に行ったあと、女と例の店に行き、ひとり中に入っていった女を外で待っている姿が目撃されている】

【それを目撃した人って?】

【そこで屯《たむろ》っていたならず者たちだ。獏一族も並大抵の覚悟で謀反を企てているわけではあるまい。真実を突きつければ自害する、もしくは口封じに戸部長官が殺されることもありえる。慎重に交渉を進める必要があるだろうが、任せてほしい】

数々の逆風を追い風に変えてきた琥劉ならば、心配はいらないだろう。

迷わず【わかったわ】と、そう綴っていたとき、扉の向こうから「失礼いたします」と声をかけられた。私は琥劉と顔を見合わせ、慌てて帳面を閉じると、枕の下に隠す。

「先ほどから、何事も始まっていないご様子。もしや体調が優れないのでしょうか?」

「それでしたら、すぐにでも侍医のもとへお連れいたしますが」

夜伽の監視に来ている宦官たちだ。万が一にでも押し入られ、不運にも枕下の帳面に気づかれてしまったら、まずい。

「問題ない。医妃は緊張している。あまり急かすようなことを言うな」

すぐに上半身を起こし、琥劉は扉に向かって答えた。

緊張してるって……。全身が燃えるように熱くなる。居た堪れなくて琥劉を見上げた。視線に気づいた琥劉は、私に覆い被さるようにして、耳元に顔を寄せてくる。

「ふりでいい。俺たちが睦《むつ》み合っている最中だと思わせる。構わないか？」

「え……」

申し訳なさそうに問われ、私は頷くしかなかった。

なにをするつもりなんだろう。琥劉の出方を待っていると、鼓動が速まる。すると、琥劉は私の頬を撫で、「怖くない、大丈夫だ」と言った。

「私……そんなに不安そうな顔をしてる？」

「そうだな。酷いことを、お前にしている気分になるくらいには」

琥劉は私の緊張をほぐすように、耳たぶを指でさすり、そっと口づけてくる。

唇が触れ合う湿った音、布擦れの乾いた音、重く軋《きし》む寝台の音が静まり返った室内に響くたび、鼓動が速まる。先ほどまで色気の『い』の字もない空気だったというのに、室内に熱気が立ち込めているようだ。

「白蘭……」

私の名を呼ぶ琥劉の声にも、熱が孕《はら》んでいる気がする。身体に感じる重みに、胸が張り裂けそうだった。

「琥劉……」

掠れた声で名前を呼び返せば、びくりとその身体が震えた。髪を掻き上げながら上半身を起こした琥劉は、切羽詰まった様子で私を見下ろしている。裸を見られたわけでもないのに、顔が火照る。

「……っ、白蘭。俺たちは……夫婦だ」

「え、うん……そうね。だけど、私たちは……」

まだ、こういうことをする仲ではない気がしてしまうのだ。でも、琥劉は違うの？

そこまで、私を求めてくれている？

「お前は……どう思っている？　俺は皇族で、世間一般の夫婦というものを知らない。それにお前は、別の世界から来た人間だ。その世界の夫婦観がどんなものなのかも、わからない」

もしかして、琥劉も戸惑ってる？　始まりが契約結婚だったから、私たちの関係が今どこまで進んでいるのかが、わからなくなってる。

「私の世界では、相手を好きになって、恋人になって、夫婦になるの。でも、私たちはいきなり夫婦になって、お互いを好きになって、愛して……順番がめちゃくちゃね」

「俺は……お前のことを愛している。隣にいてほしいのは、お前だけだ。当然、こんなふうに……」

琥劉は私の輪郭をなぞるように肩や腕に触れてくる。身体の芯に火が灯《とも》るのを感じて、このまま流されてしまいたい気持ちにもなるが、どうしても違う気がしてしまう。

「触れたいと思うのも、お前だけ……」

「……っ、私も同じ。でも……私は、夫婦っていう関係が自然に馴染むまで、ゆっくり想いを育《はぐく》んでいきたいと思ってる」

感情を説明するのは難しい。自分の気持ちも曖昧で、相手の気持ちもわからなくて、明確な答えがないから、私の言っていることが琥劉を傷つけてしまっていないかが心配だ。

「私も、あなたを愛してる。だけど……」

「なんとなく、そう言われる気がしていた」

琥劉は少し寂しそうに、でも納得がいった様子で、微かに笑った。私の頭を撫でながら、琥劉は続ける。

「夫婦という関係なら、互いに離れていかない。そういう安心感がある。だが、俺はその状況に甘え、お前を繋ぎとめておくための努力を怠っているのではないかと、最近考えていた」

「そんなこと……っ、あなたは私のそばにいようと、努力してくれてるじゃない」

私の気持ちが間違って伝わってしまった。そう思って、すぐに首を横に振る。

でも琥劉は『最後まで聞いてくれ』とばかりに、反論を塞ぐように私に口づけた。

「今は国のこと、俺の立場……いろいろなしがらみがあり、お前を不安にさせてしまって、すまない。だが、改めて誓う」

琥劉は私の手を持ち上げ、その甲に唇を押しつけた。

「俺はお前がすべてを委ねてもいいと、そう自然に思えるように、お前を皇后にする。俺は喉から手が出るほど、お前の未来のすべてを欲している」

「琥劉……」

こんなにも求められている。私は幸せな悩みを持っているのかもしれない。夫婦だと思えるように、もっと愛してくれなんて。

「こんなふうになにかを欲したのは、お前が初めてだ。想い人に夫婦……関係を表す名称など、俺には些細な問題なのかもしれん。お前だけが、ただただ欲しい」

私の手を掴む、琥劉の手に力がこもる。

「それゆえ、お前の心が決まるのを待つつもりはない。自分で、お前の心をもっと深くまで手に入れる」

その宣戦布告のような告白に、早くも陥落《かんらく》してしまいそうになりながら、私は琥劉の首に腕を回す。

「私も……あなただから、こんなに悩むの。あなたは皇后を早く迎えるように、せっつかれてるから、あまり時間はないかもしれないけど……あなたと見つけたいの。ふたりで一緒にいる方法も、夫婦の形も」

「ああ、ひとりで考えても、それは片方の思い込みにすぎない。ふたりで見つけなければ、それは俺たちの答えではない。俺はお前と幸せも分かち合いたいゆえ、共に探し、育んでいこう」

本心を曝け出すのは怖いけれど、私が向き合ったぶんだけ、琥劉も逃げずに向き合ってくれる。私たちには、その強さがある。それがわかっただけで、この先どんな困難があったとしても、乗り越えていける夫婦になると、ふたりの未来が想像できた。そうして、ふたりの未来を確かめ合っていけば、きっと心は夫婦に近づいていくはず。

「愛している、白蘭」

「私も愛してる、琥劉」

睦み合う演技も忘れて、私たちは幾度も触れ合うだけの口づけを交わす。

先の見えない今を表すように、夜が更けていく。たとえ闇が深くなろうとも、私たちの胸に灯った希望は、強く明日を照らしている。

朝礼殿で、ついに皇帝勅命の健康診断が始まった。患者の数が膨大なため、妃嬪を診るのが専門の侍医だけでは足らず、尚薬局の医官のほとんどが朝礼殿に集結している。妃嬪から宦官、女官まで例外なく、無差別に各部屋に四人ずつ呼ばれ体調を確認していくのだが、私は金淑妃や淡慈と一緒の部屋に通される手筈になっている。協力者である御女も、すでに診察室で待機しており、私はその時を待っていた。

琥劉は正面上段の御座に腰かけている。彼のそばには珍しく英秀様しかいない。武凱大将軍は、牢にいる麗玉に危害を加えられないよう護衛してくれている。私たちが仕掛けるのに合わせて、麗玉にすべての罪を着せ、自害に見せかけるなどして殺される可能性があるからだ。軍神に直々《じきじき》に守られている麗玉は安全だろう。

「陛下、このような催《もよお》しがあるのでしたら、まずはわたくしに相談していただきませんと」

媛夏妃は頬を膨らませながら、琥劉の前にやってきた。琥劉は顔色ひとつ変えることなく、言い放つ。

「後宮で相次いで、妃嬪らが亡くなっている。おかしな疫病に侵されていないかどうか、確認するのは当然のことだ。断る理由はあるまい」

それを聞いた媛夏妃は、服の袖で口元を隠した。他の者は健康診断に気を取られて気づいていないが、「ふっ……」と笑みをこぼす。それを見逃さなかった琥劉や英秀様は、不愉快そうな顔をした。あの場所だけ、空気が異様に張り詰めている。

「陛下まで、これが疫病だと思っておりますの？」

「他に心当たりが？　だとすれば、蛇にでも噛まれたのやもしれんな」

「陛下のお考えは、よくわかりましたわ」

ああして琥劉が媛夏妃の気を引いている間に、私は金淑妃と淡慈と共に診察室へと入る。すると、軍医のお局《つぼね》と目が合った。彼は狩猟大会でコレラが流行った際、救護幕舎で共に治療にあたった同志だ。今回の協力者のひとりである彼は、私にだけわかるように会釈《えしゃく》をする。

「あの、そちらの方は？」

奥の寝台に横になっている協力者の御女を見て、私はわざとらしく尋ねる。

「健康診断の途中で、気分が悪くなられたようでしたので、休んでいただいています」

軍医は知らん顔で答えるが、御女のそばには注射器が載っている盆がある。それに気づいた淡慈の顔色が変わった。どうしてあれを軍医が持っているのか、そんな感情が駆け巡っている表情だ。

私は金淑妃と視線を交わす。淡慈は関係者だと、金淑妃も確信を持ったようだ。

淡慈は青い顔で御女の腕へと視線をずらす。そこには針の痕がいくつもある。無論、あれは注射器ではなく、軍医が皮膚に打った鍼の痕なのだが。

軍医は御女のそばにあった注射器を持ち、「さあ、こちらへどうぞ」と淡慈を呼ぶ。淡慈は死刑台に上るかのように、恐る恐る寝台に近づいていった。ここで健康診断を拒否すれば、必ず理由を問い詰められる。主の媛夏妃にも迷惑がかかるので、淡慈はもう従うしかない。ここは完全に、こちらの張った罠のど真ん中だ。

淡慈は震えながら寝台に横たわる。軍医が淡慈の顔に布をかけると、

「な、なぜ布を顔に？」

警戒している淡慈に、軍医は言う。

「顔色が悪いようにお見受けいたしましたので、身体に流れている邪気を一度ここでせき止め、鍼を打ち、気を浄化させます。それには新しい鍼を使うのですが、刺さるところを見て、具合を悪くされた妃嬪様もおりましたため、しばしのご辛抱を」

そう言って軍医は、私を振り向いた。足音を立てずにそばに歩み寄り、淡慈の上腕部を布紐で縛る。そして、酒に浸した布で皮膚を消毒し、煮沸消毒した注射器を血管に刺すと、金淑妃と軍医を見た。ふたりが首を縦に振り、私は静かに「――淡慈」と声をかける。その途端、淡慈は勢いよく起き上がろうとした。淡慈の顔から布が落ち、軍医はすぐにその口と身体を手で押さえつける。

「んーっ、んーっ」

「暴れないで。あなたの血管に空の注射器を刺したわ。これがなにを意味するのか、わかってるわよね？」

淡慈は必死に首を横に振っている。そのとき、金淑妃が協力者である御女をちらり

と見やった。それを合図に、御女は「うっ」とうめき、喉や胸を掻きむしり始める。

「い、息が……っ、できな……」

御女の姿を目の当たりにした淡慈は、小刻みに震え出した。

「私の本気を見てもらうために、数刻前からここで、注射器で御女に空気を注入していたの」

奥の寝台に目をやりながらそう言えば、御女はしばらく暴れたあと、事切れた。彼女の迫真の演技は効果覿面《てきめん》だった。淡慈は目に涙を溜め、死に物狂いで暴れる。

「あらまあ、医妃は見かけによらず冷酷ですのね。まあ、あのいけ好かない蛇女の取り巻きがひとりいなくなって、せいせいいたしましたわ」

金淑妃は死んだふりをしている御女を興味なげに見つめ、そう言った。

「私の大事な薬師を牢に入れただけでは飽き足らず、犯人捜しをして風紀を乱したなんて難癖をつけて、私に杖刑を与えた媛夏妃には、たっぷり仕返しをしませんと」

私たちが話している間、淡慈は必死に首を横に振り続けている。そんな淡慈の顔を、金淑妃は意気揚々と覗き込んだ。

「まあ、見て。まだ、自分はなにも知らないって顔をしていますわよ。この器具を見た瞬間から、青い顔をしていましたのに、言い逃れができるとでも？」

血管に刺さったままの注射器を指で弾く彼女に、私の方が冷や汗をかいた。心の底から、金淑妃は敵に回したくないと思う。

「淡慈、私は医仙なんて呼ばれているけど、大切な人たちに手を出されれば、妖魔にもなるわ。ああして、あなたの罪を明らかにするために、妃嬪ひとり手にかけるくらいなんてことないのよ」

私は注射器の押し子に親指をかける。空気を入れられるかもしれない、そんな恐怖に曝されても、淡慈はまだ首を横に振っていた。

「この注射器を依頼した人間は、町の硝子職人が言うには、耳の不自由な女官だったそうよ。淡慈、あなたのことね？」

淡慈の肩が、わかりやすいほど跳ねる。

「陛下はすべてを知っているわ。あなたには、ふたつの道が残されている。陛下に罪を告白するか、私にここで――終わらせられるかよ」

注射器を持つ手に力を込めると、淡慈は何度も頷き、ついに折れた。私が目配せすると、金淑妃は静かに閉じている扉に近づき、軽く叩く。その向こうには門番をしている猿翔がいる。今の合図で英秀様と四大臣を密かに扉の前に集める手筈になっているのだ。琥劉が媛夏妃の足止めをしている間、彼らに淡慈の自白を聞かせるために。

「いい？　叫んだりしたら、あなたをあそこで事切れてる妃嬪と同じ目に遭わせるわ」

こくこくと首を縦に振る淡慈。私は軍医に口から手を離すよう視線で指示した。

ゆっくりと軍医が手を離すと、淡慈は震える息を吐きだす。良心が痛んだが、麗玉を牢から救い出すためだ。心を鬼にしなければ。

「淡慈、この注射器はあなたが考案したものなの？」

「……っ、いいえ……」

「なら、誰が考案したの」

額に大量の汗をかき、言葉にするのを躊躇っている淡慈に、金淑妃はため息をつく。

「この棒を押し込めば、空気が入るのよね。医妃、ちょっとくらい入っても死なないのでしょう？」

金淑妃が押し子に指をかけると、淡慈が小さく悲鳴をあげた。

心を鬼にすると決めたばかりだが、本当にこんなやり方でいいんだろうか。

「ねえ、淡慈。ひとつ、聞いてもいい？」

淡慈はか細い声で「え？」と言い、私を見上げる。

「女官が独断で妃嬪を手にかけるとは思えない。あなたは誰かを庇っているわね？あなたにとって、その人は命を懸けるほど守りたい人？」

予定にないことだったので、金淑妃が私の意図を探るような視線を向けてくる。

「……っ、私は……あの人を裏切れない……ただ、それだけです」

涙交じりの声で、淡慈は答えた。

「そう……あなたは自分の意思で、その人を庇ってるのね。安心した」

「安心……？」

「だって、あなたに命懸けで守られてる人よ？　それだけ信じられる相手なんでしょう？　それならまだ、こんなふうに傷つけなくても話が通じるかもしれない」

私は淡慈の腕を縛っていた布紐を解き、そっと針を抜く。淡慈が「え……」と困惑しているのがわかったが、構わず布を押し当てて止血した。

「誰かに恩を感じられるあなたには、温かい血が通ってる。やっぱり私は……こんなふうに脅すんじゃなくて、ちゃんと言葉で向き合いたい。医術は人を救うためにあるのであって、誰かに言うことを聞かせるために使うものじゃないから」

私はそれを、この世界に来て忘れかけていたのかもしれない。

この場所の残酷さに染まってしまったら、私は医療者ではなくなってしまう。芽衣と約束したのだ。私たちでたくさんの人を助けようって。その約束も、私自身の信念も裏切りたくない。

「たとえ汚い手を使わなければいけない時が来たとしても、それは医術であってはならないのよ。私は医仙で、医妃だから」

淡慈は目を見開き、「あなたは……」と呟く。やがて観念したように瞼を閉じた。

「……注射器を使って、妃嬪たちを手にかけたのは……私です。ですが、それ以上に話せることはありません」

「誰に命じられたかは言いたくないのね。でも、私がこれ以上聞かなくても、きっと刑部で自白するまで拷問を受けることになる。それでも、あなたは……後悔しない？」

淡慈は口を閉ざしている。止められない、それでも彼女が主を守るというのなら。麗玉も私に迷惑をかけるくらいなら、死ぬと言っていた。あのときの言葉に嘘はなかった。だから、引き止めるのは主の仕事だ。でなければ、淡慈の心は動かない。

「わかったわ。でも、妃嬪を手にかけた罪は重い。あなたは、たぶん……」

助からない、そう口にすることはできなかった。手を汚した淡慈だけでなく、そう彼女に命じた主にだって同じだけの罪がある。なのに、淡慈だけがそれを背負うことになるかもしれないのだ。淡慈の忠誠心を思うと、やるせない。

「いいんです、それでも」

小さく笑った淡慈に胸が痛んだが、私は「そう……」とだけ返し、止血を終えた腕に布を巻いた。

「どうして……私は死ぬ身です。手当てなんて……」

「怖がらせてしまったから、そのお詫び。それと……ううん、とにかくこうさせて」

自白させた私が、彼女を死地に追いやるようなものだ。だからこれは、その罪悪感を紛らわすための自己満足。

「医妃、そろそろ……」

金淑妃に促され、私は頷く。金淑妃は部屋の出口に向かっていき、扉を開けた。

「話は聞かせてもらいました。その女官を捕らえなさい！」

英秀様が四大臣を引き連れて中に入ってくるなり、武官に命じた。四大臣が「まさか媛夏妃の女官がこのような大罪を犯すとは」「死罪も免れぬぞ」「主の責任も重い」と口々に嘆く中、武官らが淡慈を寝台から引きずり下ろし、連行していこうとする。

「淡慈！」

つい呼び止めてしまうと、英秀様から『まったく、あなたは……』と言いたげな呆れた眼差しが向けられた。

淡慈は足を止め、こちらを振り返る。

「……これ、ありがとう」

腕の布に触れながら、淡慈は悲しげに笑って、部屋を出ていく。

しばらくその場から動けずにいると、金淑妃がすっと隣にやってきた。

「取り消しますわ」

私は「え？」と、金淑妃を見上げる。

「あなたの真っすぐさで動かせない人の心もある。その発言を撤回しなければ。あなたは実際に、わたくしの目の前で淡慈の心を変えてみせたんですもの」

「でも、金淑妃……それからあなたにも、危ない橋を渡らせてしまいました」

私は軍医にも目を向け、「本当にすみません」と頭を下げる。私はこの作戦に加担した皆を、危険に曝したのだ。

「それから……止めずにいてくれて、ありがとうございます」

淡慈の心が動く保証はなかった。それでも、私を信じて見守ってくれた彼らには感謝しかない。

「医妃様は、我々軍医の同志ですから」

「乗り掛かった舟ですわ。こうなることも想定の範囲内でしたもの」

私なんかより、みんなの方がずっと強い。人を信じるのは、自分が無茶をするよりも勇気がいることだ。

「あなたも、もう起きて大丈夫よ」

死んだふりをしたままの御女に声をかけると、彼女は疲れた様子で起き上がる。

「助かったわ」

そう声をかければ、御女は目を丸くしたあと、「いえ……」と戸惑った顔をした。脅されて協力をさせられたので、内心は複雑だろう。それでも、彼女の協力なくして、成し得なかったことだ。

「英秀様も、部屋に飛び込んでこないでくれて、ありがとうございます」

押し上げる。

「何度か、扉を蹴破りそうになりましたが」

絶対零度の視線が注がれ、私が肩を竦めると、英秀様はため息をつきながら眼鏡を押し上げる。

「こうなる気はしていました。結果が出せなければ、どうしてやろうかとも思いましたが」

「うっ……」

「まあ、こうして目的は果たせたわけですし、及第点ではあるでしょう。できれば、黒幕まで引きずり出せればよかったのですが」

手厳しい英秀様に苦笑いを浮かべたときだった。外から悲鳴があがる。

私たちは顔を見合わせ、すぐに部屋を飛び出した。すると、血塗られた剣を手に立っている媛夏妃がいる。その足元には、胸元が真っ赤に染まった淡慈が倒れていた。

「一体なにがあったの!?」

人垣を掻き分けて、私は淡慈のそばに駆け寄る。

「わたくし、淡慈を連れていかれそうになったから、止めようと思ったのよ。そうしたら、淡慈に襲われそうになって……とっさに、武官の剣を抜いてしまったの」

小刻みに震えながら、媛夏妃は弁明する。

「媛夏妃の言っていることは事実です。この者は、主に刃を向けたのですから」

六部長官が媛夏妃を庇う声が聞こえる。でも、淡慈が守ろうとした相手は、恐らく媛夏妃だ。その媛夏妃を手にかけようとしたのなら、それは……。

「淡慈、あなたは……」

虫の息の淡慈の手を取る。生暖かい血で滑りそうになるが、しっかりと握った。

「ごめんなさいね。あなたがこの手を取ってほしい相手は、私ではないのに……」

淡慈は媛夏妃に疑いの目がいかないように、わざと主に襲いかかったのだ。もしものときはこうするように、あらかじめ計画に組み込まれていたのかもしれない。

「白銀……懐か、しい……」

虚《うつ》ろな目を細め、ゼイゼイと荒い呼吸をしながら、淡慈が私に手を伸ばす。

「どうか、姉様、を……」

「え？　姉様って、誰のこと？　淡慈？　淡慈！」

何度も呼びかけるが、虚空を見つめていた淡慈の瞳から光が消えてしまった。

「淡慈……」

最後の力を振り絞って、私になにかを伝えようとした。私は必ずその意味を、解き明かさなくちゃいけない。

「白蘭、淡慈を連れていかなければならない」

淡慈の手を握り続けていた私のそばに、琥劉がしゃがむ。それから、労《いたわ》るように私の腕に手を添えた。

「琥劉……うん、時間を取らせてごめんなさい」

淡慈の手を離すと、琥劉は私の肩を抱きながら、「連れていけ」と武官を促した。

重い頭を上げれば、媛夏妃の無機質な横顔が目に入る。

淡慈が言っていた姉様というのは、媛夏妃のこと？　でも、淡慈と媛夏妃は似ていない。皇女の妹なら、女官になんてならないだろうし……。一体淡慈は、誰のことを私に託そうとしたんだろう。

「四大臣、耳にした事実を話せ」

琥劉がそう言うと、代表して黄《こ》大臣が「はっ」と一礼し、証言する。

「媛夏妃付き女官である淡慈が、妃嬪を殺害したと自白しました。ですが、その裏に淡慈が恩義を感じているという黒幕がいるようです」

朝礼殿は騒然とした。媛夏妃に味方した妃嬪らは、気まずそうにしている。

「医妃と金淑妃の働きがあったからこそ、真実が明らかになったのです」

麗玉の親友——箔徳妃の父である箔大臣も声をあげた。

「この件に関して、媛夏妃にも相応の責任を取ってもらうべきでは？」

麗玉の父である姜大臣の一言に、六部長官からは「同盟国の皇女なのだぞ！」「女官の罪をなぜ媛夏妃が負う必要がある！」という非難が飛んできた。すると、金大臣がふっと意味深に笑う。

「女官の罪をなぜ主が負うのか……それは媛夏妃がよくわかっているのでは？　妃嬪の死因を調査していた医妃に犯人捜しは風紀を乱すと難癖をつけ、ひいては医妃付き女官のしつけがなっていないと杖刑を命じたのですよ。医妃はそれを甘んじて、お受けになったとか。ここは媛夏妃も、誠意を見せるべきでは？」

悔しさからなのか、剣を持つ手を震わせていた媛夏妃は、その場にひれ伏す。

「わたくしの存ぜぬところで、女官がおぞましいことを……っ、本当に申し訳ございません！　わたくしにも、どうぞ罰をお与えください！」

杖刑を受けた甲斐があったようだ。抗うことなく、その場にひれ伏して罰を受け入れる媛夏妃を目にも留めず、琥劉は血に染まった私の手を自分の服の袖で拭った。

「麗玉は明日にでも牢から出られる。武凱もいるゆえ、今日はもう医仙宮で休め」

「でも……」

「駄目だ。お前は自分を追い詰めた淡慈にも心を砕き、消耗している。あとは俺たちを信じて任せろ。もっと自分を労われ」

滅多に強要しない琥劉だが、今は珍しく有無を言わさない圧がある。こういうときは、だいたい私が無茶しているのだ。琥劉が正しい。

「あなたは私よりも、私のことを見てくれてるものね。今日は大人しくしてるわ」

「そうしてくれ」

琥劉は、私の手を引いて立たせてくれる。

「英秀、あとのことは任せてもいいか」

「はい、お任せください」と一礼する英秀様に見送られ、私は琥劉と朝礼殿を出る。

まだ、この雪華国に災厄をもたらす媛夏妃という禍津神《まがつかみ》がいる以上、安心はできないが、後宮に立ち込める暗雲はいくらか薄まったのだった。

翌日、疑いが晴れて無事に釈放された麗玉が後宮に戻ってくることになった。

猿翔と医仙宮の前でその時を待っていると、琥劉たちが麗玉を連れてきてくれる。

「麗玉嬢!」

「麗玉!」

猿翔と一緒に駆け寄って、思いきり抱き着く。一瞬目を見張った麗玉も、感極まった様子で「白蘭、猿翔っ」と勢いよく腕を回してきた。

「怪我はしてない? こんなに痩せて《や》……すぐに食事にしましょうね!」

「そうだね。俺、すぐに厨房に取りに行ってくるよ」

「いや、当分は私が作るわ。料理に毒でも入れられたら、注射器百本刺しても気が収まりそうにないもの!」

捲《まく》し立てるように言えば、麗玉が瞳を潤ませて笑う。

「ふふっ、大げさ！　でも、ありがとう。私をここから出してくれて……っ」

猿翔は涙を流す麗玉の目元を袖で拭ってやる。私は「麗玉〜っ」と頬ずりをしたり、頬に口づけたりして、猿翔と一緒に引っ付き虫と化した。

「猫可愛がりですね」

麗玉にくっついて離れない私や猿翔を、英秀様が呆れ気味に眺めている。

「いいじゃねえか。麗玉嬢は愛される人間になれたってことだろ」

「武凱大将軍、麗玉を守ってくださって、ありがとうございました」

私が頭を下げると、麗玉もそれに倣う。

「武凱大将軍は一晩中、私の話に付き合ってくれたの。おかげで不安が和らぎました」

「気にすんな。俺も麗玉嬢と話せて楽しかったぜ。ただな、牢で伝令から嬢ちゃんが無謀な作戦変更をしたって聞いたときは、さすがに俺も麗玉嬢も肝が冷えたぞ」

無謀な作戦変更というのは、淡慈を注射器で脅すのを中断したことだろうか。

「『医術は人を救うためにあるのであって、誰かに言うことを聞かせるために使うものじゃない。こんなふうに脅すんじゃなくて、ちゃんと言葉で向き合いたい』……などと言い出したときは、早まるなと部屋に飛び込んでいきそうになりましたよ」

英秀様は眼鏡を指で押し上げながら、ぼやく。

「俺も報告を受けたときは血の気が失せたが、この汚く残酷な世界にいても、黒く染まることのない白蘭は、この国にとって、俺にとって必要な存在だ」

琥劉はそう言って、柔らかな双眼に私を映す。その優しい眼差しがくすぐったくて、私ははにかみながら肩を竦めた。

「陛下は医妃を甘やかしすぎですよ。まあ、陛下を侮辱した媛夏妃も杖刑を受けることになりましたし、その働きは認めざるを得ませんが」

「素直じゃねぇな」

「うるさいですよ、武凱。陛下の隣に立つに相応しいかどうか、しっかり見極めなければ。皇后は簡単に務まる役目ではありませんからね」

武凱大将軍は「ほう」と、意味ありげに口端を上げた。琥劉もどこか誇らしそうだ。

「見極めようと思うくらいには、嬢ちゃんを評価してるってことだな」

話の趣旨が見えずに首を傾げていると、琥劉がそばにやってくる。

「俺たちは、先に中に入ってるよ」

猿翔はそう言って片目を瞑り、麗玉を支えながら医仙宮に入っていく。その後ろを英秀様と、横を通り過ぎる際にニヤニヤしていた武凱大将軍もついていく。

「しばらくは、媛夏妃も大人しくしているだろう」

その場にふたりで残されると、琥劉が天を仰いでそう言った。でも、今の私には、あの空の青さは目に染みる。

「淡慈のことが気になるか」

琥劉がはっきりと尋ねてくる。腫れ物に触るような態度をとられるより、ずっといい。おかげで私は、素直になれるのだから。

「……やりきれないなって。罰せられるべき人間は、他にもいるのに」

「そうだな」

「誰に尋問されたとしても、淡慈は絶対に口を割らなかったはずよ。それほど慕っていたのに、主の手で終わらせられるなんて……」

これで淡慈が切り捨てられることまで計画に入っていたのだとしたら、もっとやりきれない。

「淡慈は口封じのために殺されたのだろう」

「……妃嬪を殺めた罪は重い。死罪は免れなかったとしても、あんな形で命を奪われるなんて……。少なくとも、淡慈が守ろうとした人の手でなんて、つらすぎるわ」

「同じ死であっても、信じていた者の手でもたらされるのとでは、大きな差がある。俺もときどき考える。見ず知らずの人間ならともかく、俺に討たれた兄上や弟はどんな思いで逝ったのだろうと」

「琥劉……無責任なことは言えないけど、もし私があなたに討たれる時が来たとして、それが避けようのないことだったとしたら今のあなたのように悲しんでくれるだけでも、私の命には意味があったんだって思えるわ」

「白蘭……お前の考え方は、いつも希望がある。俺はその希望に救われている」

「それはお互い様よ。私だって、あなたの言葉に何度も救われてきたもの」

私たちは自然と手を繋いで、はにかみ合う。

「結局、あの世界の医術をなぜ淡慈が知ってたのか、真相は謎のまま、この件は幕を閉じるのね」

琥劉も「そうだな」と、やや憂いを含んだ表情で頷く。

「だが、今回は獏一族である六部長官が試験官を買収し、この国の要職に就いたところまでは突き止めた。今度は六部長官が蛇鴻国と繋がっている証拠を見つけなければ」

「蛇鴻国が獏一族と手を組んで、雪華国を奪おうとしてるって証明するために、よね」

「ああ。媛夏妃の手駒にされた淡慈についても、本人が口にできない以上、こちらで調べなければならない」

「そうね……問題は山積みだけど、前進はしてる」

そうは言いながらも、ひとつ気がかりなことがあった。それを琥劉に隠せるわけもなく、頬に手を添えられた。

「気になることがあるんだな。俺に背負えるものなら、共に分かち合わせてくれ」

琥劉の方に顔を向けられ、この人には本当に敵わないなと苦笑いする。

「淡慈は、死に際に気になることを言ってたの。『白銀が懐かしい、どうか姉様を』って……」

「白銀……お前の髪色のことを言っているのか？」

「わからない。でもそうなら、この世界のどこかに、私以外にも医仙がいるってことになるのかな。懐かしいって言ってたし、淡慈はその医仙に会ったことがあるのかも」

「医仙の存在は史記《しき》にもたびたび記《しる》されてきたが、その数はこの千年でほんの一握りだ。注射器の一件があったあとでさえ、お前以外に医仙がいるというのが、いまだに信じられないでいる」

「医仙だって、わからないように変装してるとしたら？」

「それならば、考えられなくもないが……」

軽く俯いて思考していた琥劉は、やがて顔を上げた。

「お前は、同じ故郷の者に会いたいと思うか」

「それは当然よ。私の居場所はここにあるけど、やっぱりあの世界を懐かしむ気持ちは消えないもの。その思いを共有できる人がいてくれたらいいと思う」

琥劉は喉元まで出かかったものを、押し留めるように口を噤《つぐ》んだ。それでも、互いに不安を曝け出そうと約束したからか、意を決したように切り出す。

「だが、他の医仙がこの国の、お前の敵として現れたとしたら、俺は……」

「――琥劉。私たちは愛し合ってるけど、個々別々の人間でもあるのよ。私の考えを押しつける気はない。あなたが正しいと思ったことを大事にしてほしい。でも、もし正しい答えがわからなくて悩んでるなら……一緒に考えましょう」

「白蘭……ああ、そうだな。俺が迷うとすれば、いつだってお前のことだ。お前を守るために、なにを切り捨てるのか。犠牲なくして得られないものがある」

琥劉はさっき、『私が懐かしむ同郷の人間だったとしても、この国や私に害成すなら切り捨てる』と言いたかったのだ。

私は頬に触れている琥劉の手を握る。

「私だって同じ。あなたを守るためにできることはなんだろうって、いつも考えてる」

「もう守られている。俺の心を満たせるのは、いつだってお前の存在だ」

でも、そばにいるだけじゃ駄目なのだ。私は今回、自分の医術だけじゃ大切な人たちを守れないことも知った。麗玉という親友を失いそうになったし、私の立場が悪くなった途端に猿翔だって折檻を受けた。そして、即位したばかりの琥劉を後押しできる後ろ盾もない。

病気は治せても、人の悪意までは治せない。今の私じゃ、琥劉を支えられない。大切な人たちも守れない。私は、どうすればいいんだろう――。

二章　太陽と月

媛夏妃の立場が弱まり、夜伽の監視もなくなって、緊張が緩み始めていた。そんな矢先に事件は起きた。

「琥劉陛下、医妃様、お休みのところ失礼いたします！」

皆が寝静まる頃、騒々しい声が医仙宮に響く。猿翔が連れてきた城の宦官のもののようだ。琥劉は上半身を起こし、「何事だ」と返事をする。

「蛇鴻国に会合へ赴いていた丞相《じょうしょう》が、華京の港付近に漂泊《ひょうはく》していた小舟の中で倒れているのを、海域警備に当たっていた武官が発見し、たった今城にお戻りに」

――英秀様が⁉

丞相は君主を補佐する最高位の官吏、宰相軍師である英秀様を指す。私たちは急ぎ布団をめくり、寝台を下りると、寝着の上から羽織を着て、宮殿を飛び出した。

吐く息がはっきり見えるほどに凍《い》てつく夜、私たちは英秀様がいる尚薬局へ移動する。尚薬局は外朝にあるが、治療を必要とする場合は妃嬪であっても立ち入っていいことになっている。とはいえ、ほとんどの妃嬪は自分の宮殿に侍医を呼び寄せるが。

「英秀様の容体は、どんな様子なのでしょうか？」

尚薬局に着くと、私は出迎えてくれた医官に尋ねた。

「発熱しています。風邪《ふうじゃ》に熱邪《ねつじゃ》が合《ごう》し、肌表《きひょう》に侵襲《しんしゅう》して起こる風熱邪《ふうねつじゃ》かと」

ええと……風邪が原因で、肌に蕁麻疹《じんましん》みたいな湿疹《しっしん》ができてる？

この世界では陰陽《いんよう》の均衡が乱れたり、邪気が入り込むことが病の引き金になると考えられている。この国の医者と交流しているうちに、こちらの医療用語もなんとなく理解できるようになってきたが、解釈するのにはまだ時間がかかる。

英秀様のいる部屋に辿り着くと、私は琥劉たちを振り返った。

「発熱してるなら、琥劉と猿翔は部屋の外で待っていた方がいいと思う」

ふたりは素直に頷く。

「中に入っても？」と医官に尋ねれば、不快な顔ひとつせずに首を縦に振った。

「医妃様のお噂は軍医から聞いております。その腕に間違いはないと。診察が終わりましたら、医妃様の見立てを我々にも教えてくださると助かります」

「軍医の皆さんが……ありがとうございます。なにかわかれば、必ずお伝えします」

私は手作りの布製マスクをつける。中へ入る際、琥劉から「英秀を頼む」と声をかけられた。琥劉は皇帝だ。立場上、取り乱すわけにはいかないのだろうけれど、内心は心配でたまらないのが強張った顔から伝わってくる。

私は「大丈夫、任せて」と答えて、部屋に足を踏み入れた。

「はあっ……はあ……誰、です……？」

微かに開かれた天蓋の隙間から、寝台に力なく横たわる英秀様の姿が見えた。目の焦点が定まらないのか、視線を彷徨《さまよ》わせている。

「英秀様、白蘭です」

そう言って駆け寄り、英秀様の姿を見た私は、血の気が引くのを感じた。

――これは！　ありえない、だけど……。

頭は反射的に否定するも、英秀様が発症した病には心当たりがあった。心臓が早鐘を打つ中、寝台のそばに膝をつく。すると、英秀様は微かに口端を上げた。

「ああ……あなた、ですか……」

発疹《ほっしん》を避けて額に触れる。この身体の熱さ……たぶん、三十八度近くある。

「英秀様、熱はいつから？」

「そんなことより……陛下に、伝言があります」

「そんなことよりって……重要なことです！」

「騒がしい人ですね……病人の耳元で叫ばないでください……頭に響きます」

この熱だ、頭痛も相当なものだろう。私は申し訳なく思いながら、口を閉じる。

「私は……蛇鴻国の丞相と会合があり……国を出ていました……」

英秀様の話では、会合は琥劉が媛夏妃と婚姻したとしても、互いの政には関与しないなど、両国間の取り決めを再確認するためのものだったそうだ。

さすがに自国を乗っ取ろうとしている蛇鴻国に、琥劉を行かせるわけにはいかない。英秀様は自国の平定に忙しいことを理由に、宰相同士の会合を取りつけた。

「その席で……酒に酔った丞相から、あの淡慈という女官の話を……聞き出すことが、できました……どうやら、淡慈は……蛇鴻国にある妓楼の妓女だったようです」

淡慈が妓女？　どういった経緯で、妓女が皇女専属の女官に？

「他にも、興味深い話を……聞きましたよ……」

淡慈がいた妓楼には、どんな病も治す妓女がいたという。その噂を聞きつけた者が多額の金を払い、身請けしたそうだ。

「どこかの誰かを……想像しませんか……？」

英秀様は意味深に笑う。

「本当に。まるで……私のことみたい」

私は容姿のせいで、この世界の肉親から妓楼に売られそうになった。もし逃げ出せていなかったら、私はその妓女と同じ運命を辿っていただろう。

「あなたと同じ医仙が……他にもいるのかもしれない……あなたも、先日の件で……そう思ったのでは？」

「それは……はい。あの注射器は、私の世界にあった医術の道具ですから。もしかして、淡慈が……？」

淡慈は白銀が懐かしいと言っていた。注射器の知識と、それを扱う技術もあった。彼女の罪を暴いたことは後悔してないけれど、同郷の人間を失った虚しさは残る。どうか嘘であってほしいと、どうしても思ってしまう。

「淡慈と、その身請けされた医仙が……同一人物なのかを、聞き出す前に……向こうの丞相が酔い潰れて、しまいまして……まったく、糞《くそ》の役にも立たない男です……」

熱のせいか、毒舌が普段より下品だが、英秀様なりに気を遣わせないよう、いつも通りを装っているのだ。

「仕方ないので……その妓楼へ話を聞きに向かっている途中、拉致されました……」

「え……」

拉致された英秀様は、護衛の武官たちと共に船牢《ふねろう》に閉じ込められたらしい。その船牢には病にかかった人間が隔離されており、そこで自分も感染したのではないかということだった。脱出の機会を窺っている間にも、武官たちは次々と急激な高熱にうなされ、熱が下がってきたと思ったら、発疹が全身に広がったと。

「ほとんどが死にました……生き残った者もいましたが、私を逃がすために……」

感染者が乗った船は雪華国に向かっていたらしく、英秀様は生き残った武官に小舟に乗せられ、逃がされた。そこから自分も高熱に朦朧としながら、命からがら港まで船を漕いだそうだ。

「私は、仲間を犠牲にして……ひとりこの国に、この事実を伝えるため、だけに……帰ってきたのです。陛下に……妓楼を調べるように……伝えて、ください。それから、あの船の行方も……」

その船に患者が乗っているなら、雪華国の港で降ろさないように止めないと。

考えたくないけど、蛇鴻国はウイルスを使って英秀様を消そうとしただけでなく、疫病を雪華国に持ち込もうとした……？

「私が拉致されたことも……決して口外しないように……抗議すれば、軍事力が育っていない状態で……戦争に発展します。必ず、伏せるように釘を刺してください……」

「でも、琥劉が納得するかどうか……」

武凱大将軍が半年前の謀反で行方不明になったときも、不眠不休で走り回った人だ。自分の側近が傷つけられたとなれば、さすがに黙ってはいられない。そんなこと、側近の英秀様がいちばんわかっているはずだ。

「ですから、あなたに頼んでいるのです……陛下は自分の信念を……簡単には、曲げられないお方……頑固なところが、ありますから……」

「それは、大切な人のことだから譲れないんです」

「だからこそ、です……私のことで、陛下が皇帝としての判断を見誤るようなことになれば……私は、自害いたします」

「英秀様！」

つい責めるような言い方になってしまった。

――自害する。この世界の人たちにとって、その言葉が冗談でないことくらい、もうわかる。それだけの覚悟を持って、私に頼んでいるのだということも。

「……私が動けない間、陛下の手綱を……しっかり、握っていてください」

「わかりました。あとは私たちに任せて、英秀様は自分の心配をしてください」

弱っていると、悪い方にしか考えられなくなる。英秀様にはまず、元気になってもらわないと。本当に、自害なんて極論に走りそうで、心配だ。

「わかって……います。あの方の覇道《はどう》には……まだ、障害が多いですから……死ないに……越したことはありません……」

命を落とさないという保証はないから、死なないとは言い切らない。英秀様も琥劉に似て、実直な人だ。

「船で仲間が何人も亡くなったのは、衛生状態が悪かったり、十分な食事を与えられなかったり、病と闘う気力を養えない状況にあったからではないでしょうか。そういった環境を整えるだけでも、治る確率は上がります」

「医妃、あなたの見立てでは……私は、なんの病にかかっていると……思いますか」

その問いにどう返すべきか迷い、

「……っ、それを判断するためには、もっと多くの患者を診ませんと……」

なんとも曖昧な返しになってしまった。

「私の目は……誤魔化せませんよ……あなたは、最初に私の姿を見たとき……信じられない、そんな顔を……していました。私の病に……心当たりがあるはずです……」

英秀様は鋭すぎる。私は観念するように息を吐き、自分の考えを述べた。

「英秀様が話してくださった、他の武官に出た症状も踏まえて……急激な高熱に始まり、三日から四日頃に一時解熱傾向になったあと、発疹が顔面や頭部、やがて全身に広がる。感染力が強い疫病と言えば……天然痘《てんねんとう》かと」

「てんねん、とう……？」

私がいた世界では根絶された病なので、まさかこんなところで目にすることになるとは思わなかった。ただ、看護師になる際、天然痘については必ず勉強する。教科書上ではあるが、発疹が起きた患者の写真は衝撃的で、一度見たら忘れられない。親友とよく見た歴史医療ドラマでも、よく取り上げられるほど、かつては世界中で多くの死者を出していた恐ろしい病なのだ。

英秀様は恐らく、その天然痘患者がいる船牢に閉じ込められた。

「それは……治るの……ですか……？」

治療は対症療法しかない。発熱している間は、脱水症状や熱による頭痛等の症状の緩和を図り、発疹期には皮膚の衛生保持などの発疹に対する治療を行う。

断言できないでいると、英秀様は悟ったように力なく笑みをこぼした。

「そうですか……覚悟は、しておきましょう……」

「そんな覚悟、今から決めないでください。琥劉には英秀様が必要なんです。医仙の力を全部注ぎ込んで治療に当たりますから、気を確かに。どうしても不安になったら、どうぞ医仙宮の方角を拝んでください。霊験あらたかな医仙のご利益があるかも」

辛気臭《しんきくさ》い空気を変えるように、冗談を交えて言えば、英秀様は小さく吹き出す。

「あなたは……おかしな娘ですね。では……そうするとしましょう。仙女にも縋りたい気分ですから……」

英秀様らしからぬ弱気な発言に、もどかしさと焦りを感じながら、私は笑みを崩さないよう必死だった。


「あれから、英秀の容体はどうだ」

夜、医仙宮に渡ってきた琥劉の一言に、私は小さく息をつく。

「とりあえず、座って？」

私は琥劉に近づき、羽織を脱がせると、その手を引いて寝台に腰かけさせた。

「英秀は厳しい立場に置かれている」

かまどで花茶を淹れていると、琥劉が憂うようにそうこぼした。

「うん、私の耳にも入ってるわ」

背を丸めて座っている琥劉のもとへ花茶を持っていき、陶器の蓋碗を差し出す。

英秀様が紅禁城に帰ってきてから数日、天然痘は一気に港や城内に蔓延した。そのせいで、英秀様がこの国に疫病を持ち込んだと、民や城の者が噂しているのだ。

「丞相は疫鬼《えきき》に祟《たた》られた。焼いて天へ召すべきではと、朝議で医部長官が意見した」

「なっ……それって、命を奪うってことじゃない！」

私も噂で聞いて知ったのだが、疫鬼はこの世界でいう疫病神のようなものらしい。疫病を引き起こすなどして、人間を苦しめると信じられているそうだ。

「英秀をよほど排除したいらしい」

「疫鬼が病を引き起こしてる？　あんなの架空の生き物でしょう？　馬鹿みたい！」

怒りが収まらないのは、病床の英秀様が脳裏に蘇るからだ。

英秀様を含む、城内の天然痘の治療の指揮を任された私は、この数日尚薬局に通っていた。熱が出ていれば解熱薬を、脱水が起きていれば砂糖や塩、檸檬《れもん》汁を入れた経口補水液を飲ませ、汗をかけば身体を拭《ふ》き、清潔な衣服に着替えさせる。胃に優しい食事をとらせ、人間の自然治癒力を高めるよう関わった。身体が弱っていると、他のウイルスや菌に二次感染しやすくなるからだ。そして、異常に気づくためには日々の観察が大事になる。医官たちには、栄養や排泄の状態まで細かく記録をとらせた。

『頭が……割れそうです……』

私は司令塔だ。直接患者を診るのは避けるべきなのだが、英秀様だけはどうしても
と、我が儘を言って自分で看病をさせてもらっていた。
英秀様は身体に膿疱《のうほう》と呼ばれる濃が溜まった発疹が増え、この段階になると熱はさ
らに上昇するため、つらそうだった。
『英秀様、解熱作用のある煎じ薬です。身体、少しだけ起こしますね』
私は治療時だけ白い襖裙に着替えた。自分がうつらないため、外に感染を広げない
ためにだ。他の医官たちにも手洗いやうがい、酒で手指消毒をさせ、布マスクや羽織
で簡易的に作った防護服を着てから患者の部屋に入るよう指導した。傷の洗浄は箸で
摘まんだ薄布で行い、身体を拭く際は布を分厚くして、直接肌に触れないようにする。
極力尚薬局から出ないようにし、外に用事がある際は沐浴《もくよく》と着替えを義務付けた。そ
れでも、こちらの隙をついて感染は広がる。未感染者への予防策も迫られていた。
『あなたは……もう、ここへ来るべきではありません……私のせいで、あなたを死な
せたりしたら……陛下に顔向け、できません……ので……』
私の持つ器に口をつけながら、英秀様が弱々しい声で言う。
『英秀様に口で勝てる気はしませんが、ここにいるのは私の意思です。それを曲げる
ことは、英秀様にだってできません。私、琥劉に負けないくらい頑固なんですから』
英秀様は苦しげに『……っ、よく聞きなさい』と言い、私の持つ器を下ろさせる。

『命の使いどころを間違えるなと言っているんです。未来のない私のためではなく、陛下のために命を張りなさい。私も……疫鬼の側近など、陛下の立場が危うくなるだけ、ですから……あの方の足枷《あしかせ》になるくらい、なら……喜んで、自害します……』

ここは本当に、誰かのために死にたがる人が多すぎる。残された人間が、どんな絶望を味わうかも知らないで。

『それが琥劉のためになると思ってるなら、英秀様は間違ってると思います』

『あなたが先ほど言ったように……私の意思も、あなたには曲げられませんよ……』

『もう！　英秀様は屁理屈で頑固です！　琥劉を守りたいなら、絶対に琥劉から離れないでください！』

返事をしない英秀様に、もどかしさは募る。

『この城で琥劉は、たくさん大切なものを失いました。それでも琥劉に残ったのが、英秀様や武凱大将軍なんです！』

英秀様の目が微かに潤んだように見えた。それに気づかれたくなかったのか、反対側に顔を向けてしまう。

『英秀様だって、琥劉を失ったら心が空虚になってしまうはず。それと同じ痛みを琥劉に背負わせるつもりですか？』

『あの方は、お強い……私などいなくとも、進んでゆけます……』

自分が犠牲になるのは楽だ。この世界の人は潔い死こそ美徳だと思っているけれど、死んでしまったらなにも残らないのだ。

『琥劉が強くいられるのは、英秀様たちがいるからです。でも、あなたを……大事な人を失えば、そのたびに琥劉の心は欠けていく。だから、私は琥劉を守るために、あなたを生かします。天にくれてやる気はありませんからね』

毒舌宰相が相手だろうと、折れてなるものか。私は半ば押しつけるような形で、英秀様に煎じ薬を飲ませたのだった。

「白蘭、平気か？」

その声で我に返ると、琥劉が気遣わしげに、私の顔を覗き込んでいた。

「患者は増えていくばかりだ。尚薬局の方でも忙しくしているのだろう。休めているのか？」

早口で私の体調を案じる琥劉に、呆気にとられる。

「なんだか琥劉、私に似てきた？」

琥劉はたっぷり思考を巡らせ、答える。

「……………否定はできない。俺は、そんなに口うるさいか？」

「ううん、そんなことは――って、それ、私が口うるさいってこと？」

目を瞬かせる私に、琥劉はふっと笑う。

「……否定できない」

「もう、琥劉！　この口が悪さをしてるのね！」

唇を摘まんでやれば、花茶を持っている琥劉は抵抗できず、困った表情になる。その顔が可愛くて、私は自分から琥劉に口づけた。すると、琥劉の下がった眉が穏やかな弧を描く。

「そばにいるから……こうして触れ合えるのにね」

私は琥劉の頬を、その肌触りや輪郭を覚えるように撫でる。

「英秀になにか言われたか」

「……疫鬼の側近なんて、陛下の立場が危うくなるだけだって。噂が英秀様の耳にも入ったのね。あなたの足枷になるくらいなら、自害するとまで言ってたわ」

「想像がつく。命がなければ、共に夢を見ることも、歩むこともできないというのに」

花茶をひと口飲み、深く息を吐く琥劉。私は「私も同じ考えよ」と言い、その手から蓋碗を受け取ると、寝台横の机に置いた。

「英秀がお前に話した妓楼の件だが、調べるとなると、蛇鴻国へ行かねばならない。だが、表立って赴くことは叶わないだろう」

「そうよね。英秀様のときみたいに、代わりに向かった人が危険だわ」

「正攻法でできぬなら、裏技しかあるまい」

「裏技？」

琥劉は「ああ」と頷く。

「紫水《しすい》に協力を仰いだ」

「えっ……」

紫水さんは猿翔の姉で、劉炎殿下の元貴妃だ。離縁したあとは華京の茶楼で働き始めたと聞いている。もう一般人も同然だというのに、巻き込んでしまっていいのだろうか。そんな私の懸念を察してか、琥劉が言う。

「ふりだが、紫水を密航で蛇鴻国に向かわせ、例の妓楼に売り飛ばす。無論、護衛はつける。劉炎兄上だ。密航船はもちろん、妓楼でも劉炎兄上を客として潜入させる。多額の金を落とせば、取る客を劉炎兄上だけに絞れるだろう。紫水には危険な役となるが、妓女の経験もある。内部に入り込み、情報を得るには適役だ。役目を終えたあとは、劉炎兄上に身請けさせ、連れ帰らせる」

「紫水さんは猿翔のお姉さんだものね。信頼できる人だし、これ以上ない人材だとは思うけど……紫水さんと劉炎殿下は傷つけ合わないために距離を置いたのよ？　それなのに、いきなりふたりきりになるなんて、大丈夫かな……猿翔は反対しなかった？」

自分の姉が敵地に送り込まれるのだ。それも姉を傷つけた元夫と共に。ＤＶの再発が起きてしまわないか、気が気じゃないはず。

「紫水は虐げられてきた人生だった。だが、女の身でも戦える。その勇気を白蘭、お前から貰ったそうだ」

「紫水さんが、そんなことを……」

実の父や夫から折檻を受けてきた紫水さんが、茶楼で働くことを決めただけでも大きな一歩なのに、さらに前に進もうとしている。そんな紫水さんに勇気を貰っているのは、私の方だ。

「自分が変われるきっかけになるかもしれないからと、快く引き受けてくれた。劉炎兄上との一件で、世話になった恩返しもしたいらしい。猿翔も誰かの愛に依存し、怯えてばかりいた姉が、自分から決めたことを尊重したいと」

「紫水さんと猿翔が決めたことなら、私たちも応援しないとね」

「ふたりはいろいろあったが、紫水を誰よりも愛しているのは劉炎兄上だ。もう、紫水を傷つけることはないだろう。そんなことになれば、俺が許さない」

「猿翔があなたの義兄なら、紫水さんはあなたの義姉だものね」

顔を覗き込み、いたずらっぽく笑いかければ、琥劉は照れくさそうにはにかむ。

「失うばかりじゃない、大切なものは増えていくわ。その存在に気づいた瞬間から」

「ああ。俺はそれを、白蘭に教えられた。お前といると、当たり前すぎて気づけなかった大切なものや、大切なことに気づける」

「私もよ。お互いの考え方や価値観を共有していくたびに、視野は広がっていくのよね。それってすごく、幸せなことだわ」

　私たちは手を繋ぎ、身を寄せ合う。琥劉は私の頭に、私は琥劉の肩に頭を預けて。

「私は被害が広がらないように、まずは天然痘を食い止める。英秀様も死なせない」

　普段なら、保証もないのに断言はしない。でも、琥劉になら、私の気持ちをそのまま曝け出してもいいと思えた。これは、私の決意だ。

「気がかりなのは、英秀様が蛇鴻国で攫われたことを伏せろって言ってることよ。このままじゃ、病を蔓延させた首謀者にされてしまう」

　縋るように、琥劉が繋いでいる手に力を込める。琥劉もそれが気がかりだったのだ。

「国か英秀か……選べと言われているようだ。皇帝としては、国をとるべきなんだろうが……」

「あなたが選べずにいるのは、琥劉個人の感情。英秀様を救いたいって気持ちよね」

　皇子だったときよりも、彼は私情で動けない立場になった。皇帝でなければ、琥劉は迷わず英秀様のために動いただろう。意のままに飛び立てない立場というのは、羽根をもがれるような苦しみに違いない。

「ああ。蛇鴻国は同盟を結んでいる以上、こちらが強く出られない部分を正確に理解している。事を公にして戦を起こすくらいなら、英秀を切り捨てる、とな。そうして、こちらの頭脳である英秀を潰しにかかってきた」

「英秀様は国のために尽くしてきた人なのに……このまま見過せないわ」

「まず、医仙がこの病を治せるなら、疫鬼の祟ではないと証明できる。そこから取り掛かろう。英秀の汚名を返上する件については、もう少し策を練る必要がある」

また、大切な人を失うかもしれない。その不安を共有しながら、私たちは自然にお互いの身体に腕を回す。

「それにしても……くっ、くく……あんなの架空の生き物、か。仙女のお前がそれを言うのか」

急に笑い出した琥劉に、私は「え？」と瞬きを繰り返す。だがすぐに、私がさっき疫鬼に対して言った台詞のことだと思い当たる。

「私がそんな特別な存在じゃないことは、あなたがよくわかってるでしょ？」

「いいや。お前はこの世界中、どこを探しても見つからない特別な俺だけの医仙だ。お前がいれば、なんでもできる気がする」

宝物を閉じ込めるように、琥劉は腕の中にいる私を抱きしめる。私はふっと笑いながら瞼を閉じると、琥劉を抱きしめ返した。

「私にとっても、あなたは特別よ。世界を超えて出会えた、運命の人だから」

尚薬局に行く前、私は机にかじりつき、琥劉に頼んで集めてもらっていた国内の感染者情報の報告書に目を通していた。

「白蘭が言った通り、発熱のあとの発疹の経過が、みんなだいたい同じね」

猿翔と共に向かいの席に座っている麗玉が、書類を見つめながら言う。

「俺も気づいたことがあるんだけど、患者数が華京の港を中心に、他の州に広がるみたいに増えてる。やっぱり、蛇鴻国の船が疫病を持ち込んだのかな」

「そうとしか思えないわ！　英秀様が疫病を持ち込んだって噂も、きっと蛇鴻国の人間が広めたのよ。だって、知れ渡るのが早すぎるもの。白蘭はどう思う？」

ふたりの視線が私に向けられるのを感じたが、報告書から目を離さずに答える。

「それは琥劉たちが調査してくれるはずよ。それよりも、私たちはこの疫病の流行を食い止めないと。今は感染者が華京だけに集中してるけど、行商人を通して別の州でも増えるわ。天然痘が落ち着くまでは、他の州への出入りも最小限にしないと――」

そう話している途中で、ある事実に気づいた。不自然に言葉を切った私に、猿翔は「姫さん？」と訝しげに問う。

「牧場では感染者が少ないのね」

ゼロではないけれど、職業別で見ると、感染しているのは牛の乳を運ぶ男手で、かかっていないのは搾乳婦《さくにゅうふ》――乳搾りの女人だった。

「天然痘、搾乳婦、感染しない……あれ、最近どこかで……」

席を立ち、室内をうろうろしだす私に、麗玉は「なに、うろうろしてんのよ？」と、ぎょっとしている。そもそも天然痘は、どうやって根絶されたんだったっけ。

「そうだ、ワクチンよ……その先駆けを作ったのが、ジェンナー」

天然痘ワクチンの開発者に、ジェンナーという人間がいたことを思い出す。確か、搾乳婦は牛痘《ぎゅうとう》という牛の天然痘にかかることがあり、牛痘感染後は人の天然痘にかからない。これは人と牛の天然痘のウイルスが似ているために、牛痘で免疫を獲得すると、人の天然痘にかかりにくくなるという免疫機能の大発見だった。

「種痘《しゅとう》……その手があったわ。ワクチンを作れる！」

思わず声をあげ、バンッと円卓に両手をつくと、猿翔と麗玉の肩が跳ねた。

「天然痘は感染力が強いわ。ただ治療するだけでは駄目なのよ。天然痘ワクチンで新規感染者を出さないようにしないと！」

「ひ、姫さんがいつになく興奮してる……その、わく……っていうのは、なに？」

「ワクチン、予防接種とも言うわね。疫病に対する免疫……戦う力を、病にかかる前から、あらかじめ身体につけておくことをいうの」

今度は麗玉が「そんなことができるの!?」と、興味津々に質問してくる。まだ見ぬ医術にわくわくするのは、医療者の性《さが》だ。

イギリスの医学者、エドワード・ジェンナーは免疫学の父とも呼ばれる。昔に受けた授業でも習ったし、天然痘が題材になったドラマや映画にも高頻度で出てくる。確か、芽衣が残した書物にも……。

私は文机に近づき、そこにある分厚い書物をめくる。すぐに【天然痘ワクチン——牛痘種痘法】と書かれた頁を見つけた。ジェンナーのことを思い出したのは、芽衣の書物で見たのを覚えていたからだったんだわ。

「牛痘にかかった人の膿を、まだ天然痘にかかっていない人にわざと注射して、天然痘の抗体を作る……」

書物の文章を朗読しながら、親友に思いを馳せる。

芽衣の時代でも、天然痘が広まったのね。なのに、ワクチンが広まっていないのは、誤った方法が広まらないためだろう。実際、芽衣の書物にもこうある。

【牛痘種痘法を広めようとしたけど、牛痘じゃなくて、人の天然痘患者の膿やかさぶたをすり潰して、鼻孔《びこう》に吹き付けたり、皮膚に擦り込んだりする人痘《じんとう》法という手法が勝手に広まってしまった】

年季の入った墨の文字を指でなぞっていると、芽衣の苦悩が伝わってくるようだ。

【死亡する人も、接種された人が他の人にうつす事例も発生した。恐らく、人痘は感染力が強すぎるのだと思う。やっぱり、安全性が高いのは牛痘だ】

牛よりも人の数の方が上回る。思うように牛痘を確保できなかった医者が、人痘でもできるのではないかと、安易に試したのだろう。

【安全な手法が正しく伝わらないのであれば、病を予防するはずの医術で人が死んでしまう。だから私は、この方法を口外せず、密かにこの書に書き残す。いつか、この知識を正しく使ってくれるあなたに、希望を託して。M&R】

頁の下の方にある【M&R】のイニシャルは、転生前の私と芽衣の名前の頭文字だ。使えると判断した治療法は採用の意味で、こうしてふたりのサインを入れるのがルールになっていた。その決まりを、芽衣は転生後も律義に守っていたらしい。

「まずは牛痘患者を見つけないと。牛痘が流行ってる牧場に視察に行けないかな」

「無理よ！　あなたは後宮妃なのよ!?　誰かに頼むんじゃ駄目なの？」

「だって麗玉、みんなは牛痘がどんなものなのかを知らないでしょう？　私がこういう症状の人を探してって言って、患者を見つけることはできても、その患者が本当に牛痘にかかってるかどうかはわからない」

「それは、確かにそうだけど……」

「ワクチンを作るためなのに、健康な搾乳婦を間違ってこの天然痘が流行ってる華京に呼び寄せてしまったら、罹患《りかん》させてしまうかもしれない。それじゃ本末転倒だし、牛痘患者がいるだろう牧場を絞ってもらったあと、最終的には私が行かないと」

だが、問題は私が後宮の外へ出られないことだ。どうしたものかと、三人で頭を悩ませていると——猿翔がなにかに気づいたように、急に立ち上がった。

「猿翔？」と声をかけると、猿翔はしっと唇に人差し指を当て、窓際に近づく。外から見えないようにするためか、壁に背をつけ、静かに窓の向こう側の様子を窺っていた。私も麗玉も息を潜めて、猿翔を見守る。

「……媛夏妃だ。新しい女官を連れて、医仙宮の前に来てる」

小声で報告する猿翔に、緊張が走った。

「なんでこんなときに……間が悪すぎるわ！　いや、あの蛇女、狙ってきたんじゃないの？　疫病を持ち込んだのは、蛇鴻国の可能性もあるわけだし」

金淑妃につられてか、麗玉も媛夏妃を蛇女と呼び、ひそひそ声で怒っている。

「また、なにかしら理由をつけて、姫さんの動きを封じるつもりかも。姫さんが疫病を食い止めるのを阻止するのが狙いかな」

あんなことがあったあとだ。媛夏妃が仲良く茶会に誘いに来たとは考えづらい。

国を乗っ取るにせよ、後宮を支配するにせよ、皇后にならなくては叶わない。媛夏妃が私を目の敵にしているのは、琥劉の皇后になり得る可能性があるからだ。

なら……媛夏妃に私を敵視する必要はないと、そう思ってもらえばいいんじゃ？

「そうね、それがいい。私に構う価値なんてないって、そう思わせればいいのよ」

勝手に納得する私を、猿翔と麗玉が「は？」という顔で見ている。

「猿翔、麗玉でもいいわ。私を殴って」

唖然としているふたりに焦れた私は、近くにあった花瓶を手に取る。

「これなんか、いいと思うわ。死なない程度にお願い」

ちょうどいい鈍器を差し出せば、「いや、無理に決まってるでしょ！」と、ふたりは声を揃えて躊躇した。

……仕方ない。私は深呼吸をして――、ガンッと花瓶で自分の頭を殴った。

「いっ――うう～～っ」

目の前に星が散った気がした。殴った衝撃で、花瓶が割れる。額に触ると、さすがの石頭にもコブができていた。しかも、ぬるりと流血までしている。

「なにやってるの、姫さん！」

「気でも触れたの!?」

慌てて駆け寄ってくるふたりの肩に、私は手を置く。

「だ、大丈夫……私は医仙よ。命に別条はない、ただの掠り傷……」

「いや、血！　血が出てるじゃないの！」

麗玉が手拭いで、私の額を押さえる。

「私は転んで段差に頭をぶつけた。それで、おかしくなったってことでいい？」

「いや、『いい？』って、なにが!?」

「猿翔、声が大きい！　つまりね――」

作戦を耳打ちすると、ふたりはかなり不安げだったが、納得してくれた。私はすぐに寝台に横たわり、目を閉じる。そして、麗玉に侍医を呼びに行かせ、猿翔に媛夏妃を招き入れてもらった。

「まあ白蘭！　疫病の治療に走り回っていたせいで、疲れていたのね。めまいを起こして、転んだ拍子に頭を打ってしまったなんて……っ、侍医はまだなの？」

あたかも心配しているかのように寝台に近づいてくる媛夏妃に、猿翔がすっと前に出て低頭しながら言う。

「もうじき到着するかと」

「そう、それなら安心ね。わたくし、先日の非礼を改めて謝りに来たの。でも、眠っているのであれば、日を改めなければならないわね」

そこで私は「ん……」と目を覚ます。

「白蘭、大丈夫なの？」

媛夏妃が顔を覗き込んでくる。私は天井をじっと見つめたまま、答える。

「……頭が痛い」

頭に巻かれた包帯を押さえ、ゆっくり起き上がると、麗玉が侍医を連れてきた。

「失礼いたします。医妃様がお怪我をされたとか」

演技だろうけれど、媛夏妃は侍医が現れると、ほっとした様子を見せた。

「ああ、よかった。頭を打ったのよ。なにか、痛みを止める薬はない？」

「それなら、私が」

麗玉がそう言って、足早に調剤台に向かう。その上にある竹ざるには、薬として使うはずだった蓬が山盛りになっている。私はその蓬を凝視しながら、じゅるりと口元の涎《よだれ》を拭った。媛夏妃は怪訝そうに、私の視線を追って振り返る。

「白蘭？　なにを見て……」

「それ、それ美味しそう！」

蓬を指差し、「持ってきて！」と子供のように落ち着きなく手招きをする。

麗玉が困惑気味に竹ざるごと蓬を持ってくると、私はそれを奪い取った。きゃっきゃとはしゃぎ、膝に載せた竹ざるの蓬を両手で掴むと――。

「いただきまーす！」

大食い選手権のように蓬をバクバクと食べた。「医妃様⁉」と驚いている猿翔の横で、麗玉も本気で引いている。侍医も媛夏妃も、さすがに絶句していた。

「はむ、んぐんぐ、んんーっ、おいひぃ～！　蓬をもっと持ってきて！　命令よ！」

びしっと猿翔と麗玉を交互に指差し、むしゃむしゃと草を食べる。

奇行を繰り広げていると、侍医が慌てた様子でそばに来た。

私の脈を取る侍医に、猿翔が目に涙を溜めながら、縋るように問う。

「い、医妃様はどうなってしまったのでしょうか？　人が変わってしまったようです。やはり、頭を打ったせいなのでしょうか？」

さすが猿翔、変装だけじゃなく、女形の名俳優にもなれそう。

「そ、そうですね……私もこのような症状は初めて見ましたが、頭の傷から瘴気《しょうき》が入り込み、悪さをしているのかと。他にも頭部への気の流れが停滞しているようです。巡りをよくする鍼を打ちますので、それでしばらく様子を見てみましょう」

病の原因がわからないと、この世界の人たちはすぐに呪いや祟のせいにする。それにうんざりしていたが、このときばかりは感謝した。私はその瘴気とやらのおかげで、病にかかったことにできたのだから。

「そう……では、白蘭がよくなったら、すぐに知らせてね。先ほども言ったと思うけど、わたくしは白蘭に謝りたいの」

憂色に沈んだ表情を浮かべる媛夏妃に、猿翔は「承知いたしました」と答える。

「見送りは結構よ。また顔を出すわ」

媛夏妃と共に、私に鍼を打った侍医も「それでは失礼します」と部屋を出ていった。

私は持っていた蓬を竹ざるに戻し、麗玉と猿翔を見上げる。

「信じたかな？」

「いや、あれは半信半疑って感じじゃない？　私はふりだってわかってたのに、本気で頭がおかしくなったかと思ったけど」

麗玉は蓬を爆食いする私を思い出したのだろう。げんなりした顔で、私の膝の上にある竹ざるを撤収する。

「これも、後宮から出るためよ」

「前に琥劉陛下は療養のために、姫さんがいた白龍山の家に行った。それと同じ状況を作るとはいえ、蓬をあんなにむしゃむしゃ食べるなんて、びっくりしたよ」

「うっ、猿翔、思い出させないで……なんだか、気持ち悪くなってきたわ」

口元を押さえ、私は蹲《うずくま》る。おまけに、お腹もぎゅるぎゅるとくだり始めた。

蓬は昔から万能薬と呼ばれるほど、いろんな効能がある。食べすぎて身体に害があるということはないけれど、食物繊維が多いので消化不良を起こし、腹痛や下痢といった症状が出ることも……。

「うっぷ……ああ、上からも下からも、緑色のなにかが出そうよ……」

「汚いわね」

バサッと切り捨てるように言いつつも、麗玉は吐いてもいいように桶を差し出してくれた。愛情をしみじみ感じつつ、私は桶を抱える。

「そうだ、猿翔……琥劉にはしばらく、夜伽の時間に医仙宮には来ないように伝えてくれる……?」

「後宮から出るための口実なら、病にかかっただけでも十分だと思うけど……」

「媛夏妃は、私が琥劉に寵愛されてると思って、執着してるのよ。でも、それだと、私の行動を逐一監視するわ……っぷ」

「なるほど、頭がおかしくなったのをきっかけに、琥劉の寵愛を失ったと思わせるんだね。媛夏妃の目から逃れるために」

「そう。だから、媛夏妃が半信半疑なら、疑いようがないくらい、もっとおかしな行動をとって見せないとね」

私はニヤリと笑う。それから私は数日間だけ尚薬局を麗玉に任せ、形式上は医仙宮で静養した。でも、ただ大人しく寝ていたわけではない。御花園の池で泳いだり、馬《ば》糞《ふん》にまみれた状態で朝礼殿に登場したりと、奇行に奇行を重ねた。

「白蘭がここまでやるとは思わなかったわ」

馬糞まみれになったので、湯浴みをして猿翔と医仙宮の仕事部屋に戻ると、麗玉が呆れたようにそう言った。椅子に腰かけた私の前に、麗玉が花茶を出してくれる。

「特に、白蘭が馬糞まみれで朝礼殿に現れたときの、みんなの顔！　おかしくて、涙が出そうだったわ！　どうしてくれるのよ！」

私の髪を拭いていた猿翔もそれを思い出したのか、麗玉の一言に吹き出した。

「麗玉、笑い事じゃないのよ？　鼻がもげそうなのに、けらけら笑わなきゃならない私の身にもなって」

げんなりしながら、麗玉が淹れてくれた花茶を飲む。

「それより、尚薬局の方はどう？　英秀様は……」

「熱は落ち着いてきたけど、消耗してるのね。あまり、食事が摂れてないみたい」

「そう……病のせいだけじゃなくて、精神的なものもあるのかも。自分が、疫病の原因だって噂されてるから……」

どんなに強い人でも、身体が弱っていれば、心も打たれ弱くなるものだ。

「英秀先生のためにも、早く疫病を収束させないと。幸い姫さんが身体を張ったおかげで、『奇人になり、陛下の寵愛を失った憐れな医妃』って噂が後宮内で立ってる」

「それは光栄ね」

「姫さんの精神状態を疑う妃嬪たちも多くなって、媛夏妃も姫さんのことを話題にも出さなくなった。噂を信じたようだね」

そうなのだ。これまでの朝礼では、妃嬪たちは『陛下に愛される医妃は幸せね』『医仙がいるんだもの、こたびの疫病もなんとかしてくださるんでしょう？』だのと、なにかと突っかかってきていた。でも最近は、誰も私のことを話題にすらしない。

「そうだ、琥劉陛下から預かってきたよ」

猿翔が懐から取り出したのは、会えない代わりに琥劉としている交換日記だ。

「ありがとう。同じ城にいるのに文通してるみたいで、不思議な気分だわ」

帳面を開けば、真新しい墨の香りに胸が高鳴る。私を想って綴られただろう文字を見つめるだけで、幸せだった。

【噂の件は俺の耳にも入った。正直、作り話なのではないかと思うほど、信じられないものばかりだったが。とにかく、池で泳ぐのはやめてくれ。この雪国では自殺行為だ。ついには城の壁まで登り始めそうで、こちらは生きた心地がしない】

髪を梳いていた猿翔が、後ろから帳面を覗き込んでくる。

「琥劉陛下はなんて？」

「噂、琥劉も聞いたみたい。つらつらと説教から始まったわ。私が池で凍死しないか、城壁を登って転落死しないかを想像して、生きた心地がしないそうよ」

というか、城壁を登るってなに？　もう人間技じゃないじゃない。

麗玉は池から上がった私が凍え死にそうになっていたのを思い出してか、おかしそうに肩を震わせている。私もふたりが火を焚《た》いてくれたり、布団に包んでくれたりしたのを思い出しながら、帳面に視線を戻す。

【お転婆が過ぎるお前と離れるのは不安だが、お前の狙い通り、白龍山で療養できる

よう手配した。距離ができようと、俺たちは繋がっている。心が折れそうになったとき、互いの存在を思い出そう】

私たちはもう、距離や離れていた時間を理由に、心を隠したりはしない。迷っても、最終的には互いを信じられる。

胸が温まるのを感じながら、私は帳面を閉じて、猿翔と麗玉を振り返った。

「名目上は療養という形で、山に帰されることになったわ」

「そうなの！　じゃあ、すぐにでも後宮から出る？」

麗玉は元後宮妃だ。城の外へは滅多に出られなかったからだろう。机に手をつき、うきうきしながら身を乗り出す。私は「ええ」と頷き、帳面をそっと胸に抱いた。

「すぐに発つわ。これが英秀様や琥劉を救えるかもしれない、唯一の近道だから」

＊＊＊

白蘭が白龍山へと発ったあと、俺は華京の茶楼にいた。三週間前に蛇鴻国に送り込んだ、劉炎兄上と紫水が帰国したという知らせを受けたからだ。武凱には部屋の外で見張りを頼み、俺は朱塗《しゅぬり》の円卓を挟んで、ふたりと向かい合うように座っている。

「いい店だな。ここで紫水は働いてるのか……」

劉炎兄上は感慨深げに個室を見回し、やがて紫水に視線を向けた。

「はい。初めは皆さん、元妓女で元後宮妃なんて面倒な経歴の私と、どう接していいのか戸惑っている様子でしたが、今では仕事ぶりを評価してもらえて、皆さんとも打ち解けられて……問題から逃げずに向き合えた自分に、自信が持てるようになりました。これも、おひいさんと陛下のおかげです」

「ああ、琥劉は紫水の働き先を見つけてくれたんだったね。私からも礼を言わせてくれ。ありがとう、琥劉」

劉炎兄上と紫水はもう夫婦ではないが、それに近い絆で今も繋がっている。ぎくしゃくしてしまわないか懸念していたのだが、思ったよりうまくやれているようだ。

「大したことはしていません。紫水は貴妃の務めを果たし、国のために尽くした。その見返りには安すぎるくらいだ」

俺は小さく笑みを浮かべ、茶に口をつけると、静かに切り出す。

「……本題に入ろう。兄上たちの土産話を聞かせてください」

だんらんの空気がすっと消え、ふたりは真剣な面持ちになる。

「耳の不自由な妓女の件だけど、結論から言えば、淡慈は噂の妓楼の医仙ではないよ」

「では、医仙は別にいる……ということですか」

「ああ。その妓楼には、雪華国から売り飛ばされてきた芙蓉という妓女がいたらしい」

俺は「芙蓉、ですか」と眉間にしわを寄せる。

妃嬪殺しに使う注射器を依頼した女の名と同じだ。淡慈の偽名ではなかったのか？

芙蓉はこの国のどこかに身を潜め、媛夏妃に協力していたのだろうか。

「それも白銀の髪に紅い瞳……お前がそばにおいている医仙と同じ容姿だったそうだ」

俺は顎を押さえ、思考する。

親族でもないのに、あのような変わった容姿の人間が他にもいるとしたら。やはり、医仙以外に考えられないか。まさか、同じ時代に医仙がふたりも現れるとはな。

「それと芙蓉は、あの咎村の生まれだった。つまり、獏一族の者だ」

「……そうですか」

「驚かないんだな」

「淡慈が妃嬪殺しに使った注射器は、医仙の世界の道具です。その時点で医仙が蛇鴻国にいる可能性は考えていました。蛇鴻国の皇女との婚姻を後押しした六部長官が獏一族の者だったことも加味すると、その医仙が獏一族の縁者である方が、その技術で我が国を脅かす動機としては筋が通る。これでまたひとつ、獏一族と蛇鴻国との繋がりがわかりました」

白蘭に出会う前の俺なら、こうして英秀と武凱以外に情報を共有することはなかった。まずは疑う、そういうふうに生きてきた俺も、だいぶ丸くなったらしい。白蘭の影響か、前より人を信じることを恐れなくなった。

「陛下、芙蓉が咎村の者に売り飛ばされた理由ですが、変わった容姿のせいだと、妓女仲間は噂していました」

皇族として生まれた俺も含め、特別であることは必ずしも幸せとは限らない。人から一線を引かれ、畏怖や奇異、羨望の眼差しを向けられ、常に孤独と重圧に曝される。

「芙蓉が身請けされたのは、今から四年前。当時十六歳だった芙蓉は、二十も歳が離れた蛇鴻国の皇帝に買われたんだ」

「淡慈は芙蓉についていた見習いの妓女だったそうです。淡慈も生まれは雪華国だったそうなのですが、生活に困った両親が奴隷商人に売り、さらに蛇鴻国の妓楼に買われたとのことで、獏一族とは関係はないかと。姉妓女である芙蓉も、同郷の淡慈を妹のように可愛がり、身請けの際に一緒に連れていったと聞きました」

淡慈が白蘭に託した姉というのは、芙蓉の可能性が高いな。ではなぜ、淡慈は芙蓉ではなく媛夏妃に仕えていたのか。媛夏妃の母は確か、数え切れないほどいる側室のひとりだったな。媛夏妃を生んですぐに他界したと聞いているが、その母が芙蓉だったならば、淡慈が仕えるのも頷ける。ただ、身請けは四年前だ。そのとき芙蓉は十六歳、二十歳の媛夏妃が娘というのは年齢の計算が合わない。

淡慈と媛夏妃、そして芙蓉の関係は未だにわからないが、はっきりしたこともある。

「医仙を手に入れた蛇鴻国は気づいたはずだ。医仙さえいれば、民衆や権力者の人心を掌握できるどころか、その知識で国ひとつ潰せると。ゆえに雪華国に目をつけた」

「……！　蛇鴻国は医仙ごと雪華国を奪う気か！　それができなければ……」

「国が落とせなくても、白蘭だけは始末する。他国の医仙など脅威でしかない」

向こうの狙いに白蘭も含まれているのだとしたら、こたびの疫病騒ぎの見方が変わる。これは単に、英秀の失脚や疫病で国を崩壊させるだけが目的ではない。白蘭の医仙としての能力も、吟味している。蛇鴻国が欲するに足る存在かどうか、その結果次第で白蘭の処遇を決めるつもりなのだ。それを裏付けるように、今回は媛夏妃が大人しい。淡慈の失態ごときで、大人しくしているようなタマではないだろうに。白蘭をあえて泳がせているのか……？

「あのような狡猾な国と、父上はなぜ同盟を結んだのか……」

「その狡猾さゆえに、だからでしょう。戦争を起こさずに侵略を牽制するためかと」

「なるほど、敵も懐に抱え込めば監視しやすいからな。そうだ、琥劉。蛇鴻国から戻ってきたとき、疫病を持ち込んだ船についても、紫水と港で聞き込みをしてきたんだ」

「劉炎兄上、紫水、気持ちはありがたいのですが、港は疫病が最も蔓延しています。あまり、無理はしないでください」

俺の周りには無茶する者ばかりだ、と息をつく。そんな俺に劉炎兄上は面食らっている様子だったが、紫水と共になぜか笑みを浮かべた。

「お前にそんな心配をされる日が来るとはな。だが、俺も紫水も力になりたかったんだ。そのためにできることをした。それを止めることは、お前にもできないよ」

今度はこちらが面食らう番だった。冷え切っていた劉炎兄上との関係が、こんなにも変わるとは……今でも少し、信じられないときがある。だが、これも白蘭が繋いだ絆だ。白蘭はそばにいなくとも、俺を守ってくれている。

「ならば俺は、その気持ちに応えたい。必ず役立てますゆえ、兄上たちが命懸けで持ってきた情報を聞かせてください」

「もちろんだ。疫病を持ち込んだ蛇鴻国の船のことだけど、英秀が疫病を持ち込んだという噂を流すために、船員が何人か港に残っていた。その船員が自国で病にかかった患者を、華京の港で降ろしたんだ」

「その船員と患者の行方は掴めているのですか？」

「ああ。患者は宿をひとつ金で買収し、そこで療養させている。病が治った途端、口封じに殺されかねないからね。船員の方は――」

劉炎兄上の視線を受け、紫水が頷く。

「私が昔、働いていた妓楼の座敷牢にいます。用心棒が見張っていますので、必要なときにお声がけください」

「感謝する。仕事が早いな」

皆で茶の器を掲げ、互いを労うと、俺は席を立った。

「……城に戻ります。兄上たちは、ゆっくりしていってください」

外套を羽織っていると、劉炎兄上は「でも、俺たちは……」と表情を陰らせた。

俺は頭巾を被りながら、部屋の出口へ向かう。

「人は……良くも悪くも、変われるものなのだそうです」

戸に手をかけ、前を向いたまま続ける。

「離れてしまったものも行動を起こしさえすれば、もう一度繋ぎ直すことができる」

「それで、また傷つけてしまったら……？」

不安げな劉炎兄上の問いに、俺はふっと笑いながら振り返った。

「そのときは紫水に一発殴られてください、兄上。紫水、白蘭曰く、『末代まで祟ってやる』と、呪詛を込めてやるといいそうだ。あなたはもう、やられっぱなしの弱い人間ではないだろう。大事な者との縁を失いたくないのなら、ぶつかることだ」

俺はぽかんとしている兄上たちを置いて、部屋を出る。

すると、茶楼の廊下を歩く俺の後ろを武凱がついてきた。

「機嫌がいいな、琥劉。いいことでもあったか？」

それに気づくのは武凱だけだろうな。俺は表情が豊かな方ではない。それとも、前より《・》は感情が表に出るようになったということか。

「ふたりは誰の目から見ても、似合いの夫婦だ。今のふたりは、共にいても傷つけ合うことはないのではないかと思っている。そうならないように、俺たちが見守っていればいい。それゆえ、らしくもなく節介を焼いた」

武凱も一瞬目を丸くしたが、少しして「ぶははははっ」と笑いだした。

「似てきたな、嬢ちゃんに」

「……白蘭にも同じことを言われた」

一緒にいると、自然と似てくるものなのだろうか。そうだといい。前の俺は味覚すら消えるほど、なにも感じられない冷酷な帝位の鬼と化していた。そんな俺を白蘭の真心が溶かしていった。自分が幸せだからだろうか。兄上たちにも愛する者と幸せになってほしいと、そう思う。俺は白蘭といることで、人らしい感情を持てるのだ。

「嬢ちゃんと離れて、心配か？」

「当然だ。だが、それ以上に俺は白蘭を信じている」

英秀を助けるため、俺の心を守るために前進することをやめない白蘭。俺は俺にしかできないことを成し、その想いに応える。

前を見据えている俺を武凱が満足げに眺めているのを感じつつ、茶楼をあとにした。

＊＊＊

六時間かけて都から船で大河を渡り、酪農《らくのう》地帯の琵州《びしゅう》に来ていた。平らな雪の高原に牛が三十頭近くいる。私は猿翔と馬に相乗りしながら、牧場沿いを進んでいた。

「麗玉は大丈夫かな……」

私の病を疑う者もいるだろうからと、麗玉には私のふりをして白龍山へ向かってもらった。静養しに行ったのに、私が白龍山にいなかったら怪しまれるからだ。

港へ向かう馬車の中で、麗玉には私の襦裙と外套を着てもらい、顔が見えないよう頭巾を深く被らせた。私と猿翔も深衣に着替え、縛り紐が付いた笠帽子を被って男装をしている。そうして港で別れた私たちは、それぞれ行き先の違う船に乗った。

「護衛役に嘉《か》将軍がついてる。次の禁軍大将軍の有力候補だよ。親父と歳も近いし、戦場の経験も申し分ない。親父になにかあれば、代わりを務められるのは嘉将軍だけだ。だから、心配いらないよ」

私を前に乗せ、手綱を操る猿翔がはっきりと言い切った。

護衛についてきてくれた嘉将軍は、今は亡き嘉賢妃の父だ。嘉賢妃は将軍の娘らしく勇ましい妃だったが、琥劉に愛されない寂しさを抱えていて、謀反を起こした劉奏殿下に付け込まれた。阿片《あへん》で薬漬けにされ、正気を失い、唆されるままに琥劉を殺そうとしたのだ。謀反に加担させられた果てに中毒症状で亡くなってしまった嘉賢妃の罪は、父である嘉将軍の立場も危うくした。

そのとき、私は『嘉賢妃が薬で誰かに利用された』という証言をした。嘉将軍は娘の名誉を守ってくれたと感謝していたそうで、その礼にと今回も協力してくれたのだ。

「そうよね。でも、麗玉はついこの間、酷い目に遭ったでしょう？　過保護だってわかってるんだけど、気になっちゃうのよ」

「俺も同じ気持ちだよ。けど、麗玉嬢も逞しいから、どんな手を使ってでも、姫さんのところに戻ってくるはずだよ」

「……そうね、麗玉はもうわかってる。麗玉がいなくなったら、私たちが悲しむって」

「そういうこと。なにがなんでも生き延びるよ。俺も含めてね」

私の耳飾りに触れ、「姫さんをひとりにしない」と言う猿翔に、やっと笑い返せた。

「あ、あそこだ」

私は遠くに見える牛舎を指差す。琥劉は地方行政を担う戸部の官吏を雪華国にあるすべての牧場に放ち、牛痘にかかっているだろう患者を探させた。

六部長官から反発もありそうだが、注射器事件でこちらに引き入れた戸部長官がうまく立ち回っているのだろう。妨害も受けることなく、私たちは牛痘疑いの患者がいる牧場の中から、華京にいちばん近いここを選んでやってきた。

「あの、すみませーん！」

牛舎の入り口から声をかけると、牛の乳を搾っていたふくよかな女人が立ち上がる。

「おや、あんたたちは誰だい？」

どう答えよう。療養中のはずの私たちがここにいることは、絶対に知られてはいけない。考えを巡らせている間に、猿翔が一歩前に出た。

「先日も別の者が伺ったとは思うが、俺たちは戸部の官吏だ。ここに、手指に発疹ができる病にかかった女人がいると聞き、もう一度話を聞ければと参った」

すごい……。皇帝が戸部の官吏を放ったのは事実。ここに来てもおかしくないし、相手から話を聞くべき立場だ。この場で適切な役をすぐに演じることができるなんて、さすがは変装の天才。

「ああ、そうだったんですか。それは失礼な態度をとっちまって、すみませんね。お役人さんたちが捜してるのは、あたしのことですよ」

搾乳婦は両手を見せてくれる。そこには手指などの局所に留まる膿疱があった。

「牛の皮膚に……特に乳頭や乳房に痘疱《とうほう》……できものができている牛はいませんか？」

「ああ、それなら……」

搾乳婦は一頭の牛のところに案内してくれる。私たちが牛の足元で屈むと、やはり乳房に限局《げんきょく》した数個の痘疱があった。

「間違いなく牛痘ですね」

「お役人さんは医術の心得が？」

「あ……ええと、ちょっとだけですが……」

私、今は官吏だった！

それを忘れていた私は、苦笑いしている猿翔に『ごめん』と表情で訴える。

「あたしも熱が出てねえ。でも、仕事を休むわけにはいかないだろう？」

「そうですよね。体力もいるし、大変なお仕事なのに、美味しい牛乳をいつもありがとうございます。国民を代表して、お礼を申し上げます」

折り目正しくお辞儀をすれば、搾乳婦は「ぶはっ」と笑った。

「面白いお役人さんだね！　でも、お役人さんにそう言ってもらえると、なんだかくすぐったいねえ！」

搾乳婦は気さくで、私たちはすぐに打ち解けた。おかげで搾乳婦の口も軽くなる。

「搾乳婦なら一回はなるもんだって、年配の搾乳婦も言ってたし、みんな特に医者にもかからなかったって。だからあたしも、自然に治るのを待ってたんだけどね。やっぱり、身体に悪いもんなんですかね？」

「いいえ、牛痘は傷から感染するのですが、人に感染してもほとんどが軽症で、痕も残らず治癒することが多いんです。それに——港で流行ってる疫病にもかからない」

私は背筋を伸ばし、搾乳婦に向き合う。

「お願いがあります。今、港では天然痘という疫病が蔓延しています。お金のない民は医者にかかることもできずに、亡くなることも……。でも、牛痘にかかったあなた方の膿があれば、病が広がるのを食い止められる」

「うみ……？」

「はい。できものの中にある液体のことです。それを健康な人に接種すると、天然痘にはかからなくなるんです。ですからどうか、力を貸していただけませんか？」

「そ、それは壮大な話ですね。ですけど、仕事もありますし……」

明らかに困惑している。搾乳婦は仕事のことだけでなく、聞いたこともない医術に尻込みしているようだった。

「もし、得体の知れない医術に踏み切れないのが理由でしたら、安心してください。その効果は、私の身体で確かめますから」

聞いてないよ、とばかりに猿翔の顔が強張るが、彼がなにかを言う前に私は続けた。

「それでなにが起きたとしても、あなたが責任を問われることはありません。私が望んですることですから」

「陛下の命だって言えば、あたしらは従うしかないのに、そうしないんですね」

「当然です。私がいくら責任はないと言っても、なにかあったときに自分を責めるかどうかは、その人次第です。少なからず、重荷を背負わせることになるのに、強要はできません」

きっぱり答えれば、搾乳婦は満足げに頷いた。

「……参ったね。自分の身体で前代未聞の医術を試すなんて言われちゃあ、敵わないですよ。その心意気に、あたしも一肌脱ごうじゃないか」


無事に搾乳婦の協力が得られることになった私は、そのまま牧場に留まることになった。牛舎に隣接した長い木造平屋の一棟を貸り、そこでワクチンの効能を試すのだ。

私は搾乳婦が寝室の準備をしている間、猿翔と雪に覆われた牧場を見渡していた。

「姫さん、本当に自分でわくちんの効能を試すの？」

「絶対に危険がないとは言えないから、他の人にはさせられないわ」

「なら、俺に……っ」

私は景色から猿翔に視線を移すと、その下がった眉尻をぐいっと指で上げた。猿翔は豆鉄砲でも食らった鳩のように目を丸くしている。

「死ぬ気はないから。自信があるの」

芽衣も試した方法なら、安心して試せる。彼女への信頼が迷わなかった理由だ。

「私、本当に嬉しいの。最近、自分が無力だなって、そう思うことが重なったから」

「姫さんが無力なわけないって！　後宮で起きた事件を何度も解決してきたし、琥劉陛下の即位にだって貢献してきたのに！」

猿翔はそう言ってくれるが、私は首を横に振る。

「私は後宮妃よ。病だけじゃなくて、悪意とも戦える術がなくちゃいけない。でないと、守りたいものも守れない」

再び景色に目を向けると、凍えそうなほど冷たい風が吹きつけてきた。

自分の強みは医術だ。でも、それだけでは太刀打ちできないものがある。認めたくないけれど、その事実から目を逸らし続けることはできない。

「医妃は医術において、皇后と同等の権力を行使できる。でも、その皇后が媛夏妃みたいに国にとって重要な人なら？　実際問題、琥劉ですら強く出られない。それに治療っていう名目がなければ、私はあの後宮で自由に動くことができないのよ」

ずっと探している答えの糸口が欲しくて、私は猿翔の方に向き直った。

「私は、どうすればいいのかな。琥劉やあなたたちを守るためにできることがあるなら、なんでもする。でも、医術以外に思いつかないの」

猿翔は真剣な面持ちで私を見つめ返し、静かに告げる。

「なら、姫さんが皇后になるしかない」

琥劉からも、幾度となく私を皇后にすると言われた。そうなる自分を想像していなかったわけでもないのに、私は息を呑んでしまう。

「姫さんは後ろ盾はないけど、それに匹敵する神聖な存在だ。うまく立ち回れば、きっと国さえ支配できてしまうほどの存在になれる。それくらい、この世界で仙人の存在は、神にも等しく大きいんだ」

「猿翔は……琥劉に押し上げてもらうのを待ってるんじゃなくて、自分の力で皇后の地位まで這い上がれって言ってるの……？」

迷わず頷いた猿翔には、いつもの軽さが一切ない。

「でも、自分の価値が上がれば上がるほど、命の危険が伴う。それこそ、多くの国から危険視される。その覚悟を、姫さんも持てる？」

「皇帝である琥劉と、同じ脅威に曝されるってことよね。でもそれが、琥劉の隣に本当の意味で立つってこと……なのよね」

「そう、国に祀《まつ》り上げられて、見えない刃に曝されながら、それでも民と臣下のために輝き続けないといけない」

立派な金の帝座に、ひとり腰かける琥劉の姿が浮かぶ。その足元には踏み越えてきた屍《しかばね》と、振るいすぎて刃こぼれした剣の墓標《ぼひょう》が山積みになっているのだ。その頂《いただき》で、あの人はずっと戦っている。

——そばにいてあげたい。おこがましい願いかもしれないけど、私があの人を支えたい。生きる時も死ぬ時も一緒にいて、あの人を私がひとりぼっちにしない。覚悟が足りていなかっただけで。

自然と心が固まっていく。答えは初めから私の中にあった。ただ、

「それが、大切な人を失わないための唯一の方法なら……琥劉と同じ高さから世界を見られるのなら、あの人を孤独にせずに済む。だから私も、同じところまで行く」

言い切ったあと、ふうっと深く息を吐いた。なんだか胸の内がすっきりしていた。

「姫さんはいつも、琥劉陛下のために立ち止まらないんだね」

猿翔は少し寂しそうに笑う。

「でも、俺は……そういう、ひたむきな姫さんが好きだ」

「え……」

「あーあ。片想いする運命まで親父と一緒とか、なんだかなあー」

後頭部で両手を組み、雪を蹴る猿翔。その軽い調子は、いつもの猿翔だった。

「もう、冗談言ってないで、雪を蹴るのをやめなさい。靴に雪が入ったら、あとでしもやけに苦しむことになるわよ」

「ねえ、姫さん。俺っていい男だと思わない？」

ずいっと顔を近づけてくる猿翔。その少し赤くなった鼻を摘まんでやった。

「姫さん……なんて色気のない」

「猿翔、私もあなたが好きよ」

今度は猿翔が「え……」と、さっきの私と同じ反応をする。

「気づけば、あなたとはいつも一緒にいた気がする。この先も、あなたや麗玉がいてくれたら、私は心強いわ」

あの世界で失ったもの、この世界で得たもの。過去の傷は今の幸福で癒えていく。そして私は雨も怖くなくなり、親友を思い出しても胸が痛まなくなった。それどころか、共にいられた時間を愛おしく思えるようになった。

絶対なんてないはずなのに、確信がある。私を変えてくれたみんなとは、この先に続く長い長い未来でも一緒にいるんだろうと。そう思える相手が芽衣以外にもできた。その幸福を守るために、私は戦うのだ。

「姫さんはずるいな」

猿翔は困ったように笑い、恭《うやうや》しく私の手を取る。

「俺の姫さん、どこまでもお供しますよ」

向かい合った私たちの耳飾りが、きらりと光って揺れる。その眩《まばゆ》さは、永久に消えない友愛の証――。

翌日、平屋の一室で種痘の準備をしていると、後ろでバンッと勢いよく扉が開いた。

「猿翔？　お水、汲んできてくれてありが……琥劉⁉」

井戸に水を汲みに行っている猿翔が、帰ってきたのだとばかり思っていた。

しかし振り返ると、そこにいたのは予想外の人物で、持っていた種痘の器具を落としそうになる。その間にも、琥劉はずんずんと室内に入ってくる。

「琥劉、なんでここに……？」

「猿翔から文を貰った。お前が自分の身体で、わくちんの効能を試すと」

私の前にやってきた琥劉は、強く私の両肩を掴む。

「本気なのか」

「それを確認するためだけに、ここまで来たの？　城の方は大丈夫？　今は英秀様が動けないんだし……」

「俺が城を離れている間、劉炎兄上に政務を任せてきた。それよりも、お前のことだ。お前の医術を疑っているわけではないが、自ら進んで病にかかろうとするなど、さすがに看過《かんか》できない」

確かに、私の世界と、この世界の病がまったく同じとは限らない。その土地の気候や土壌等の自然条件、住民の習慣などが重なって起こる風土病のように、病も土地柄に影響することがあるからだ。私の医術が通用しないこともあるだろう。でも……。

「これは芽衣もすでに試したことよ。だから、成功するって信じられるの」

芽衣は私がすごい医仙になると言っていたけれど、私からすれば芽衣ほど医仙の名に相応しい人間はいないと思う。ただ人のために尽くし、学ぶことをやめない。そんな彼女の医術が危険なはずがない。

「なりふり構わず、無茶してるわけじゃない。もう、私はあなたのものでもあるんだから、勝手に死ねないわ」

琥劉は目が覚めたような顔つきになる。

「……すまない。お前を信じていないわけではないんだが……だからといって、心配しないというのは……俺にはできないらしい」

前の私なら、守るべき存在だと思われていることを嘆いただろう。でも……。

「大切だからこそ、お互いが弱点になってしまうのは仕方のないことよ。だから私たちに必要なのは、失うかもしれない不安をひとりで抱え込まないことだと思うの」

「……！　この医術が親友殿も実証済みであることを話したのは、俺を安心させるためか？」

「うん。もっと早く伝えておけばよかったわ。あなたを不安にさせない努力が足りてなかったのね」

その頬に手を添えれば、琥劉は深いため息をついた。

「お前には情けないところばかり見せている。お前はそれを嬉しいと思うのだろうが、やはり格好がつかない」

「ふふっ、私たちがカッコつけなのは、もう生まれ持った性みたいなものよね。だから、私が強がってしまうときはあなたが、あなたが強がってしまうときは私が、頑なな心がほぐれるまで相手を甘やかすってことで」

琥劉の鼻を指でつつき、私は微笑んだ。

「不安があったら、とことん話し合いましょう。今みたいに」

「……ああ。変われるところは変わる。それでも譲れないところもある。それなら、俺たちは俺たちのまま、納得がいく答えを見つけていけばいいんだな」

琥劉が笑ってくれた。それだけで、自然と胸に湧き上がる感情。

――触れたい、この人に。

「琥劉……自分の身体でわくちんの効能を試す間は、あなたにうつしてしまうかもしれないから……触れられなくなる。だから……」

琥劉の胸に縋りつき、愛しい人の顔を見上げた。

「今、私に触れてほしい。寂しさに駆られるたび、あなたを思い出せるように」

琥劉はなにも言わずに、私の顎を掬うように持ち上げる。そして、深く口づけることで、返事をくれた。

「白蘭、覚えていてくれ。俺は、不安になって迷っても……最後にはお前を信じる」

「わかってる。迷うことも怖がることも悪いことじゃないから、私たちはそれでいい」

きっと、部屋の外で待ってくれていたのだろう、私たちの護衛——武凱大将軍と猿翔が来るまで。私たちは別れの時を惜しむように、見つめ合っていた。


「特に夜間に……症状が強く出てる気がするわ……」

熱に浮かされながら、燭台の明かりを頼りに、私は筆を走らせる。

病のもとを接種した私は、感染を広げないよう自分を隔離した。食事は猿翔が運んできてくれるので、私は寝室にこもり種痘の経過を記録している。

結論から言うと、種痘自体はうまくいった。搾乳婦の手のひらにある牛痘の発疹内容液を二股の針に付着させ、上腕部に刺す。傷をつけて皮内《ひない》に接種するのだ。接種部位は、ワクチンのウイルスが他の部位や人に広がらないよう布で覆った。

「病原体に感染してから、潜伏期間を経て、六日目で腋窩《えきか》の不快感。恐らくリンパ節炎を起こした。そして七日目、軽度悪寒《おかん》からの発熱、食欲減退、頭痛軽度あり。発疹は未だ見られず——」

自分の病状を記録しながら、ひとり呟いたとき、扉越しに声がした。

「身体は大事ないか」

「琥劉？　ええ、ちょっと熱があるけど、全然症状は軽いの。あなたこそ、紅禁城からここまで通うなんて、身体を壊してしまうわ」

琥劉は時間さえあれば、往復十六時間かけて、この牧場へ足を運んでいる。ただでさえ忙しいというのに、無理をしないでほしい。でも、琥劉を止められないのもわかっているので、目を瞑るしかないのだが。

「お前に会えない方が、身体に障《さわ》る」

さらっと殺し文句を言う琥劉に、私は「そ、そう……」とぎこちなく答え、熱くなる頬を手で仰いだ。

「そ……ういえば、英秀様の様子はどう？　尚薬局の医官たちに指示はしてきたから、大丈夫だとは思うけど、心の方が心配で」

「お前はまた、人のことばかりだな。だが、止められないのはわかっているゆえ、目を瞑るしかない」

先ほど私が思ったことと同じことを言うので、私はつい吹き出す。

「……なぜ笑う」

訝しげな琥劉に「大したことじゃないんだけどね」と言いながら扉に近づき、そこに寄りかかって腰を落とす。この部屋の前に座っている彼と背中合わせになるように。

「私もさっき、同じことを思ったの。『忙しいのに、無理をしないでほしいな』『でも、止められないのもわかってるから、目を瞑るしかないよなー』って」

「……実は先日、武凱にも言われた。俺がお前に似てきたと」

弾かれたように、私は扉越しに琥劉を振り返る。

「え、武凱大将軍にも？」

「劉炎兄上と紫水に会ったときにな。少しばかりらしくない節介を焼いたゆえ」

罰が悪そうなのに、どこか嬉しそうでもある物言いだった。

「ふたりに会ったってことは、例の妓楼の医仙のことがわかったの？」

「ああ。淡慈は医仙ではなかった。その妓楼には、雪華国から売り飛ばされてきた芙蓉という妓女がいたらしい。白銀の髪に紅い瞳……お前と同じ容姿だったそうだ」

「えっ、芙蓉って淡慈の偽名じゃなかったの？　じゃあ、芙蓉が医仙なのね……」

それに同じ姿をしているなんて、やっぱりこの髪と瞳は医仙特有のものなのかな。

「芙蓉は獏一族の者だ。変わった容姿のせいで、咎村の人間に売り飛ばされたようだ」

「なんだか、他人事には思えないわ。私も普通の子供と違ったから、妓楼に売り飛ばされそうになったんだもの……」

「俺もだ。一歩間違えば、お前も芙蓉と同じ運命を辿っていたのだろうと思うと、恐ろしくなった。他の男に触れられるお前を想像するだけで、気が狂いそうになる」

私も、琥劉以外の誰かに触れられるなんて、想像したくもない。

「芙蓉は四年前、十六歳のときに蛇鴻国皇帝に身請けされた。芙蓉は妹のように目をかけていた見習い妓女の淡慈を、身請けの際にも一緒に連れていったそうだ」

「じゃあ、淡慈が私に託したかった姉様って、芙蓉のこと？　でも、そんなに慕ってたなら、どうして芙蓉ではなく媛夏妃の女官に？」

「俺は初め、媛夏妃は芙蓉の娘なのではないかと考えたのだが、身請けされたのが四年前ならば、芙蓉は今二十歳だ。同じ歳の媛夏妃が娘というのはつじつまが合わない」

「ますます、淡慈と媛夏妃の関係がわからなくなってきたわ……」

「今わかっているのは、芙蓉がこの国のどこかに身を潜め、媛夏妃に協力している、もしくは、やはり淡慈が偽名として近しい人間の名をとっさに語ってしまったかだ」

でも、大切な人の名前を利用したりするかな……しかも、やましいことをするのに。

「蛇鴻国は芙蓉を手に入れ、医仙の利用価値に気づいた。蛇鴻国はお前ごと、この国を奪うつもりだ。それが失敗したときは、恐らく……お前を始末する」

「……！」

熱があるはずの身体が、氷水でも被ったように震えた。伝説や信仰を重んじるこの世界での医仙の価値を、私はまだ過小評価していたのかもしれない。

「大丈夫だ、お前は俺が死なせない」

見えないはずなのに、私が不安がっていることに気づいてくれた琥劉。その事実に、震えが収まっていく。

「うん、ありがとう、琥劉」

扉越しに、琥劉がふっと笑みを浮かべる気配がした。

「それから、例の疫病を持ち込んだ船についても調べがついた。英秀が疫病を持ち込んだという噂を流すため、船員が何人か港に残っていたようだ。その船員が自国で病にかかった患者を、雪華国の港で降ろしていた」

「信じられない……なんでそんなことができるの……」

この憤りをどこへぶつけたらいいのだろう。英秀様に濡れ衣を着せただけでなく、無関係の民まで巻き込んで……許せない。

「その船員と患者の身柄は、こちらの手の内にある。俺は疫病を持ち込んだ船の存在を公にするつもりだ。だが、今はこちらの軍事力が育っていないゆえ、戦争は避けたい。そうなると、蛇鴻国が仕向けたものであることは伏せねばならない」

「でも、船が原因だってわかれば、英秀様の悪評は消せるわよね！」

ほっとして、つい声を弾ませると、またも琥劉が笑ったのがわかった。

「それで？　琥劉はどんなお節介を焼いたの？」

その話を蒸し返されると思っていなかったのか、琥劉は動揺したように沈黙する。

「……今の劉炎兄上と紫水なら、共にいても傷つけ合うことはないだろうと思ってな。茶楼で、ふたりで過ごす時間を設けた」

「ふふ、そうね。茶楼なら、なにかあれば助けを呼べるし、安全だわ。それに、あのふたりをあなたが見守ってるなら、きっと大丈夫ね」

私のお節介がうつったのか、兄と義姉の世話を焼く琥劉。武凱大将軍はそんな琥劉を見て、私たちが似てると思ったのね。そんな彼の変化を微笑ましく思っていると、琥劉は気恥ずかしいのか、わざとらしく咳払いをする。

「お前の方はどうだ。わくちんは作れそうか」

「無事に牛痘にはかかったと思う。あとは、牛痘が治り次第、体調を整えてから人痘を身体に入れるわ。それでも天然痘を発症しなければ成功よ」

「……恐ろしくは……ないか？」

この世界は基本的に衛生状態が悪いので、どんな病も重症化しやすい。どう答えようか迷ったが、きっと弱さを見せない方がこの人は不安がる。

「怖くないと言えば……嘘になるわ。でもね、私はあなたの医仙だから。あなたと一緒に、私もこの国を守る」

琥劉が息を呑んだのが伝わってくる。与えられるのを待つつもりはない。この人の隣にいるために皇后の地位が必要なら、自分からも手を伸ばしたいのだ。

「それにね、あなたの存在をいつだって感じてるから、不安でも大丈夫なの」

しばらく沈黙が続いた。自分だけが恥ずかしいことをペラペラと喋っている気がして、「琥劉？」と返事を急かしてしまう。

「……今、こんな状況でなければ、お前を抱きしめて口づけていた」

「っ、私も……そうしてほしかった」

琥劉がこちらに向き直るような布擦れの音がして、私も同じように扉の方へ身体を向ける。姿が見えなくても、互いに扉越しに額を重ねたのがわかった。

「待っている。お前がこの壁を越えて、俺のところへ帰ってきてくれるのを」

「待ってて。必ずワクチンを成功させて、あなたのところまで走っていくから」

牛痘接種後、発熱はしたものの、接種部位にできた発疹は腕に留まる程度で、身をもってその危険性の低さを実感した。牛痘が治癒したあと、抗体ができたかどうかを確かめるため、牧場近くの民家で出た天然痘患者のもとを訪ねた。その患者の発疹の膿を採取して接種してみたが、天然痘の症状は一切出現しなかった。

「で、できた……！」

外に出るとき以外、ずっと隔離状態だった私はひとり叫ぶ。

「姫さん、わくちんができたの!?」

扉越しに聞こえた猿翔の声は、心なしか興奮している。

「うん！　牛痘接種が天然痘ワクチンになることが実証できた！　もう入ってきても

大丈――」

話している途中で勢いよく扉が開き、猿翔が飛びついてきた。

「やったね、姫さん！」

「ふた月もかかったけど、ようやくよ！　これで、たくさんの人を助けられる！」

喜びの抱擁を交わしたあと、猿翔は少しだけ身体を離す。

「このあと、どうする？　姫さん」

「それなんだけど……療養中にいろいろ考えてたことがあって」

得意げに笑い、私は今したためた琥劉への文を猿翔に見せたのだった。


文を送った翌日、琥劉が牧場にやってきた。

琥劉は部屋に入ってくるなり、挨拶よりも先に私を抱きしめる。

「琥劉！　こんなに早く来てくれて、ありがとう」

「わくちんが完成したと聞いた。もう扉越しに話さなくてもいいのかと思ったら、居ても立ってても居られなくてな」

つまり、私の文を読んで飛んできてくれたらしい。その喜びを噛みしめていると、
琥劉が室内を見回す。

「猿翔はどうした」

「猿翔はワクチンを接種したから、今は別室で休んでもらってるの。副作用で発熱したり、全身が怠くなったりすることもあるだろうから。それより、あなたの護衛は？」

琥劉の背後に目をやると、「よ！」と片手を上げる武凱大将軍の後ろにもうひとり。

「ここにいますよ。感動の再会を邪魔するような野暮《やぼ》は、できませんからね」

「え……え、えええ、英秀様!?」

私の問いに答えてくれたのは、信じられないことに英秀様だった。

「なんです、その幽鬼《ゆうき》……あ、間違えました。疫鬼でも見たような顔は」

こちらに歩いてくる英秀様は少し痩せたようだが、いつもの調子を取り戻している。

「ううっ……冗談が洒落にならない……でも、毒舌のキレは健在のようで……ぐすっ」

感極まって涙が込み上げてしまう。武凱大将軍は私の発言が面白かったのか、「ぶはっ」と吹き出していたが、英秀様はぎょっとして狼狽《うろた》えていた。

「あなた、泣くツボがおかしいんじゃないですか。それと……陛下の御前で泣くのはよしなさい。私が泣かせたみたいでしょう」

「英秀が泣かせたことには違いねえな」

茶々を入れる武凱大将軍を、英秀様がぎろりと睨む。その掛け合いも懐かしくて、私は小さく笑いながら、袖で濡れた目尻を拭った。

「すみません、床に臥《ふ》せってるときの英秀様の姿を思い出してしまって……でも、英秀様らしさが戻ってなによりです」

　英秀様は決まりが悪そうに唸っていた。やがて眼鏡を押し上げながら深いため息をつくと、改まった様子で私に向き直る。

「あなたのおかげです、医妃。治療が適切だったおかげで、私はこの通り生きている」

「英秀様に死ねない理由があったから、乗り切れたんですよ、きっと」

　天然痘は治癒したあとも顔面に醜い瘢痕《はんこん》が残る。だが、雪華国ならではの病の特徴なのか、英秀様は綺麗に完治していた。

「ええ、あなたに喝《かつ》を入れられたのが効いたのでしょうね」

　不思議そうな顔をしている琥劉と一緒に、私も首を傾げる。

「なぜ、あなたがすっとぼけた顔をしているんです。陛下を守るため、私を生かすと言ったではありませんか。確か、天にくれてやる気はありませんから、などと息巻いていませんでしたか？」

　それに吹き出したのは、武凱大将軍だけでなく琥劉もだ。

「琥劉まで笑うことないのに……」

「すまない。俺でも頭が上がらない英秀に、そこまで言えるのもお前くらいだと思ってな」

　手の甲を口に当て、笑っている琥劉を眺める。

まあ、琥劉の貴重な笑顔が見られたから、いいか。

つられて自然と頬が緩んだとき、英秀様が「陛下」と琥劉を促した。

「そうだったな。今日は文の内容について、話し合いに来た」

「それって、私が送った天然痘を食い止めるための計画について……よね？」

「ああ。お前の口から、改めて詳細を聞ければと思っている」

私は「わかったわ」と返し、皆を調剤台の前に集まるよう促した。そこには墨絵で描かれた雪華国の地図が広がっている。

「天然痘は強い感染力……病を広げる力を持ってるの。だから、患者の治療と同時に、まだかかっていない人への予防も必要になるわ。それに使われるのがワクチンね」

「そのわくちんの供給量は、いかほど用意できそうなのですか？」

英秀様の問いに、私は調剤台にある別紙を手に取る。

「これを見てください。琥劉が戸部の官吏に探させた、牛痘患者がいるであろう牧場の一覧です。ここにいる牛痘患者の数が供給量の目安になるかと。ワクチンに必要な牛痘がある国内の牧場に種痘所を設置すれば、ワクチン普及の効率が上がると思うの」

「……なるほどな。だが、我が国は山地《やまち》酪農がほとんどだ」

「やまち……らくのう？」と聞き返せば、英秀様の呆れた双眼に睨まれる。

「読んで字のまま、山で牛を飼う農業のことですよ。山には牛の食糧になる植物がたくさん生えていますからね。そして、野芝《のしば》を食べた牛の糞は肥料にもなります。それが丈夫な野芝を生み、大地を覆うことで山崩れも防げる。一石二鳥の酪農法なのです」

「山地に種痘所があると、通いにくくなる。接種する人間を増やしたいのなら、交通の便のよさは外せない条件だ」

琥劉の言葉に、皆が難しい顔で地図を見つめる。

「……検問所はいかがでしょう。各州の出入口ですし、病を中に入れず、外にも出さないようにするならば適所かと」

「名案だ。大河によって州が仕切られる、雪華国の主な交通手段は船だ。ゆえに港ごとに設置されている検問所も多い。接種人数を上げられるな」

琥劉は「——白蘭」と、私を振り返る。

「わくちんを作るには、牛痘にかかった人間の濃が必要だったな」

「うん。牛からうつるから、患者層で言うと、搾乳婦が多くなるわ。それから、この世界では馴染みのない治療法だから、協力を得るためには工夫がいると思う」

「……ならば、協力に応じた搾乳婦には褒賞金《ほうしょうきん》を出そう。種痘のために仕事も抜けることになるからな。すぐに立て札で募集をかけさせる」

悩んだとき、こうして一緒に考えてくれる仲間がいるというのは心強い。あっという間に計画が詰められていく。

「もうひとつ問題になるのは、種痘を行える人間が各種痘所に必要になることだな」

「そうよね……なら、軍医に手法を伝授するのはどう？」

なぜ軍医なのか、続きを促すように皆が静観している。

「妃嬪を診る侍医は城から出られないし、医官も天然痘を発症した官吏たちの世話で手一杯だもの。治療する側も、疲れていると病にかかりやすくなる。そこで、遠征に慣れてる軍医が適任だと思ったの」

「陛下、私も医妃に賛成です。軍医は狩猟大会の際、医妃と疫病収束に尽力しました。医妃も療養中ということになっていますし、その事実を漏らさずに協力させられる人材という点でも適任です」

いつも駄目出しの連続なのに、英秀様に味方してもらえるなんて……。

感激しながら、英秀様を見つめる。『なんですか、気色悪い』と言いたげな鋭い視線が返ってくるが、ちっとも痛くない。

「ではまずは、最も患者数が多い華京の検問所に種痘所を開き、わくちん接種を済ませた軍医たちに手技を指導後、各国に派遣させる。無論、白蘭のことは伏せさせる」

「万が一、医妃が治療に加わっていることが漏れたとしても、『病はよくなった』で押し通せば、問題ないでしょう。あくまで媛夏妃や六部長官を筆頭とする蛇鴻国側の人間に、医妃の邪魔をさせないための時間稼ぎです」

そうか、この疫病は意図的に撒《ま》かれた。私が正常に戻って病を収束させようとしていると知れば、蛇鴻国から妨害が入るかもしれない。それに、私に手柄を立てさせたくない媛夏妃や六部長官が邪魔してくることも考えられる。せめて各種痘所が機能するまでは、医妃は療養中だという噂を引き延ばしたいところだ。その方が動きやすい。

「……今回は、そこまで警戒しなくともいいかもしれん」

琥劉はなにか思うことがあるのか、含んだような物言いだった。

「蛇鴻国の狙いの中には、雪華国の征服の他に医仙も含まれている。この疫病騒ぎは、英秀の失脚や国を崩壊させる以外にも、白蘭の能力を吟味するという目的もあると踏んでいる」

「つーことは、嬢ちゃんが蛇鴻国の欲する存在になれなきゃ、殺されるってことか？　医仙って肩書きだけでも、影響力があるからな」

殺される――。何度も命を狙われることはあったけど、一生慣れることはない。

「……私、正気を失ったってことになってるんだけど、それってまずいわよね？　だって、使い道がなくなったって思われるわけだし……」

「お前の演技に騙されたのかどうかにもよるな。だが、お前から興味が失せているなら、療養のために城を離れた時点で追手を放っているはずだ」

確かにその通りだ。嘉将軍がついているとはいえ、私は護衛の数も人目も少ない山小屋にいることになっている。暗殺する格好の機会だったはずだ。でも、麗玉の無事は文で確認している。このふた月、襲われたりは一度もないそうだ。

「なら、やっぱり媛夏妃は、私の演技に気づいて静観してるのかな」

「その可能性はある。淡慈の件があったにせよ、あの女があれくらいで大人しくしているとは思えん。現段階では、この一件が片付くまで様子を見るつもりだろう」

だから、琥劉は媛夏妃の邪魔は入らないと考えているのね。それなら、媛夏妃の妨害はひとまず、ない方向で構えていてもよさそうだ。

「とりあえず、嬢ちゃんが今狙われることはなさそうだな。それよりも考えないとならねえのは、英秀の汚名を返上することか」

「え？　疫病は船が原因で広まったって公にするのよね？　それで英秀様の悪評は消せるんじゃ……」

「一度流れちまった噂は、そう簡単に修正できねえと思うぞ。その船が蛇鴻国のものだってことは伏せるんだよな？　どこからの船なのか、不透明な部分が多いと、国が事実を隠蔽《いんぺい》してるようにもとられるぞ」

重苦しい空気が室内に満ちる。英秀様の無実を晴らすためには、蛇鴻国の何者かに天然痘患者のいる船牢に閉じ込められた事実を公にするのがいちばんだが、それができない。天然痘を広めたという噂を、完全に消すことができないなら……。

「悪評を上回る英雄譚《たん》があれば……いいんじゃない？」

閃いたまま口にすれば、皆が真意を問うように見つめてくる。

「英秀様に率先してワクチンの普及活動をしてもらって、天然痘を食い止めた英雄に祀り上げるのはどうかな？」

あらゆる病を治せると信じられているから、人々は医仙を崇める。人はいつだって、自分を救ってくれる存在を求めているのだ。そこに活路を見出せないだろうか。

「天然痘に一度かかった英秀様は耐性を獲得してるから、もう天然痘にはかからない。ワクチンを打った私や猿翔と、天然痘を食い止める活動に携わってもらうの」

「……！　噂には噂で対抗するのか。いいだろう、天然痘収束の任を英秀に与える。事後報告にはなるが、大臣らには城に戻り次第、朝議で伝達する。皆、異論はないな」

私たちは神妙に頷き、それぞれの役目を果たすために動き出した。


私は英秀様と猿翔と共に華京行きの船にいた。甲板に立ち、船の縁に手をかけながら朧月《おぼろづき》を見上げる。周りに誰もいないように見えるが、護衛役の彼が私から離れることはない。姿を現さないのは、私の気分転換を邪魔しないようにという心遣いだ。

あれから、ひと月も琥劉に会ってないのか……。

ワクチンを打った猿翔の体調が万全であることを確認したあと、私たちは華京の検問所に向かい、種痘所を開いた。紅禁城から呼び寄せた軍医たちに手技を教え、すぐに各州に彼らを派遣し、ワクチン接種を普及させていったのだ。私たちも間違った手法が広まっていないかを監督するために、各州の種痘所を巡回していたのだが、ようやく華京に帰れる時が来た。これも、城に残っている琥劉や武凱大将軍の働きがあってこそ。琥劉は他の州に移動する際は、検問所でワクチン接種の証明に種痘痕を見せる、搾乳婦に褒賞金を出すなどの法案を朝議で即座に通した。武凱大将軍も疫病船が再びこの地に立ち入ることができないよう、海域の警備体制を強化してくれたのだ。おかげで天然痘が発生して約四月《よつき》、早い段階で予防策がとれたこと、もともと華京以外の州の感染者が少なかったことも相まって、発生数はみるみる減少していった。

「ここにいたのですか」

今までのことを思い出していると、後ろから英秀様が歩いてきた。

「やっと帰れるんだなと思ったら、そわそわしてしまって」

「子供ですか、あなたは。ですが、まあ……早く陛下に朗報を届けて差し上げたいという点では、私も同じ心境です」

私の隣に立った英秀様は、暗い地平線を見つめながらそう言った。

「でも、課題はやっぱり残りますよね。民間の診療所で自己流のワクチン接種を行う医者たちには参りました」

民間の診療所の医者が牛痘ではなく、感染力の強い人痘を勝手に接種したという報告は多々上がっている。それで亡くなった人や、接種された人が他人にうつす事例もあった。他にも乳幼児と妊婦は種痘後脳炎《しゅとうごのうえん》という命に関わる合併症を起こしやすいため、接種を禁止していたのだが、それを知らない医者が種痘を行い、亡くならなかったとしても脳の正常な機能が失われ、障害を持ってしまった子供もいた。

「正しい知識を民間の医者にも、学ばせる必要がありそうですね」

「はい……それと、ワクチンの効果は一生は持続しません。接種後、五年から十年のうちに低下します。その間は監視を続けて、無発生であれば収束と見ていいのかなと」

「もし発生の兆候があれば？」

「拡大する前に、再びワクチン接種を行います。そのために再発生の監視期間中も、種痘所がすぐに機能できるようにしておかないと」

「あらかじめ想定しておけば、慌てずに対処できます。城に戻り次第、課題と改善点を洗い出し、今後十年の間に天然痘が発生したときの対応手引を作成しましょう」

そこで話が途切れ、しばらく一緒に月を眺めていると、静かに英秀様が口を開く。

「……実際は、あなたがわくちんという手段を見つけ、天然痘を食い止めた。真の英雄はあなただというのに、私に手柄を渡してしまって、よかったんですか？」

隣を見れば、英秀様の殊勝な横顔がある。それをずっと気に病んでいたのだろうか。

「手柄なら立てましたよ？　英秀様が無事で、琥劉のそばにいてくれる。それは『病を食い止めたのは私です！』って威張り散らすより、価値のあることです」

英秀様は呆気にとられていたが、やがてふうっと息をつきながら目を閉じ、眼鏡を外した。

「病が治り、部屋から出た私に陛下がかけてくださった言葉を聞いたとき、私は……心から、命が惜しくなりました」

天然痘はかさぶたが完全に脱落するまでは感染の可能性があり、隔離が必要だ。その期間を経て、英秀様が部屋を出ると、武凱大将軍を連れた琥劉が待っていたそうだ。

『英秀、よく戻った』

『陛下……ご迷惑をおかけいたしました。敵の手中に堕《お》ちるなど、あってはならない失態です。その結果、自分の悪評を立てるに至り、陛下の名誉も……』

英秀様がその場に片膝をつき、深々と首を垂れていると、

『――英秀』

琥劉は英秀様の言葉を遮った。

『俺の剣となり、盾となりて、この覇道を共に歩めと言ったはずだ。あの瞬間から、お前と武凱は俺の身体の一部となった。勝手に死ぬことは許さぬ。それはすなわち、俺の死を意味するのだということを肝に銘じておけ』

『陛下……』

『英秀、自分を過小評価するな。俺は、血筋も、年齢も、性別も関係なく、皆が平等に夢を掴むことのできる国を目指す。お前なくして、その理想を現実に変えることは叶わん。俺には、お前が必要だ』

ここにいるのはもう、兄弟の情に振り回されていた未熟さや、血に狂う危うさのあった皇子ではない。自分を師として仰ぐ子供でもなく、自分を臣下として導く皇帝だ。

そう思った英秀様は涙でぼやける視界の中、その眩く気高い姿を目に焼きつけた。

この方こそ皇帝に相応しい。そう信じて付き従った自分の決断は正しかったのだと確信して、

『恐悦至極にございます、陛下』

英秀様は頭を下げると、たまらず一筋の涙を流してしまったそうだ。

英秀様は話し終えると、眼鏡を見つめながら自嘲的な笑みを浮かべる。

「自害するなどと言っておきながら……私が必要だと、そう言われたとき……自分の力を陛下に使っていただけることこそ、私の幸福だと気づけたのです」

「英秀様は琥劉贔屓《びいき》がすごいですもんね」

「それがなにか？　当然です、あの方が十歳の頃から目をかけてきたんですから。ともかく、私は陛下の許可なく勝手に死んではならないのだと、わかりました。ですの

での先も、私は陛下のために生き続けます」

「ふふっ、はい。私も英秀様が勝手に死んだりしないように見張ってます」

「生意気ですよ」と、英秀様が半目で睨んでくる。だが、不毛なやりとりだと諦めたのか、眼鏡をかけ直し、私に向き直った。

「……あなたがもし、本気で琥劉陛下の隣に立つと決めたなら、私があなたを皇后に導いて差し上げます」

琥劉から聞いたことがある。昔、仕える主に相応しいか否かを英秀様に見定められていたのだと。でも、琥劉は英秀様を認めさせた。

『もし本気で帝位をお望みになるのなら、私が導きます』

それと同じ言葉をかけてもらえた。英秀様に本当の意味で、私も認められたのだ。

「あなたは、琥劉陛下に必要な人です」

「英秀様……」

「皆があなたの言動や行動に突き動かされるのを、この目で見てきました。私は役職柄、疑り深く慎重な人間ですから、それでもあなたが陛下の隣に立つに相応しい存在か否かを決めかねていたのです」

そんな話をしてくれるとは思わず驚いていると、英秀様が薄く笑う。

「気分を害しましたか？」

私は慌てて、首を横に振った。

「英秀様が慎重になるのは、琥劉を危険に曝さないためだってわかってます。そうじゃなくて、英秀様が自分の気持ちを話してくれるのが珍しいなって」

でも、私が琥劉の隣に立つことを許してくれたから、話してくれたのよね。そうでなきゃ、疑り深いと自負する英秀様が、簡単に心の内を明かすわけがない。

「猿翔にも話したんですけど……私、今までは自分の医術で大抵のことはなんとかできるって思ってたんです。でも、それでも守れないものがあるって気づいてしまった」

下を向いて拳を握り締める私を、英秀様は静かに見つめている。

「私は、もっと力が欲しい。みんなを守れる存在に……皇后になるためには、どうしたらいいですか？」

英秀様の真剣な光を宿す双眼は、私を見定めているようだ。

「沈まず輝き続ける太陽のそばには、同じく輝き続ける月が必要です。その月に、なる覚悟はありますか」

太陽というのは、皇帝である琥劉のことよね。私なんかが太陽に釣り合う月になれるのか、不安ではあるけれど――。

「私は……皇帝がずっと、沈まず輝いてる必要はないと思ってます」

琥劉は今、皇帝になってから、やりたいと思っていたことを実現しようとしている。

その道の途中で、きっと挫折することもあると思うから――。

「皇帝だって人間です。悩みの雲が多ければ、陰ってしまうこともある。そのときは私が、あの人の太陽になって、照らしてあげたい。逆に私がつらいとき、あの人は月のように寄り添ってくれましたから」

私たちはそうやって、何度も困難を乗り越えてきた。

「太陽だって、ずっと空にはないでしょう？　沈んだあとは、夜を月に任せて休んでる。だから朝になって、眩しく輝いていられるんです」

英秀様は相槌も忘れて、聞き入っているようだった。

「お互いが月にも太陽にもなる。そうして私は、あの人と同じものを背負っていく。それが私の覚悟です」

驚き果てている様子の英秀様に、私は肩を竦める。

「偉そうなことを言って、すみま――ぶぇふっ」

英秀様の羽毛扇に顔面を叩かれた。

「それがあなたと陛下が辿り着いた答えなのであれば、もっと自信を持ちなさい」

「は、はい……」

また呆れられてるんだろうな。そう思いつつ、顔をさすっていた手を下ろすと――。

「皆が、あなたに惹かれる気持ちが……今ならわかる気がしますね」

そこにあったのは、初めて見た英秀様の満足げな微笑み。月の存在も忘れ、つい見入ってしまう。

今頃、猿翔も私たちの話を肴《さかな》に、月見酒でもしているのだろう。後宮に戻ったら、猿翔はまた女官のふりをしなければいけない。伸び伸びと過ごせる最後の夜だからと、部屋でも杯を煽《あお》っていたから。

『姫さんの門出に』

そう言って杯を持ち上げ、月と乾杯している猿翔の姿が目に浮かぶ。

私は英秀様と再び地平線を見つめた。

あと数刻もすれば昇るであろう太陽の——あの人の元に、私たちは帰るんだ。

「あなたと都を歩いてるなんて、なんだか夢みたい」

紅禁城に戻る前に、私は琥劉と華京を散策していた。

これが男装でなければ理想的な逢瀬《おうせ》だったのに——と思わないでもないが、それは欲張りすぎだ。私は本来、自由に出歩ける立場ではないのだから。

「後宮に戻れば、外へ出ることは叶わなくなる。今のうちに、お前が身体を張って守ったものを見せてやりたくてな」

琥劉につられて辺りを見回すと、茶楼の店員や露天の商人がひっきりなしに客を呼び込んでいる。

「お前たちが他の州に行っている間に、随分と活気が戻った」

「このために頑張ってたんだって思うと、達成感があるわね。なにより、あなたが守っているものを、私も一緒に守れたんだって、少し自信がついたわ」

私はふふっと笑って、自分から琥劉と手を繋ぐ。

「私のいた世界では、好きな人と出かけることをデートって言うの」

琥劉は一瞬目を見張ったものの、嬉しそうに頬を緩め、強く握り返してくれた。

「その、でーと……というのは、こうして手を繋ぐものなのか」

「鉄板ではあるわね」

聞かれたのでそう答えただけなのだが、琥劉はなぜか険しい表情で黙り込む。

「琥劉？」と下からその顔を覗き込めば、琥劉は少し怒ったように目を据わらせる。

「お前は、そのでーと……とやらを経験しているような口ぶりだ」

「あー……ねえ琥劉、あの月餅美味《げっぺい》しそうじゃない？」

琥劉の腕に自分の腕を絡ませ、半ば引っ張るように屋台に近づく。

「おじさん、月餅ひとつ！」

後宮妃も位に応じて俸禄《ほうろく》が出る。注文をして、懐から財布を取り出そうとすると、それを琥劉に止められた。

代わりに支払ってしまった琥劉にお礼を言いつつ、私たちはまた歩き出す。

「いただきまーす」

琥劉が制止しようとしたのはわかっていたが、先にひと口食べた。蓮《はす》の実を使った餡《あん》の甘さと、塩漬けされた鶩《あひる》の卵黄の塩気が、舌の上に絶妙な均衡で広がる。

「んーっ、甘くて美味しい！　はい、毒は入ってないわ。琥劉も食べて」

「毒見は俺がやろうと……」

「なら、これからはどっちが先に毒見をするか、取り合いになるわね。燃えるわ！」

「……なぜ、そうなる」

渋い面持ちの琥劉の口に「隙あり！」と月餅を突っ込む。してやったりと笑えば、琥劉も眉をハの字にしつつ口元を緩めた。

「……ん、いろいろ誤魔化された気がするんだが」

「転生してからの私は、初恋があなたよ？」

前世では大人だ。歳の割に少ない恋愛経験はあったが、琥劉ほど愛した人はいない。

「前世はどうにもならないけど、今の私の人生はあなたにあげる。それじゃ駄目？」

「……！　駄目……では、ない」

ふいっと視線を逸らし、耳を赤らめる琥劉。体温が少し上がった彼の手を握り直し、

「まいど！」

そのままぶらぶらと、ふたりで都を歩いた。護衛もどこかにいるだろうが、今は離れていたひと月を埋めるように、琥劉のことだけを考える。

「そう言えば、月餅の味はする？」

「……しない。お前が作ったものでないと、やはり駄目らしい」

「じゃあ、今日の味を再現できるように、後宮に戻ったら作ってみるわ。英秀様の好物でもあるし、全快祝いをしてもいいわね」

他愛のない話に花を咲かせていたとき、町の民の会話が耳に入ってきた。

「例の疫病、天然痘……だったか？　あれ、この国の宰相軍師様が鎮めてくださったそうだよ。立派なもんだねえ」

「ああ、あたしも聞いた。初めはその宰相軍師様が疫病を持ち込んだって話だったけど、きっと疫病を食い止めるために戦って、自分もかかっちまったんだよ」

誤解もいい方向に働き、英秀様の英雄譚は見事に民に浸透したようだ。私は琥劉と顔を見合わせ、同時に笑う。それから、紫水さんが働いているという茶楼を訪れた。

「おひいさん！　まさか会えるなんて……」

店内に入るなり、両手を紫水さんに握られる。

私は楼閣の立派な茶楼を見回したあと、紫水さんに向き直った。

「こんな立派な茶楼で働いてたのね。いつか行けたらって、そう思ってたから、来れて嬉しいわ！」

「陛下と、おひいさんのおかげです」

紫水さんは食事をしている客を見回した。自分の胸に手を当て、私たちがお忍びで来ているのを気遣ってか、声を抑えながら言う。

「私は、自分で選んでここにいる。働くのは楽しいだけじゃなくて、大変なこともあるけれど、でも……しっかり地に足がついてるって、実感できる。麗玉さんが言っていた、自分の軸がぶれない感じ……というのが、最近よくわかるんです」

紫水さんが夫の暴力から抜け出せず、自信を失っていたときのことだ。

『私も父に決められた未来に向かって歩いてたけど、あの頃の自分より夢だった薬師として生きてる今の自分が好き。自分で選ぶって、楽しいだけじゃなくて責任も重いけど、でも地に足ついてる気がする。自分の軸がぶれない感じ』

親の望む人生を歩まされていた麗玉が、紫水さんにかけた言葉が今も心に響いているようだ。

「自分の力で生きてる紫水さんは、生き生きしてます。紫水さんが自信を持ってくれて、本当によかった」

感動で胸がいっぱいになり、思わず涙ぐむ。目尻を深衣の袖で拭っていると、そっと琥劉が肩を抱き寄せてくれる。それから私たちは、紫水さんの働く茶楼で昼食をとった。帰り際、店の外へ出ようとしたとき――。

「俺たちはゆっくり歩いている。顔くらい、見せていってやれ」

琥劉は小声で、そう言い残した。隠れて護衛をしている猿翔に向けたものだろう。

「優しいのね」

「お前がそう俺を変えたのだ」

私たちは見つめ合って同時に微笑むと、店をあとにする。

普通の恋人のように手を繋いで、ときどき食べ歩きをして、どちらが毒見係になるかを争ったりしながら、最後に向かった先は都を見渡せる丘だった。

「わあ、高い……華京って、こんなに広いのね」

西に傾いた日の光を受けて、都や海に橙色《だいだい》が移っている。私たちはもうじき、陰謀渦巻くあの場所へ戻らなければならない。

「疫病を食い止めたのは英秀ということになっているが、正気を取り戻しているお前が後宮に戻った時点で、城の者はこたびの件に医仙が噛んでいると気づくだろう」

「特に媛夏妃側の人間は察してしまうわよね。蛇鴻国には実際に医仙がいるんだもの」

「……その医仙のことだが、お前はどうしたい。お前の考えを聞かせてくれ」

琥劉に促され、思考の歯車が回る。私はどうしたいんだろうと内なる声が聞こえた。

「私には淡慈が死に際まで案じていた人が、ただの悪人とはどうしても思えない。芙蓉は医仙の力のせいで利用されてるだけかもしれないし、まずは会って話してみたい」

自分の意思を伝えると、琥劉は静かに頷いた。

「そうだな。お前の数少ない同郷の者だ。できれば俺も、手荒な真似はしたくない」

「琥劉……」

「蛇鴻国の妃嬪らには何度か会ったことがあるが、人数も多いゆえ、芙蓉という名の妾《めかけ》がいたかどうかまでは俺も把握しきれていなかった。それゆえ英秀にも調べさせたが、医仙の存在を知られたくないからか、夫人の中にその名の妾はいなかった。だが、あちらの医仙は獏一族の者であり、蛇鴻国皇帝の妾だ。獏一族と、蛇鴻国との繋がりを証明できる唯一の存在でもある。どうにかして、接触できればいいのだが……」

琥劉は段々と気難しい顔になる。見かねた私は、その眉間のしわを指で伸ばした。

息を詰まらせ狼狽《ろうばい》する琥劉に、私はにっと笑い返す。

「寒さで眉間のしわが固まったら大変でしょう？　私が伸ばしてあげる」

呆気にとられている琥劉に気づかぬふりをして、私はその両手を持ち上げた。

「ひとりで背負い込まないで。これからは私も、あなたの悩みの種を少しでも減らせるように頑張るから」

自分が進むと決めた道を誰よりも琥劉に知ってほしくて、決意を伝える。

「私は、あなたが皇后に押し上げてくれるのを待たない。自分の力で、その地位まで這い上がってみせる」

琥劉が気圧されたように、息を呑んだのがわかる。

「それにね、気づいたの。後宮をなくすっていっても、今はやらなきゃいけないことがたくさんあって、すぐにはできない。それまで後宮が血に染まらないために、争いを起こさないよう管理する主が必要よ。後宮の争いに、私の大切な人たちが巻き込まれるのを黙って見ていられない。だから、私——皇后になる」

口ではなんとでも言えてしまうので、覚悟を示すなら行動で表すのが私の座右の銘だった。でも、言葉にすれば、私はこの人をぬか喜びさせないために、今の決意が嘘だったとがっかりさせないために、自分をいい意味で追い詰められると思ったのだ。

「そのために、英秀様も猿翔も力を貸してくれるって言ってくれたわ」

「英秀を認めさせたのか……！」

驚きに目を見張っていた琥劉は、たまらずといった様子で繋いでいた手を引くと、私を掻き抱いた。

「……お前から、心を決めてくれたことが……嬉しい。決して離さない、愛している」

「なら……これからどんなにつらいことがあっても頑張れるように、お守りが欲しい」

琥劉の唇に指先で触れる。息を詰まらせた琥劉は、そっと私の顎を掬い——想いを吹き込むような深い口づけをくれた。

三章　皇后への道

疫病船が天然痘を雪華国に持ち込んだこと、その船員を捕らえたことが民にも知らされた。誰が差し向けたものかは公にされていないが、今後も調査を進めるとして蛇鴻国へ圧力をかけている。船の件を蛇鴻国の皇女である媛夏妃や六部長官らが知らないとは考えにくい。蛇鴻国側は証拠である船員や患者をこちらに人質に取られている。いつ真実が明るみに出るか、冷や汗をかいていることだろうと琥劉は言っていた。

雪華国の軍事力さえ育てば、現時点でもその責任を問いただし、媛夏妃との婚姻を破棄することは難しくないらしいのだが、同盟国を貶める行為は雪華国だけではなく、蛇鴻国と同盟を結ぶすべての国との関係性の悪化を招く。譲位のたびに同盟国である蛇鴻国が侵略してくるのではないか、そんな懸念を周辺諸国にも抱かせるため、もう少し泳がせるらしい。

「正気を失っていたにしては、元気そうね」

朝、猿翔と麗玉を連れて朝礼殿の前までやってくると、よりにもよって媛夏妃と鉢合わせた。私は無理やり口角を上げて、笑みを取り繕う。

「ご機嫌麗しゅう、媛夏妃」

略礼をすれば、媛夏妃は前に出していた私の手を掴み、にっこりとする。

「あなたが城を出てから、あれだけ猛威を振るっていた天然痘がみるみる収束した。そして、あなたはケロッと戻ってきた。わたくしね、こう思うの。あなたは疫病を収束させるために、正気を失ったふりをして城を出たんじゃないかって」

「そんなまさか。私は頭の瘴気を抜くために療養をしていただけです。それに疫病は、丞相が食い止めた……有名な話です。媛夏妃もご存じでしょう」

「私は、その英雄譚の裏の立役者に興味があるわ」

媛夏妃は掴んでいた私の手に爪を立てた。猿翔が止めようと一歩踏み出したが、すぐに歯がゆそうに思いとどまる。猿翔は前に私を庇うため、媛夏妃に歯向かった。その無礼を罪に問われ、私が代わりに罰を受けたことが頭をよぎったのだろう。

麗玉は自分に冤罪を被せた相手だからか、敵意を隠せずに睨みつけている。そんな彼女を宥めるように、猿翔が首を横に振った。

ふたりに危害を加えられる前に、話を切り上げよう。

「媛夏妃、そろそろ朝礼に行きませんと」

「……その気丈さがいつまで続くのか、見ものね」

酷薄《こくはく》な笑みを浮かべ、朝礼殿へと入っていく媛夏妃。それに「はあっ」とため息をつけば、猿翔が少し乱暴に私の手首を掴んだ。

「姫さん、大丈夫!?」

「平気よ、ちょっとやっかまれただけだし」

ふたりが心配するので、私は袖を下ろして、爪の痕が残る手の甲を隠した。

「今はちょっとでも、これからは全面戦争になるわ。白蘭、負けるんじゃないわよ」

麗玉はいつにない真剣さだ。私は強く頷いてみせ、目の前の朝礼殿を仰ぎ見る。

「行こう、ふたりとも」


朝礼殿には四大臣や六部長官を始め、妃嬪や女官、宦官が集まっていた。

正面上座には、英秀様や武凱大将軍に挟まれるようにして立つ琥劉がいる。私はその御前に出て片膝をつき、拝礼していた。

「入内より医妃の後宮内外での活躍は華々しく、賞賛に値する。よって、今までは階級に属さない妃であったが、本日より正式に医妃を四夫人の貴妃に相当する位とする」

朝礼殿にどよめきが走った。正直、私も驚いている。階級制度に加わることは事前に知っていたが、まさか皇后に最も近い貴妃をいきなり賜《たまわ》るなんて……。

これは皇后の地位を望んだ私に、英秀様が開いてくれた道だ。城に戻ってきた翌日、琥劉と医仙宮を訪ねてきた英秀様が、茶席でそう切り出したのが事の発端である。

『いいですか。皇后を目指すなら、階級制度に加わらなければ、成果を上げても皇后に上がるための功績を積めません』

私の作った月餅を食べながら、英秀様は言う。

『英秀先生、それって他の妃嬪たちとの権力争いに、今まで以上に巻き込まれるってことだよね？』

『ええ。今後はそばで仕える猿翔や麗玉の振る舞いも評価されていくでしょう』

猿翔と麗玉が、ごくりと息を呑んでいる。

『宮廷薬師となった麗玉はよしとして、猿翔。あなたは医妃付き女官長に昇格させます。医妃のこれまでの功績を鑑《かんが》みれば、相応の位を与えられるでしょう。これから多くのそば仕えを持つことになります。あなたがしっかり目を光らせておくのです』

『でも私、自分のことは自分でき――』

英秀様の目がギンッと赤い殺気を放って、こちらに向けられた。命の危機を感じた私は、すぐに口を噤む。

『女官や宦官の数が多ければ多いほど、それだけ重宝されている妃だと証明できます。医妃が正式に階級を得たあと、こちらが選定した女官や宦官をつかせますから、それをうまく従えてみせなさい』

『は、はい』

『それから、皇后を目指すのでしたら、もう二度と自分の価値を貶めるようなことはしないでいただきたい。正気を失ったふりをするなど、もってのほかですからね。一歩間違えば、後宮妃の役割を果たせなくなると思われていたのですよ？』

ガミガミ、ネチネチと怒られる私を眺めながら、猿翔は笑いを堪えている。琥劉はというと、自分も経験があるのか苦笑していた。

『皇后の道は美しい花々に囲まれながらも、裸足で茨《いばら》の上を歩いていくようなもの。ひとたび進みだしたら、後戻りはできませんよ』

覚悟を問うような英秀様の目を真っすぐ見つめ返し、私は答える。

『踏み出す足にどれだけの棘《とげ》が刺さり、痛みに喘《あえ》ごうと、前だけを見て進みます。それが私の選んだ道ですから』

琥劉が辿ってきた道を、今度は私が進むだけだ。

「今後は医術のみならず、後宮におけるすべての事柄において、貴妃同等の権力を行使できるものとし、その功績に応じて位も上がることとする」

琥劉の声で我に返った私は、顔を上げる。

あなたの期待を裏切らない。ふたりで描いた未来を掴むまで。

決意を込めて琥劉を見つめ返すと、私は右手の拳を左手で包み、頭を垂れた。

「恐悦至極にございます、陛下」

薬草生い茂る医仙宮の前の広場には、宦官がひとりと女官が四人並んでいた。

「私は医妃様付き女官長の猿翔です。あなた方は本日より、医妃様の専属そば仕えとなりました。女官には清掃などの雑事を含む、医妃様の身の回りのお世話を中心とした仕事を。宦官には医仙宮内の建物や什器《じゅうき》の維持保全から始め、おいおい私と一緒に医仙宮全体の管理を任せていく予定です」

皇后は後宮の主。当然、皇后付き女官長が後宮女官を、皇后付き宦官長が後宮宦官のまとめ役になる。加えて、宦官長は後宮全体の管理運営も担う。

だが、二度にわたる謀反で帝位継承に時間がかかり、皇后の座も長らく空いていた。現状は妃嬪付き女官長が主のそば仕えの人材管理や、主の宮殿の管理運営を行っている。主の位に比例して、女官にも序列があるそうだ。

妃嬪やそば仕えたちは、監視の目が届かない場所で地位争いを繰り広げる。足の引っ張り合いで子を産む女がいなくならないよう後宮を管理するのも皇后の役目なのだが、今は不在のため皇帝自ら後宮に目を光らせている。ただでさえ政務に追われているのに、琥劉の負担は大きい。

ちなみに宦官をそばに置くことは特に禁じられていないのだが、陛下の寵愛を得るために、去勢したとはいえ男のそば仕えを置くことをよしとしない風潮が後宮にはあった。そのため、自分付きの宦官を迎えたのは、妃嬪の中で私が初めてになるそうだ。

「これから医仙宮内の侍従棟《じじゅうとう》で生活してもらいますので、のちほど案内いたします」

私は改めて、そば仕えたちに説明をしている猿翔を見つめる。

これまで猿翔がひとりで、この医仙宮を切り盛りしていたのよね。でも、貴妃に相当する階級を得た私の身は、今まで以上に危険に曝される。猿翔が護衛に徹するためにも、医仙宮の管理は医妃付き宦官と分担して行うのがいいと、英秀様が提案してくれたのだ。つまり女官長の猿翔に等しく、密に関わることになるのが——。

「では、医妃様付き宦官の灰葬《かいそう》から、医妃様にご挨拶を」

「ふわあ……灰葬っていいます。あー……給金次第で、それなりに仕事はするんで、よろしくっす」

皆が絶句している中、首を押さえながら、あくびを噛みしめているこの宦官。事前に貰った経歴書によると、歳は自称二十だそうだ。というのも、正確に自分の年齢を数えていないらしい。一体どんな生活をしてきたら、自分の歳を忘れるのだろう。

くるくるに跳ねた灰色の髪に、青藤《あおふじ》の瞳。気怠そうな雰囲気は、その見目の麗しさも合わさって、女官らの目を惹きつけている。だが、私の視線を釘付けにしているのは、頬から首筋にかけて入っている赤い紅牡丹と葉蔓《はづる》の刺青《いれずみ》だ。

腕に引っかけるように着ているのは、暗赤色の唐草模様が入った帯色と同じ羽織。その下に灰みのある暗い紫色の深衣を纏っていた。

襟や袖と同じ緋色の帯は腰の横で結ばれ、残りがだらりと垂れている。帯留めの青藤色の紐から下がっているのは、黄色い菊結び房の飾りだ。

背丈は猿翔より少し低いくらいで、長い脚を強調するように黒革の長靴《ちょうか》を履《は》いている。あれだけ着込んでいても細身に見えるのに、腰から下げているのは鮫皮《さめかわ》が巻かれている柄の先端に、刀環《とうかん》と呼ばれる輪がついた直刀《ちょくとう》——環首刀《かんしゅとう》。宦官は身分ある主の世話係に加え、身辺警護も行うため、帯刀を許可されている者もいる。敵国に攻め入られるなどの有事の際は、宦官兵として皇帝や妃嬪を守ることもあるからだ。

「また、癖が強そうなのが入ってきたわね」

麗玉が面倒そうに耳打ちしてくる。こればかりは私も同感で、苦笑するしかない。

一通り、そば仕えたちの自己紹介が終わると、猿翔が私に視線を寄こした。こういうのは慣れないけど、うまく従えてみせなさいって英秀様も言ってたわ。身分の低い彼らが粗相《そそう》をすれば、後宮で命を落とすことになる。しっかり見ていてあげないと。

私は背筋を伸ばし、彼らの前に出る。

「初めまして、医妃の白蘭です。医仙宮には、いろんな人が医術を求めてやってくるわ。他の宮殿に比べて特殊な場所だとは思うけど、力を貸してください。私も、あなたたちがついていきたいと思えるような主になるから」

挨拶をすれば、皆が『医妃様は医仙様だそうよ』『それ、本当なの？』『医妃様がいい人そうで安心したわね』『馬鹿ね、まだわからないわよ』と、ざわざわしだす。

すべて聞こえてるわよ……と思いつつ、私は灰葬に声をかける。

「灰葬、あなたは猿翔と一緒に、私と行動することが多くなると思うから、中を案内するわ。ついてきて」

灰葬は興味なげに私を凝視したのち、なぜか猿翔の方を向いた。

「猿翔さん。俺はまず、なにからやったらいいっすかね」

無視された……？　一瞬灰葬の処遇を仰ぐように猿翔が見てきたが、私は軽く首を横に振った。無理に従わせたら、余計に信頼は得られない。この人についていきたいと、自然に思わせられないのは私の力量不足だ。英秀様が灰葬を私の宦官にしたのには、理由があるはず。でも、そば仕えをうまく従えてみせろって、どうやって……？


翌日、私は他の妃嬪らと媛夏妃が生活している皇后宮にいた。蛇鴻国から貢ぎ物として、柘榴《ざくろ》の木が届いたらしい。柘榴は果実に多くの赤い種子が入っていることから、子孫繁栄や子宝に恵まれるなどの意味を持ち、昔から縁起物で知られているそうだ。

「今度、陛下を交えた茶会で、この柘榴を振る舞おうと考えているの。わたくしは後宮を騒がせてしまったし、最近は疫病も流行っていたでしょう？　だから、これはわたくしからのお詫びと快気祝いをかねて、皆さんに」

柘榴は蛇鴻国の特産物だそうで、大きな鉢に植え替え、ひと月もかけて木ごと運ばせたのだとか。妃嬪らの中には「柘榴なんて貴重な食べ物を頂けるなんて、光栄ですわ」「本当に。茶会が楽しみですわね」と媛夏妃にごまをする者もいれば、「食べ物で釣ろうだなんて、南国の姫君は浅知恵ですわね」「その程度でわたくしたちを操れるとでも思っているのかしら」と批判的な声をあげる者もいた。

「あの妃嬪殺しの一件で、媛夏妃を妄信する妃嬪は少なからず減ったようですわね。とはいえ、未だに皇后候補の肩書きは強い求心力を持ち続けていますわ」

すっと隣にやってきた金淑妃は、相変わらず楽しげにそう言った。

「私は媛夏妃がなにかを始めるたびに、寿命が縮まりそうです」

これがただの茶会で終わるだなんて思えない。なにか意図があるはずだ。

「医妃が貴妃と同位であると、陛下が宣言したばかりですものね。今、妃嬪の間では皇后になりうるふたりの妃のうち、どちらにつくかで持ち切りですわ」

「それって……」

「身分や家柄共に申し分なく、後ろ盾もある媛夏妃か。神聖な医仙であり、陛下の寵愛を得て貴妃まで上り詰めたあなたか」

やっぱり……私は派閥争いに巻き込まれているらしい。つまりこれは、私を引きずり落とすための策略のひとつの可能性がある、と。

「覚悟はしてましたけど、胃が痛むのはどうしようもないですね……」

「ようやく土俵入りした医妃の戦いぶりには、興味がありますわ。いつも想定外の奇策を講じてきますもの」

胃のあたりをさすっている私を、金淑妃がくすくすと笑う。奇策というか、その場の感情に走って、勝手に作戦変更してしまっているだけな気が……。

つい苦い笑みがこぼれたとき、媛夏妃が私と金淑妃を見た。

「わたくしは後宮の管理で手がいっぱいなの。できれば多くのそば仕えがいる四夫人に、茶会まで柘榴の管理を任せたいのだけれど……」

明らかに、私たちに任せる気だ。面倒事をしょい込むような真似はしたくないけれど、媛夏妃は皇后候補。琥劉は注射器による妃嬪殺しの一件があったあとも、彼女には後宮においてある程度の権限を与えている。力は人の行動を大胆にさせ、問題を起こしやすくするので、罪状を重ねさせるには手っ取り早い手段なのだ。

柘榴の管理か……これくらいの命令なら、従って媛夏妃を図に乗らせるべき？

思考を即座に巡らせていると、媛夏妃が「でも……」と先に口を開く。

「医妃は最近、そば仕えを迎えたばかりで、育てるのに忙しいわよね。それなら、やっぱり金淑妃にお願いした方がよさそう！」

無邪気に両手を叩き、『名案よね？』と言わんばかりの顔で微笑む媛夏妃。後ろに控えているそば仕えたちは皆、自分の主がどう出るのかを窺っている。

私を案じる素振りは、ただの演技だ。これまでの彼女を見ていればわかる。媛夏妃は初めから、柘榴の管理を金淑妃に任せる気だった。

これはたかが柘榴の木ではない。これになにかあれば、世話した者は厳罰もありえる。なんたってこれは、同盟国からの贈り物だ。同盟に傷をつけることと同じ。

塵《ちり》も積もれば山となる。些細なことでも、相手に雪華国を責める口実を与えたらいけない。せっかく注射器事件や天然痘の件で、蛇鴻国の悪事の数々の証拠を掴んできたのだ。今はそれを明るみに出す機を見極めている大事な時期。向こうに言い逃れができる状況を与えてしまえば、その時期がどんどん長引いてしまう。

「承知いたしましたわ」

私が考えている間に、金淑妃はにんまりと笑い、取り乱すことなく答えた。

柘榴の管理を金淑妃に任せたのはなぜか。注射器事件のときもそうだが、金淑妃や私を単に陥れるだけではない。琥劉の味方である金淑妃の父、四大臣を失脚させる狙いもきっとあるはず。それ以前に、金淑妃は何度も私を助けてくれた。もちろん、彼女にその意思はないと思う。彼女はただ、後宮という箱庭の中で、生き残りをかけた遊戯を楽しみたいという欲に忠実なだけ。決して善人というわけでもないが、この後宮で腐らず、どんなときも自分らしくい続けられる金淑妃を純粋に尊敬している。

後宮の外で暮らしていた私でさえ、注射器事件のとき、人を救うはずの医術を使って淡慈を脅すという医療者にあるまじき行為をした。ここは少なからず、誰かの悪意に染まってしまう恐ろしい場所なのだ。でも、金淑妃は変わらない。この後宮で最も裏表がなく、信じられる存在だ。仲間とは違うが、敵にもならない。特別な茶飲み友達である彼女は、私に必要な人だ。他人の心配をしている場合ではないですよ、と英秀様に怒られてしまいそうだが、ここで金淑妃を見捨てたら、私は一生後悔する。

「媛夏妃、金淑妃だけに任せるのは忍びないですから、医仙宮からも柘榴の世話係を出させてください。私のそば仕えたちは新人ばかりですが、何事も経験から学ぶもの。このような大役は、彼らが育ついい機会となりましょう」

その答えを予測していたのか、媛夏妃はかかった獲物をいたぶるような目で微笑む。

「医妃がそこまで言うのなら、お任せするわ」

大勢の宦官によって淑妃宮の中庭に移された柘榴の木を、私は金淑妃と見上げる。

「懸念すべきは、実を落とされたり、葉を枯らされたりすることですよね。さすがに、こんなに大きい柘榴の木を盗むっていうのは、現実的ではないですし……」

「茶会も気になりますわ。わたくしたちが世話をした柘榴を食べて、誰かが死んだりすれば、わたくしたちが妃嬪殺しの汚名を着せられてしまいますもの」

この柘榴の木は爆弾そのもの。抱え込むには危険すぎる代物だ。

「ってことは……今時点で毒が入ってるかもしれないってことっすよね」

こちらに歩いてきた灰葬は柘榴に手を伸ばし、実の一粒を取って口に含んだ。

猿翔と麗玉は「なっ！」と驚愕の声をあげるが、金淑妃は面白そうに眺めている。

灰葬は咀嚼《そしゃく》して柘榴の実を飲み込むと、呆気にとられている私たちを振り返り、親指で自分の唇を拭いながら言った。

「あー、普通にうまいっす。大丈夫みたいっすね」

「いや……いやいや！　なにしてるの⁉」

さすがに『あ、そうなんだ。よかったね』と流せることではなかったので、叫んでしまう。灰葬は指を片耳に突っ込みながら、面倒そうな顔をした。

「毒見っすよ。見りゃわかんでしょ」

それを聞いた金淑妃は、袖で口元を隠しながら笑っている。灰葬は自分が馬鹿にされていると思ったのか、不愉快そうに表情を歪めた。

「ふふふ、これぞ類は友を呼ぶ、ですわ。変わり者の医妃のそばには、同じように異色のそば仕えが集まるみたいですわね」

「はは……でも、周りに囚われずに、自分の意思で考えて動けるのは、純粋にすごいなって思います。後宮でも、それが普通になればいいのにって」

灰葬は心なしか、意外そうに私を見ていた。私は「でも……」と言いながら、彼に歩み寄る。目の前で足を止めた私を警戒してか、灰葬は纏う空気をピリつかせた。

「本当に毒が入ってたら、どうするつもり？　勝手に柘榴を食べるのも、下手をすれば罰せられていたかも。自由に動くのはいいけど、無謀な振る舞いは見過ごせない」

「なんで、あんたが俺の生き死にを気にするんすか。あ、違うか。それでお咎めを受けるのが自分だからっすか。我が身可愛さにっすかね」

鬱陶《うっとう》しそうに頭を掻きながら、噛みついてくる灰葬。猿翔には普通に仕事の指示を仰いでいたのに、私に対しては敵意が異常に強い気がする。自分を笑った金淑妃に対してもだ。でも、私は灰葬と会って、まだ一日だ。恨みを買うほどの付き合いはない。

「灰葬は……後宮妃が嫌い？」

「別に。強いて言うなら、腹の底でなに考えてるかわからない女より、馬鹿な女の方が好きっすけど」

「爛《ただ》れてるなあ。じゃあ、権力者が嫌いなのね」

「……自分が持つぶんには、権力も金も好物っすよ」

「わかった、覚えておく。さっそくだけど、権力が欲しいなら、成果を上げなきゃね」

灰葬は「は？」と、開いた口が塞がらない様子だった。そんな私たちに猿翔は苦笑いし、麗玉は『また面倒事を増やして……』と心の声をダダ漏れにして呆れている。

「後宮は下剋上、私にも欲しいものがあるの。だから今、自分から取りに行ってる最中なのよ。一緒に頑張ろうね？」

私は琥劉の隣にいるために、皇后の座が欲しい。その機会を琥劉と英秀様に与えてもらったのだから、結果を出さないと。

「叶えたい願いがあるなら、自分を犠牲にしては本末転倒。命あってこそ、手に入れた幸福を感じられるんだもの」

「……死ぬつもりは、別になかったっす。俺、毒にはまあまあ耐性あるんで」

毒に耐性って……一体なにをしたら、そんな耐性が？　視線をわずかに逸らす灰葬。発言の端々に、彼の暗い過去が垣間見えた気がして、私は言葉に迷う。

「まあ、手柄を立てさせてくれるんなら、この柘榴、俺に任せてくれませんかね？　媛夏妃様とあんたら、ものものしい関係っぽいし、寝ずの番で守らないとって感じっすよね。俺、戦えるんで守り切れますよ」

無気力に見えて、野心はある。陰って見えにくい灰葬の瞳の奥に、微かな闘志が燃えているような気がした。

「わかった。灰葬、淑妃宮の女官たちと柘榴の木を守って」

「……自分で言うのもなんですけど、いいんすか、俺に任せて」

なにか裏があるんじゃないかと、灰葬は私を怪しんでいるようだ。

「裏切られたり、傷つけられた過去があったとしても、まずは信じる。そうでないと疑心暗鬼になって、どうせわかり合えないって踏み込めなくなるから。それに――」

顔を近づけ、その仄暗《ほのぐら》い双眼を覗き込むと、灰葬が驚いたように身を仰け反らせた。

「声を押し殺して、なにかと戦ってる目をしてる。そういう人に弱いんだ、私」

琥劉が皇子だった頃、がらんどうの瞳の奥に帝位を渇望する切実な光を見た。あの頃の琥劉に被って見えて、ほっておけなくなる。灰葬は驚きと疑念が複雑に混じったような表情で、私の視線から逃れるように後ずさった。

「……あんたがどう俺を解釈しようと、その親切心に打算があろうとなかろうと、利用させてもらうだけなんで」

「素直でよろしい。それじゃあ、柘榴の木をどうやって守るのかを話し合いましょう」

灰葬の肩を軽く叩いて、私は金淑妃のもとへ行く。

「茶会でもしながら、作戦会議なんてどうかしら？　いい花茶が入りましたの」

「金淑妃の花茶は魅力的ですね」

呑気な会話を繰り広げている私たちの後ろで、灰葬たちが集まっていた。

「あの人、いつもああなんすか？」

「ああってなによ、病的なまでのお人好しってこと？」

麗玉が腕を組み、敵意を隠さず刺々しい物言いで聞き返せば、灰葬は鼻で笑う。

「お人好し……あれが計算じゃなきゃいいっすけど」

「姫さ――医妃様は私たちのようなそば仕えにも、命を懸けてしまうお方なんですよ。昔、斬られそうになった私の前に、迷わず飛び出してきましたし」

「そうよ！　罪を犯して落ちぶれてた私が宮廷薬師にまでなれたのも、白蘭が見捨てずに機会をくれたからよ。白蘭の期待を裏切ったりしたら、絞め殺すから！」

目を据わらせる麗玉に、灰葬は顔をしかめる。

「大した忠犬っぷりっすね。どんなに尽くそうと、必要なくなれば簡単に切り捨てられる。俺たちは所詮、権力者の道具だってのに」

夜伽の時間、琥劉は寝台の上で、私を後ろから抱きしめるように座っていた。私は花茶の入った蓋碗を両手で持ちながら、一緒の布団に包《くる》まっている琥劉を振り返る。

「ねえ、琥劉。灰葬を私の宦官に選んだのって、あなたと英秀様なのよね？」

「ああ、なにか気になることでもあったか」

「うん……灰葬って、無気力そうに見えて、手柄にこだわってるっていうか……野心があるの。それと、前のあなたと同じ、暗い目をしてる。それが気になって……」

「お前がほっておけない類の人間だろう」

琥劉は表情にからかいの色を滲ませ、口端を軽く上げた。確かに、あの手の人間に私は弱いので、ぐうの音も出ない。別に癇《かん》に障ったわけでもないが、私は恋人との遊戯を楽しむように、むすっとしたふりをする。すると琥劉は機嫌をとるためか、私の膨らんだ頬に唇を押しつけた。そして、すっと真剣な表情へと変わる。

「あれは、豪族が娯楽で作った裏闘技場の剣闘士《けんとうし》だ」

「剣闘士？」

「見世物として戦わされる剣士のことだ。多くは権力者が奴隷の中から健康男児を選んで買い、衣食住の面倒を見てやる代わりに、格闘や殺人術を叩き込む」

ふいに頭にこだまするのは、昼間の灰葬の声。

『俺、毒にはまあまあ耐性あるんで』

あれもまさか、毒に慣れる訓練をさせられていたから？　自分の歳がはっきりわからないのも、奴隷になってからずっと戦うことだけを求められてたから……。

「権力者に飼育された剣闘士たちは、各地の闘技場で互いに、時には猛獣相手に戦わされる。勝たなければ死ぬ世界で生きてきた男だ。権力を憎悪しながらも、権力がなければ生き残れないことをよく知っている」

「酷い……そんな娯楽を楽しむ人たちがいるなんて……」

「父上の代で禁止されたはずなんだが、法の目をすり抜けている者たちがいるようだ」

つくづく実感する。この世界は身分格差に犠牲になる人たちが多すぎる。特に最下層の者たちは、人としてすら扱ってもらえない。

「官吏の始祖の大多数が農村を基盤とした富裕者で、豪族だ。始皇帝時代から領主を務めることもあったほど、豪族は今も力を持っている」

そう言えば、始皇帝も元は農民の反乱軍に所属していたと聞いた。いきなり反乱に踏み切るとは思えないし、そういう立場の人間――例えば豪族のような権力者だったのかもしれない。実際、彼は始皇帝になったのだから、豪族はよほど力があるのだ。

「だが、科挙による人材登用が始まり、誰にでも官吏になれる機会が与えられた。その地位を世襲的に独占してきた豪族出身の官吏も減り、豪族は政方面での力を失っていくだろう。公職だからと非人道的な行いが許されていた時代も終わる」

「じゃあ、灰葬みたいな人は減っていくのね……よかった」

琥劉が優しい眼差しを注いでくる。それが少しくすぐったくて、私は身じろいだ。

「でも、元剣闘士がどうして宦官に？　できれば、権力者とはもう関わりたくないって、思うものじゃない？」

「子孫を残せない宦官は女官とは違い、皇帝の子を身籠る、妃嬪を孕ませる恐れもないゆえ、身の回りの世話をさせるのに重宝される。皇帝や妃嬪に日常的に接する機会も多く、権力に近くなる。帝位争いや即位直後の国家混乱期では、通常の臣下よりも謀反を起こす恐れが低いことから、宦官に権力を掌握させることもあったそうだ」

ある意味、奴隷の出世街道というわけだ。

「その心の隙につけ込み、甘言《かんげん》を囁いて皇帝を意のままに操り、宦官が皇帝代行にまで就く時代もあり、滅亡した国もある」

「もしかして……あなたに専属の宦官がいないのも、それを危惧《きぐ》して？」

「ああ。そもそも、血に狂うという自身の病を知られるわけにはいかなかったゆえ、武凱と英秀以外の臣下はそばに置いていない」

皇子の頃は特に帝位を争う兄弟もいたので、今以上に気が抜けない毎日を送ってきたのだろう。これからは私が、この人が肩の力を抜けるようにそばにいよう。

「本人が望んだのかどうかは別として、灰葬には自分も皇帝に近い宦官になり、権力者になってやるという野望があるのやもしれん」

琥劉は自然な動作で私の手ごと蓋碗を持ち上げ、私の手から花茶を飲んだ。

「それがわかってて、琥劉はどうして灰葬を起用したの？　自分を利用しようとしてるかもしれないのに」

「……あれは猿翔に似ている。自分の目的のため、権力者にすら盾突き、何事にも屈しない。それでいて自分の出自の弱さや才をよく理解し、どうすれば守れるのか、その方法が屈辱的なものであったとしても耐える。そういった人間は、ひとたび認めさせることができれば、決して主を裏切らない」

琥劉がそこまで言い切るのだ、もっと灰葬に興味が湧いた。

「じゃあ私は、灰葬をますます認めさせなきゃいけないってことね」

「その点に関しては、あまり心配していない」

琥劉はそう言って、私の手から蓋碗を取り上げると、寝台横の机に置いた。

「お前は、そばにいる人間の頑なな心を解き放つ。それがお前の才だ。難しく考えず、思うままに動けばいい。人の動かし方など、それぞれだ」

私には琥劉みたいな威厳も、金淑妃のようなぶれない自分も、媛夏妃のような大胆さもない。ただ、どんな相手でも興味を持ち続けること。知ることをやめないでいられることが、私の強みなのではないだろうか。

「ありがとう、琥劉。私……従わせるんじゃなくてね、灰葬や新しく入った女官たちと仲間になりたいの。でも、皇后の振る舞いとしては、もっと威厳がなきゃ駄目なのかなとか、悩んだりもして……」

私は話に耳を傾けてくれている琥劉を見上げ、笑みを浮かべた。

「だけど、あなたに私のままでいいって言ってもらえて、なんだか目の前が開けた感じがする。私は医妃じゃなくて、白蘭として灰葬と向き合ってみるわ」

琥劉は返事の代わりに満足そうな表情を浮かべ、私の頭を撫でてくれる。

「……あなたに頭を撫でられるなんて、不思議な気分。子供扱いされてるみたいで」

「前世では俺より年上でも、今は同い年だ。俺がお前を甘やかしても、なんらおかしくはない」

少しむっとした様子で、琥劉は私を強く抱きしめた。お腹に回った腕に手を添えながら、琥劉を見上げる。目が合うと、琥劉の顔が近づいてきて、そっと唇が重なった。

「……お前に、聞きたいことがある。お前の世界の婚姻は、どのようにするのだ」

「え……どうしたの、急に」

その問いには答えず、琥劉はただ催促するようにじっと返答を待っている。そんな琥劉に気圧されつつも、私は答える。

「白いドレスか白無垢《しろむく》っていう衣装を着て、神様に永遠の愛を誓って、指輪を交換する……のが一般的かな」

琥劉は「わかった」と言い、私の指の形を確かめるように触れてくる。

胸には淡い期待が湧き、私の頬はじんわりと熱を持つのだった。

ついに茶会の日、猿翔と麗玉と共に媛夏妃がいる皇后宮にやってきた。中庭に柘榴の木を運び込んだあとも、金淑妃の女官らと見張りを続けていた灰葬のもとへ行く。

「変わりはなさそう？」

「柘榴の実の数も、雪華国に届いたときから変わってないんで、盗まれたりはしてないかと。毒見もしてますし、問題ないっすよ」

「そう、ありがとう、灰葬」

お礼を言われ慣れていないのか、居心地悪そうに視線を逸らされる。そんな灰葬の肩をぽんっと叩き、私は媛夏妃が用意した茶会の席についた。

「皆さん、柘榴茶はいかがですか？　美容にも、疲労回復にもいいのよ」

茶会を取り仕切っているのは、長机の主賓席で琥劉と肩を並べている媛夏妃だ。私と金淑妃は主賓席のすぐ隣の席で向かい合うようにして座っており、その横に四夫人以下の三人の嬪たちがいる。

私は密かに茶器の中に指を入れ、柘榴茶に口をつける流れで首飾りに触れる。毒が混入していれば、首飾りの銀製部分が黒変するはずだが、今のところ変化はない。

ひとまず、飲んでも大丈夫そうね。

ほっと息をついて柘榴茶をひと口飲むと、甘酸っぱい柘榴の味が舌の上で広がる。

「甘苦くて美味しい……気分がすっきりしますわ。茶器も変わっていますわね」

嬪が持ち上げた茶器は、普段使っている蓋碗とはまったく違う素材と形をしている。

「わたくしが取り寄せた、蛇鴻国の伝統工芸品よ。外側の銅は鎚《つち》で手打ちして作られているの。槌目《つちめ》が光の加減でキラキラ輝くことから、光の食器とも言われているわ」

媛夏妃はそう嬪に返したあと、隣にいる琥劉をにこやかに見上げる。

「柘榴の実は子孫繁栄の象徴。陛下にとっても、わたくしたちにとっても、めでたい食べ物だとは思いませんか？」

その話題に、いち早く反応したのは嬪たちだ。

「ぜひとも、わたくしたちにも、その恵みを頂きたいものですわね」

「ええ、本当に」

自分の子を皇子にし、地位を固める。それが妃嬪の生き残る術である以上、望まぬ方がおかしい。その心理を利用し、媛夏妃はまた自分の派閥を増やそうとしているようだ。だが、そういった様々な思惑を琥劉が見抜けないわけもなく、不愉快そうに眉を寄せている。付き合いの長い私や猿翔にしかわからないほどの変化だが。

それからしばらく柘榴茶を楽しんだあと、媛夏妃が手を叩いた。

「柘榴の実を」

灰葬の手でもがれた柘榴の実は、銀の平皿に載せられ、医仙宮と淑妃宮の女官たちによって次々と運ばれていく。

食べる直前まで、身内以外に実に触れさせない。そう徹底したのは灰葬だ。茶会までの数日、灰葬は猿翔と代わるとき以外、柘榴の木から一時たりとも離れなかった。どんな動機があるにせよ、灰葬は仕事に誠実だ。だからどうか、何事も起こらずに終わってほしい。その頑張りが、踏みにじられることがありませんように……。

「まあ、綺麗な赤……宝珠《ほうじゅ》のようですわね」

妃嬪たちは感嘆している。運ばれた柘榴におかしな真似をする妃嬪がいないか目を光らせていると、私の前に皿が置かれた。顔を上げれば、猿翔がこちらに向かって片目を瞑ってみせる。

『俺たちもいるんだから、もう少し肩の力を抜きなよ』

そんな猿翔の心の声が聞こえた気がして、ふっと緊張がほぐれた。

確かに、気を張りすぎてたかも。さすが、私の専属女官長兼護衛役。私のことは、お見通しってわけね。

麗玉と灰葬を見れば、私と同じように妃嬪たちを注意深く観察しているのがわかる。

本当に、私はひとりじゃないんだな。改めてそのことに気づかせてくれた猿翔に笑みを返した。

女官が下がり、琥劉が柘榴に口をつけたあと、私たちも紅い宝石のような粒を食す。

甘酸っぱい柘榴の実……こんな状況じゃなきゃ、猿翔たちと食べたかったな。

正直、味を楽しむ余裕はなく、黙々と柘榴の実を食べていると、琥劉が「っ……」と小さくうめき、口を手で覆った。大きな音を立てて机に手をつき、腹を押さえる。

「琥劉!?」

慌てて席を立ち、椅子から崩れ落ちる琥劉の身体を支えた。

「琥劉！　琥劉！」

「白蘭……吐き気と、腹痛だ……」

私の腕を痛いほど掴み、脂汗を額にびっしりとかきながら、自分の症状を伝える琥劉。頭の中で【ヒ素】や【食中毒】の文字が真っ先に浮かぶ。

そのときだった、今度は他の妃嬪たちまで腹痛や吐き気を訴えてうめき出すではないか。その中で、なぜか私と金淑妃だけが無事だった。

「つう……どうして、医妃と金淑妃はなにもないんですの……？」

「柘榴の木を管理していたのは……っ、おふたりよね……まさか、うっ……おふたりが、柘榴の実になにか……？」

自分の専属女官に寄り添われている嬪たちが、私たちに疑惑の目を向ける。そこへ地面に蹲っていた媛夏妃が追い打ちをかけた。

「そんなに……わたくしのことが許せなかったの？　わたくしの元専属女官が、おふたりを追い詰めたから……でも、だからって、他の嬪まで巻き込むなんて……っ」

私たちが注射器事件の復讐をするために、毒を盛ったって言いたいの？　これも、私たちを悪者に仕立て上げるために、媛夏妃が仕組んだこと……？

「その可能性は……限りなく低い」

苦しげに声を発した琥劉に、妃嬪たちは「陛下……」と嘆くような声を漏らす。

「もしそうだと仮定して……金淑妃と医妃だけ無事だとすれば、両名は真っ先に疑われるだろう。そのような……あからさますぎる策を講じるとは……考えづらい」

「陛下の言う通りですわ。復讐するにしても、媛夏妃以外の人間まで狙う理由がありません。どうやら、わたくしたちを犯人にしたいお方がいらっしゃるようですわね」

金淑妃はそう言って、自分の女官たちを振り返った。

「ここにあるすべての食器、食べ物を下げてはなりませんわ。陛下に毒が盛られた可能性がある以上、隅々まで調べなくては」

あちらは金淑妃に任せて大丈夫そうね。それなら私は──。

「猿翔、麗玉、灰葬！」

呼ばれた彼らは、私のところに集まってくる。すると、猿翔が真っ先に報告する。

「医妃様、妃嬪様方に配られた柘榴の果汁や茶に銀の簪《かんざし》を差してみましたが、黒変はしませんでした」

「ありがとう。でも、銀はすべての毒に反応するわけじゃない。皆がほぼ時間差なく中毒症状を起こしてることからも、ヒ素以外の毒が使われた可能性も捨てきれないわ」

こういった場合、食べたり飲んだりしたものによって手当てが異なる。刺激物なら牛乳または水を飲ませ、飲んだものを薄める。ただ、飲んだものによっては牛乳や水がかえって毒を吸収しやすくしてしまうこともあるのだ。

そのとき、琥劉が嘔吐した。その背をさすりながら、私は琥劉の顔を覗き込む。

「琥劉、つらいのにごめんなさい。吐いたとき、喉が焼かれるような痛みとか、違和感はあった？」

「……いや、なにも……ない」

つまり、酸性またはアルカリ性の刺激物ではないってことだわ。

無理に吐かせると気管に入ったときに肺炎を起こすもの、食道から胃にかけて損傷を悪化させるもの、けいれんを起こすものなどがあり、注意が必要なのだ。

「柘榴に嘔気、嘔吐、腹痛、下痢……」

ぶつぶつと唱えながら、ふと嬪の言葉を思い出す。

柘榴茶を飲んで『甘苦くて美味しい』って言ってたけど、私のに苦味はなかった。

「もしかして……柘榴の皮？　あれには毒があるわ。出てる症状も似てるけど、視野が狭まったり、身体が動かなくなったり、特徴的な兆候は見られない……」

胃洗浄ができれば胃内の薬毒物を取り除けるんだけど……この世界にゴム管なんてないだろうし、できない。

「猿翔、灰葬、妃嬪たちの身体を起こしたまま、できるだけ自然に嘔吐させて。でも、嘔吐したことで痛みを訴えるような人がいたら、私に報告を」

猿翔は「承知いたしました」と言って、妃嬪たちのもとへ走っていく。

「麗玉、嘔吐が落ち着いたら砕いた炭を水で溶いて口から飲ませて。炭は毒を吸着して体外に排出する働きがあるの。緩下剤《かんげざい》の大黄甘草湯《だいおうかんぞうとう》で、毒を吸収した炭を短時間で体外に排出するから、それもお願い」

「また、突拍子もない治療法ね！　わかったわ！」

麗玉も自分の仕事をしに走る。そんな中、灰葬だけが悔しげに立ち尽くしていた。

「灰葬、今できることをすればいいのよ」

声をかけられ、はっと顔を上げた灰葬は、気持ちを切り替えて患者の対応に当たる。

「……っ、言っただろう。お前の言葉は……人を動かすと……」

青い顔で微かに笑う琥劉を「馬鹿っ」と小声で叱りながら抱きしめた。

「今は自分のことを気にかけて！」

「……難しい、相談だ……勝手に目が……お前のことを、追ってしまう……」

「……っ、それは……私も同じだから、強く言えないわね」

泣きそうになりながら笑う私は、情けない顔をしていただろう。でも、琥劉は優しい眼差しで、私の頬を撫でる。

それから私は、中毒症状のある妃嬪たちに炭を飲ませ、緩下剤も使いながら毒物を体外に出すよう促した。皆、五、六回ほど嘔吐を繰り返すと、気持ち悪さは残るものの、だいぶ顔色もよくなっていた。

「かなり嘔吐してるから、胃にはもうなにもないと思う。あとは脱水に注意しながら、炭がしっかり排出されているか、排便回数も確認しつつ休ませましょう」

女官たちは「はい、医妃様」と頷き、ぐったりしている主を支えながら、それぞれの宮殿へ帰っていく。しかし、媛夏妃だけは女官に寄り添われ、この場に残っていた。

「白蘭、助けてくれて感謝するわ。きっと白蘭は犯人ではないわね。怪しいのは……」

媛夏妃の視線が、金淑妃と灰葬に移る。

「妃嬪を助けるよりも証拠を回収しようとした金淑妃と、柘榴の木を管理していた医妃の宦官。白蘭は悪くないけど、自分の宦官の手綱はしっかり握っていないと」

媛夏妃は嘘臭い困り顔でそう言い、「誰か！」と声をあげる。ずらずらと集まってきた宦官たちは、迷わず金淑妃と灰葬を取り囲んだ。

「媛夏妃……先ほども言ったはずだ。このようにわかりやすいやり方で、金淑妃が妃嬪に毒を盛るなど……ありえぬと」

よろめきながらも身体を起こし、琥劉が媛夏妃を鋭く睨み上げる。媛夏妃は「そうですか……」と、またも眉を下げながら小首を傾げ、やがて灰葬を指差した。

「では、あの者が怪しいですわね。捕らえなさい」

媛夏妃の一声で、宦官がふたりがかりで灰葬を地べたに這いつくばらせる。「ぐっ」とうめいた灰葬に飛び出しそうになるも、深く息を吐いて耐えた。

「主が出世すれば、そば仕えの懐も暖かくなるもの。自分の利を優先するばかりに、このような暴挙に出たのでは？」

注射器事件で懲りたと思っていたが、また私たちに妃嬪殺しの罪を被せようとしているらしい。私たちの悪評を立て、地位を脅かす気なのだ。そうなると、事が大きくなればなるほど媛夏妃が望んだ状況になる。相手の挑発に乗っては相手の思う壺だ。

「そば仕えの罪は主に責がある。証拠が出ないうちから、また私を罰しますか？」

視界の端で、猿翔がぐっと拳を握り締めるのが見えた。媛夏妃は一度、証拠不十分なまま医仙を罰した罪で杖刑を受けている。これで、この場は引いてくれるはず。

「わかったわ。白蘭の言う通りよね。なら、三日以内に事の真相を明らかにすること。それができなければ、柘榴の木を管理していたすべての宦官及び女官を杖刑に、主である医妃と金淑妃はひと月の冷宮行きを命じます」

重すぎる罪に麗玉と灰葬は「なっ」と驚きの声をあげる。

私は琥劉のそばに腰を落としたまま、右手の拳を左手で包み、頭を垂れた。

「必ずや、原因を突き止めてみせます」

琥劉を医仙宮に運んだあと、私は猿翔に武凱大将軍を呼びに行かせ、回復するまで護衛を頼んだ。

私は猿翔と麗玉、灰葬を連れて医仙宮を出る。これから事の真相を探りに行くのだ。

「全部、俺のせいにすれば、よかったじゃないっすか」

ここまで無言でついてきていた灰葬が後ろで足を止め、項垂れる。

「『そば仕えの罪は主にある』なんて余計なことを言わなければ、俺を切り捨てるだけで丸く収まってたはずっす。それなのになんで、あんな……売り言葉に買い言葉ってやつっすか？」

「そう、あそこで引き下がるわけにはいられなかった。だって、灰葬はやってないでしょう？　逆に、なんで灰葬は、自分はやってないって言わなかったの？」

「奴隷の言葉なんて、誰が信じるんすか。弁解なんて無駄な足掻《あが》きっすよ」

なにが彼をここまで、無気力にさせているのだろう。灰葬の表情には、諦めの色が染みついている。

「世の中には、そうして理不尽を呑み込んだ方がうまくいくこともあるのかもしれない。理不尽に耐えた先に叶えたい目標があって、だから我慢もあえて受け入れるっていうのであれば、それもいいと思う。けど……」

私は言葉を選びながら、続けた。

「目的があるわけでもなく、なんで我慢してるのかもわからない。どうせわかってもらえないって、なげやりになってるだけなら時間の無駄だわ。そんな理不尽、無理に受け入れなくていい。天災でいつ世界が壊れてもおかしくないし、ある日突然命を失うことだってある。なら、もっと自分の欲しい未来のために時間を使うべきよ」

真っすぐ見つめていると、灰葬の瞳の中に一瞬怯んだ色が浮かんだ。やがて盛大なため息をつき、灰葬は頭を荒っぽく掻く。

「あーっ、なんなんすか、あんたは！」

どかっと、その場に胡坐《あぐら》を掻いた灰葬は遠い目で語り始める。

「奴隷には……限界ってもんがあるんすよ。あんたたち身分の高い人間と違って」

灰葬はもともと地方豪族に所有されていた剣闘士だったが、主の妾とできてしまい、宮刑《きゅうけい》によって去勢された。子孫ができない身体に変えられるという重い恥辱を受けた灰葬は、権力者の男妾《だんしょう》になり、富を得るという道も絶たれた。もはや宦官になるほかなかったそう。

「灰葬は、その妾の人が好きだったの？」

「まさか。旦那に見つかって、俺に襲われたとか抜かした女っすよ。ただ……あいつも結局、旦那に許してもらえなかったみたいで、目の前で切り捨てられたんすけど」

「……そう。じゃあそれは、その人の形見なのね」

彼は気づいているだろうか。その手が菊結び房の飾りを握り締めていることに。

「せっかく妾になったのに、俺のせいで最期には骨も拾ってもらえないような死に方をしたんすから……俺くらいは、形見のひとつ持っててやってもいいんじゃないかと」

顔は悲痛に歪み、菊結び房の飾りを握り締める手のひらは白くなっている。

裏切られても、簡単には消えてくれないわよね。誰かを想う気持ちは……。

「所詮、生きるも死ぬも誰を想うも、俺に自由なんてひとつもない。この烙印《らくいん》も……俺があの豪族の所有物だって証だ」

顔の刺青を忌々《いまいま》しげに手で押さえる灰葬。その力は強く、肌に爪が食い込み、刺青を上塗りするように血が流れる。

「権力者が嫌いなのは、支配されたくないから。権力とお金が欲しいのは、自由になるために必要なものだから?」

そう言いながら彼のそばへ行き、腰を落とす。その手を掴んで顔から外させると、襦裙の袖で灰葬の血を拭った。

「なっ……なにす……」

「灰葬、私もここに攫われてきたの。最初は私を利用しようとした人たちが許せなかった。でも、生き残るためには自分の価値を証明しないといけない。大切な人を失ったこともある。今でもそのときのことを思い出して、後ろ向きになることも」

でも、この世界に居場所を見つけた。過去に引きずられることはあっても、私は今ここにいる大切な人たちのもとに帰りたいと思う。

「元は妓楼で用心棒をしていた猿翔も、もともと貴妃だった麗玉も、叶えたい願い、行きたい場所に行くために戦ってきた」

「うわ……なんつー経歴引っ提げてんすか、あんたら」

「ふふ、皆、始まりの場所は違えど、それぞれ進んできた道の先に居場所を見つけてきた。立ち止まったら、手に入らないものなんだと思う。つらくて苦しくても、失ったぶんの幸福を手にするまで歩き続けなきゃ。傷ついたぶん、あなたは幸せになるの」

そうして、過去の傷の痛みを忘れていく。悲しみよりも今の幸福に、未来への希望に目が向くようになる。

「生きるも死ぬも、誰を想うも、あなたの自由。その烙印も……」

手のひらで刺青に触れれば、灰葬は目を見張った。

「つらい過去の証のまま終わらせるつもり？　それを強みに変えて見せなさい、灰葬」

「っ……面倒っすね。馬鹿な主なら扱いやすかったんすけど、あんたみたいなのは本当に……面倒だ」

予想外の返しに、私はぶっと吹き出してしまう。

「さらっとすごいこと言うね。ん、面白い要員がそろそろ欲しいと思ってたところなんだ。ぜひ、そのままの灰葬でいて」

笑いを堪えながら立ち上がれば、今度は灰葬が面食らった様子で私を見上げた。

「さあ、立って。やることは山積みよ」

差し伸べた手を、苦笑いしながら灰葬が掴む。

「わかりましたよ、主殿」

医仙宮を離れた私たちは、皇后宮の中庭に戻った。金淑妃のおかげで、茶会に使われた食器や卓、椅子までそのまま残されている。

「陛下の御加減はどうですの?」

私たちを待っていた金淑妃が言う。

「まだ吐き気はあるみたいですけど、だいぶ落ち着いてます。ただ、毒を特定してみないと、絶対に大丈夫とは言い切れないですね……」

金淑妃と、食べかけの柘榴や飲みかけの茶が置かれている卓上を見回す。

「食中毒なら、潜伏期間は通常四刻から一日半あるわ。茶会に出されたものだけに囚われず、今日までの二日間、妃嬪や琥劉が共通して食べたものを探してみましょう」

この世界は十二辰刻《じゅうにしんこく》といって、一日を二時間ずつの十二等分にし、十二支を割り振った時法がとられている。つまり、四刻は八時間を指す。

「あー、それなら、これが役立つかと」

灰葬が懐から、一冊の帳面を取り出した。

「陛下と後宮妃の、数日分の食事履歴っす」

「え……灰葬、これをあらかじめとっておいたの?」

「茶会の席で倒れるように、毒を数日前から仕込まれてたら困るんで、念のため料理の内容と食べた時間、食後の様子を医仙宮の女官に記録させてたんすよ」

「さ……」

灰葬が「さ？」と不思議そうに首を傾げる。私はたまらず「さすが！」と声をあげ、その頭を抱きしめると、わしゃわしゃと髪を掻き混ぜるように撫でた。

「私の宦官は天才ね！　ありがとうっ、これで毒の特定が早く進むわ！」

「ちょっ、なんなんすか、この人！　なんとかしてくださいよ、そこの先輩ふたり！」

灰葬は耳を赤らめ、微笑ましい表情で見守っている猿翔と麗玉に助けを求める。

「もう、慣れてとしか」

「言えないわよね」

ふたりが「ねえ？」と顔を見合わせると、灰葬は無言で脱力していた。

私は帳面を開き、共通の食べ物で食中毒を起こしそうなものはないかを確認する。

「んー、帳面を見るに、茶会に出席した人も、出席してない人も、だいたい同じものを食べてるわね。となると、やっぱり茶会で出されたものが怪しいわね。茶会に出てない九嬪以下の妃嬪たちには、今のところ症状は出てないわけだし……」

「茶会に出席する人間の食事にだけ、数日前からごく少量ずつ、症状がわかりにくい程度に毒を盛ることもできるのではありませんの？」

柘榴が載った皿を持ち上げて言う金淑妃に、私は「んー」と再び唸る。

「茶会の出席者全員が、同じ日、同じ時間にいっせいに発症するように、毒の量を調節するのは至難の業かと。仮にできたとしても、茶会前日には体内に相当量の毒が蓄積して、なんらかの症状が出ているはずです。なのに、この食事記録によれば、茶会の前日まで琥劉陛下と妃嬪にはなんの異常もみられてません」

猿翔も「失礼ながら、意見させていただいてもよろしいでしょうか」と口を挟む。

「陛下や妃嬪様方の食事は、厨房で係の者が必ず毒見をいたします。もし、普段の食事に毒が盛られていたとして、その毒見係になんの症状も出ていないのは不自然です」

「毒見係の確認のあとに毒が入れられたとか？　そう言えば茶会で白蘭は、柘榴の皮が怪しいって言ってなかった？」

麗玉の目がこちらに向き、私は頷く。

「うん、柘榴の皮には毒があるの。でも、柘榴が運ばれてきたあと、見た感じ皮を食べてる人はいなかった。だから、柘榴茶の方に皮の汁が入ってて、中毒症状を起こしたのかなとも思ったの。けど、視野が歪んだり、身体が動かなくなるっていう確信的な柘榴中毒の症状はみられてないから、断言もできなくて」

「毎日柘榴の確認をしてましたけど、傷んでるものは一個もなかったっすよ。他に考えられるとすれば、調理過程っすかね。主殿、実際に厨房の人間に、目の前で柘榴茶を作らせてみるのはどうです？」

「そうね。そうすれば、なにか手がかりを掴めるかも」

そうして私たちは再び金淑妃に会場を任せ、厨房へと出向いた。厨房の者たちは、私の急な来訪に驚いていたものの、自分たちの潔白を証明するために協力してくれた。

作り方は檸檬汁や蜂蜜などと一緒に、柘榴が赤から桃色になるまで鍋で茹《ゆ》で、汁が出やすいように必要に応じて実を匙で潰す。そして、熱々のまま蛇鴻国の伝統工芸品だという器に移すというものだった。

「工程自体におかしな点はないけど……」

器を持ち上げて中を覗くと、ふいに違和感を抱いた。私が飲んだときの柘榴茶と、なにかが違う気がする。そのとき、別の器に入れた熱々の柘榴茶を、ガリガリと女官が強く掻き混ぜ始めた。鳥肌が立つような甲高い不快音に、麗玉が顔をしかめる。

「ちょっと強く掻き混ぜすぎじゃない？　貴重な伝統工芸品に傷がついちゃうわよ」

「え、ですが、このように音が出るまで混ぜるようにと、遊琳《ゆりん》が……」

私が「遊琳？」と首を傾げると、後宮に来て間もないと言うのに、灰葬が答える。

「媛夏妃様付きの女官のことっすよ」

もしかして……淡慈がいなくなってから、よく媛夏妃のそばについてるあの女官？

「あなた、後宮の人間の名前をもう覚えたの？」

「敵情視察は基本中の基本なんで」

しれっと言ってのけているが、後宮に何人の妃嬪や女官がいると思っているのか。灰葬は私が思っている以上に、有能な人なのかもしれない。私は灰葬の才能に驚きながらも、「ちょっと見せて」と女官から器を借り、じっと中を覗く。そこで気づいた。

「この器……銅製のものよね。柘榴の酸と強く掻き混ぜることで剝がれた銅が、茶に溶けだしてた……?」

そこで、絡み合っていた思考の糸がぱっとほどけた。

「急性銅中毒よ！　大量の銅を一度に摂取すると、胃や小腸の粘膜を荒らして、腹痛や嘔吐を引き起こすの。銅は酸性と反応しやすいから、一刻半くらいで毒入り柘榴茶ができあがる！」

嬪は柘榴茶を『甘苦くて美味しい』と言った。あの苦味の正体は、皮ではなくて溶けだした銅だったんだわ！

「毒見って、どの段階でしたの？」

「器に移す前です。鍋に入っている段階で確認しました」

「銅製の器に移す前なら、銅は溶けだしてない。だから毒見係は無事だったんだわ」

それもそうか。器に移してから毒見をしたら手間がかかる。液体を調べるのが目的なら、鍋に入っている段階で確認しても、なんらおかしくはない。

「主殿と金淑妃が器に移されたあとのものを飲んでも無事だったのは……主殿と金淑

妃の器だけ、銅が溶けださない加工がされてたってことになりませんかね？」

「加工……そうか！」

さっき器を持ち上げて中を覗いたときの、違和感の正体がわかった。

「私の器の内側は銀色だったのよ。でも、ここにある器は赤褐色。たぶん、私と金淑妃の器には、鍍《めっき》が施されてたんだわ」

茶会で柘榴茶を飲んだときと、なにかが違うと思ったら、器の内側の色だったんだ。

「一旦、金淑妃のところへ戻って、すべての茶器を確認してみましょう」

そう言って再び皇后宮へと戻ると、金淑妃に事情を説明し、皆が使った器を実際に確かめた。見た目の模様や形は同じだが、私と金淑妃、そして驚くことに媛夏妃の器の内側も銀製で、他の皆が使っていたものは銅製だった。

「茶会のときは、他人の食器の内側まで確認しませんものね、気づきませんでしたわ。それにしても……媛夏妃の演技力には驚かされますわね」

「自分も鍍加工がされた器を使ってたのに、銅中毒にかかったふりをしてたなんて、見抜けなかった自分が恥ずかしいです」

「でも、収穫はありましたわ。器を取り寄せたのは媛夏妃ですわ。当然、加工のことも知っていたはず。媛夏妃が仮病で皇后宮に引き籠っている間に、わたくしたちを犯人に仕立て上げようとしたのが、媛夏妃本人だと突き止められましたもの」

確かに、邪魔が入らなかったのはありがたかった。おかげで自由に動き回れた。

「でも、淡慈のときみたいにまた、実行した女官にだけ罪をなすりつけるんじゃ……」

媛夏妃は皇后になり、雪華国を乗っ取るためなら、平気でそば仕えを犠牲にする。

「脳に銅が溜まるとめまいや痙攣《けいれん》を、肝臓に溜まれば肝硬変などの症状を引き起こして、死に至ることもある。それを別の者の手を汚させ、やってみせる媛夏妃は、絶対に野に放ってはいけない人です」

一歩間違えれば、琥劉だって危険だった。血を吐くような苦しみの中、ようやく掴んだ帝座。この国をよくしようとするあの人を陥れる人間を、私は見過ごせない。

「でも、今は媛夏妃も毒を盛られた被害者ってことになってますし、どうしたら、その罪を償わせることができるのかな……」

「それなら、俺に考えがあるんで、任せてもらえませんかね？　一度失敗してるんで、あれなんすけど」

片目を閉じ、ばつが悪そうに言う灰葬に、私は首を横に振った。

「器の違いを見落としたことなら、私にだって落ち度はあるわ。誰も死んでないんだもの、挽回できる。灰葬、あなたの思うようにやってみて」

信じてみよう、灰葬を。生きるも死ぬも誰を想うも、自由になるものなんてひとつもないと諦めている彼が、なにかを成し遂げる姿を見てみたいから。

「俺の存在価値を主殿に証明してみせますんで、まあ期待して待っててくださいよ」

講じた策を実行する準備に二日欲しいとのことで、それまでの間、私は麗玉と一緒に、下痢や嘔吐に苦しむ琥劉や妃嬪の世話をして過ごした。症状を悪化させないよう温かいほうじ茶で水分補給を促し、消化のいい鶏ささみのおかゆを食べてもらった。

そうして迎えた、媛夏妃から与えられた期日の最終日。夜伽の時間になり、琥劉が皇后宮へ渡ると知らせが来たときは『陛下の寵愛が媛夏妃様に移ったのかしら？』『陛下は同じ女人ばかり相手にするのに飽きたのよ』などと後宮中がざわめいていた。

私は麗玉に医仙宮を任せて皇后宮にいた。猿翔と麗玉に墨で髪を黒く染めてもらい、女官に扮して媛夏妃の寝室に柘榴茶を運んでいる。さすがに瞳の色は変えられないので、前髪で顔が隠れるように整えてもらった。

猿翔はというと、皇后宮の屋根に上り、万が一のために待機してくれている。

「そう言えば、媛夏妃様がまた蛇鴻国から指甲花《しこうか》を取り寄せたそうよ。まだお若いのに、遠くから嫁いできて、きっと苦労が絶えないのね」

隣を歩く遊琳に「しこうかって？」と尋ねると、彼女は他の女官の目を気にしつつ答える。

「指甲花、水に浸けても落ちないくらい強い白髪染めです。他にも、媛夏妃様は目が悪いそうで、目の中に入れる小さな透鏡《とうきょう》を作らせているとか」

「え……それ、実際に見ることってできる？」

「い、今ですか？　もう、仕方ないですね」

嫌そうにしながらも「こちらです」と私の手を引く遊琳。人目がないかを確認しながら、宝物庫の棚に近づいていった彼女は、細長くて小さな木箱を持ってくる。そこに入っていたものを見て、私は目を疑った。

「嘘……」

まさかとは思っていたけれど、実際に目にするまでは信じられずにいた。

「兎の目で石膏《せっこう》の型をとって作ったそうですよ。本物の瞳に見えるように、透鏡の間に黒い染料を入れているとか。前に媛夏妃様から、そう聞いたことがあります」

「そう……これ、ちょっと借りるわ」

「え！　ちょ、困りますっ」

近くにあった鏡で、その透鏡を目に入れる。紅かった瞳は、見事に黒に変わった。

私は木箱を胸元にしまい、「行こっか」と遊琳を振り返る。

「じ、自由な人ですね……」

「あはは。そう言えば遊琳、どうして協力してくれる気になったの？　あなたは媛夏妃付きの女官でしょう？」

灰葬はどうやって仲間に引き入れたのか、遊琳は皇后宮への潜入を手伝ってくれているのだ。

「それは……」

言いかけた遊琳の顔がぼっと赤くなり、私は『あー……』と察した。これはあとで、灰葬に説教だな。それより今は媛夏妃だ。

部屋を出て廊下を進みながら、胃が重たくなるのを感じる。

銅中毒の知識がある人間、なにかを黒く染めるように取り寄せられた髪染めと透鏡。これまでの注射器事件……あなたが、もうひとりの――。


「失礼いたします」

柘榴茶を手に寝室に入る。寝台に白襦袢姿の琥劉と媛夏妃が座っているのだが、さすがに瞳も髪も黒くなった私に気づいていないようだった。

私は遊琳とふたりの前に出て、「柘榴茶です」と器を差し出す。遊琳が媛夏妃に差し出した器は銅製のもので、私が琥劉に差し出したのは鍍加工がされたものだ。

それに気づいているのかいないのか、媛夏妃はあからさまに顔をしかめる。

「わたくしが頼んだのは花茶のはずよ。先日、わたくしも陛下も柘榴茶で酷い目に遭ったわ。それなのに、それをまた出すなんて、なにを考えているの？」

媛夏妃に咎められた遊琳は、身を縮こまらせた。それをちらりと見つつ、琥劉は柘榴茶をひと口だけ飲む。


「俺が命じたのだ。どんな理由であれ、同盟国の貢ぎ物を無駄にするわけにはいかない。両国の友好関係を保つ、これは皇帝と皇后候補の役目だ。それでも拒否するか」

媛夏妃は悔しそうに口端を上げたまま、器を持つ手に力を込める。

本人も茶席で言っていたが、器は媛夏妃が蛇鴻国から取り寄せたものだ。それに加えて、自分も鍍加工がされた器を使っていたのにもかかわらず、銅中毒になったふりをしていた。こたびの実行犯が女官だったとしても、媛夏妃が自分は無関係だと主張するには無理がある。あとはここで、媛夏妃が柘榴茶を拒否すれば、銅中毒の危険性を知っていたという決定的な証明になる……！

「そういうことですか。陛下は、私が茶会で毒を盛った犯人だとお思いなのですね」

媛夏妃は嘲笑した。

「夜伽にいきなりわたくしを指名するなんて、おかしいと思っていました。まさか、わたくしを問い詰めるためだったとは」

「白々しい。俺が本気で世継ぎを求めにきたと考えるほど、お前は馬鹿ではない」

「お褒めいただき光栄です、陛下」

「勘違いするな。皮肉だ」

緊迫する空気の中、女官たちは顔を見合わせて小さくなっている。

「茶を渡された際、お前は俺の器と自分の器の中身を見比べるように視線を動かした。お前は知っていたのだろう、鍍加工がされていない器で酸のある柘榴茶を飲めば、銅中毒を起こすと」

「いいえ、わたくしはなにも存じません」

「厨房の人間の話によれば、銅を削る勢いで掻き混ぜるよう命じたそうだな」

「それを指示したのは、そこにいる遊琳よ」

名指しされた遊琳の肩が大きく跳ねる。そのときだった、「失礼しまーす」と緩い調子で、灰葬が室内に入ってきた。

「あなた、勝手に――」

「申し訳ございません、媛夏妃様。遊琳に用がありまして」

言葉とは裏腹に、まったく悪びれる様子もなく、灰葬は遊琳のところへ行くと、ドンッと壁に追い詰めるように手をついた。

「このまま黙ってたら、あんたは媛夏妃様の罪を全部着せられて、淡慈って女官と同じように口封じに殺される。それでもいいんすか？」

灰葬に迫られ、赤くなっていた遊琳の顔が急激に青ざめる。

「い、嫌ですっ。私は死にたくないっ。私は、ただ媛夏妃様の指示通りに柘榴茶を作るよう、厨房にお願いしただけです！　全部っ、全部、媛夏妃様の命です！」

媛夏妃は頬に手を当て、「遊琳、嘘はいけないわ」と嘆くように言い、冷ややかに遊琳を見る。その凍てついた視線を遮るように、琥劉は腰を上げ、媛夏妃の前に立つ。

「お前の方こそ、偽りに偽りを重ねるのはやめよ。お前は注射器事件に引き続き、毒を盛って妃嬪らを害した。見せしめのように大勢の目がある場で裁かないのは、お前が同盟国の皇女ゆえだ」

皆が固唾を呑んで見守る中、琥劉は打ち据えるような物言いで続ける。

「お前に選択肢をやる。その柘榴茶を飲むか、すべてを洗いざらい話し、国へ帰るか。今ここで選べ」

媛夏妃は俯き、肩を震わせた。泣いているのかと思ったら、くすりと笑いだす。

「……私に帰る場所なんて……ないのよ」

ほとんど勘だった。私は前に飛び出して、柘榴茶を飲もうとした媛夏妃の手を叩く。

「っ……」と小さく悲鳴をあげた彼女は、手の甲を押さえながら私を見上げた。

「あなた……白蘭？」

琥劉も灰葬も、ここまで様変わりするとは思っていなかったのか、私を食い入るように見る。

「なんで……止めるのよ。私をいちばん邪魔だと思ってるのは、あなたでしょう？」

媛夏妃はここで初めて、〝わたくし〟ではなく〝私〟と自分を呼んだ。

「……白髪染めの指甲花と、黒目に見せる透鏡を頻繁に取り寄せてるそうですね」

ある可能性に繋がる証拠を突きつけても、媛夏妃は表情ひとつ変えない。

「なにに使ったかは聞きません。あなたが何者であるかも、今は聞かないでいます」

「それを使ってる時点で……気づいてるんでしょう、白蘭」

彼女が言っているのは、透鏡——私の世界にしかないはずのコンタクトレンズのことだ。琥劉はすぐに私たちがなんの話をしているのかに気づき、「全員、部屋から出ろ」と命じる。灰葬もこちらを気にしている様子だったが、女官らと部屋から出ていった。私と琥劉と媛夏妃の三人だけが、その場に残される。

「あなたは私の大切な人たちを傷つけ、多くの妃嬪や女官の命を奪った。でも……なんでだろう、涙が出てくる。ああ、許せないのに、嬉しいんだ。

「あの世界の人に……やっと会えた」

媛夏妃は目を見張る。初めて見た、媛夏妃の素の表情だった。

「生まれ変わって目覚めたとき、この世界にひとり放り出されたような気持ちだった。おまけに人は簡単に死ぬし、怖くてたまらなかった。でも、いちばん堪えたのは……あの世界を一緒に懐かしんでくれる人がいない、ひとりきりだったことよ」

想像できるだろうか、ある日突然知らない世界にいる自分を。その気持ちを共有できる唯一の相手が、目の前にいる媛夏妃なのだ。その安堵感を理解できるだろうか。

「だから、嬉しかった。亡くなった妃嬪たちにも、傷つけられた麗玉たちにも申し訳なく思うのに……あなたに会えて、私は……っ」

うまく言葉にならない。会えて嬉しいのに、『どうして傷つけたの?』『なぜ犯人があなただったの?』と、『どうして』『なぜ』が溢れて止まらない。

人を殺めなければならなかった事情を知りたい。そうでなければ、喜びも怒りも悲しみも、すべてがない交ぜになったような、経験したことのない感情に胸が押し潰されてしまいそうだった。でも、媛夏妃はわずかに俯いたっきり喋らない。弁解もせず、ただ静かに吐息を震わせていた。


後日、媛夏妃は罪を認めなかったものの、女官の証言と凶器となった銅製の器を自ら取り寄せたことから、冷宮に入れられることとなった。その決定に対し、六部長官らから批判はあったが――。

『妃嬪殺しという大罪を犯した媛夏妃を庇う者は、例外なくその素性をすべて洗う』

朝議でそう琥劉が発言し、科挙を不正に通過した六部長官らは強気に出られなかったようだ。媛夏妃の処遇はひとまず冷宮入りとなっているが、今後は獏一族との繋がりや蛇鴻国の思惑を聞き出し、婚姻を取り消すために動くと琥劉が話していた。

「灰葬、ようこそ医仙宮へ！」

問題が片付き、医仙宮の私の部屋では英秀様や武凱大将軍、琥劉も呼んで灰葬の歓迎会が開かれていた。皆で円卓を囲み、私の手料理を食べている。

「こんなことする妃嬪って、主殿以外にいるんすか？」

呆然としている灰葬。その手にある杯に、武凱大将軍が酒をとぷとぷと注ぐ。

「そりゃあ、嬢ちゃんくらいじゃねえか？　侍従棟でも、今頃宴会させてんだろ？」

「はい。さっき顔を出してきたんですけど、すでにできあがってましたね。女子会みたいに盛り上がってましたよ」

寝台で飛び跳ねながら『医妃様も一緒に！』と誘ってきた彼女たちの姿を思い出して、私はつい笑ってしまう。すると、琥劉に手首を掴まれた。

「そこでも飲んだのか？」

「え？　ちょっとだけよ。上司がいたら女官たちも息抜きができないと思って、すぐに引き上げてきたし」

「お前は酒を飲むと隙ができすぎる。危険だ」

疑いの眼差しを向けてくる琥劉に苦笑いする。前に酔った勢いで、自分が転生者だという重大な秘密をペラペラと喋ってしまったことがあるので、反論できない。

「あの女官たち、明日になっていろいろ思い出したら、きっと青ざめるだろうね。医妃様になんて失礼なことを～って」

猿翔の言葉に麗玉が吹き出す。そんなふたりに、灰葬が「あのー」と手を挙げた。

「猿翔さん、性格変わってません？」

彼の正体を知らないのは灰葬だけだ。それをうっかり忘れていた私たちは黙り込む。

「あー……」

猿翔は『まずかったですか？』と確認するように、隣にいる琥劉に視線を送る。

「構わん。英秀、灰葬は合格だろう」

「ええ。頭も切れますし、戦闘力も申し分ない。そして、あなたは医妃を主と認めた」

英秀様に真っ向から見据えられた灰葬は小さくうめき、視線を彷徨わせる。やがて、

「……まあ、そうっすね」

観念したように英秀様を見つめ返した。

「反応薄っ」

すかさず猿翔が突っ込んだ。無論、茶々を入れるなとばかりに、琥劉に睨まれる。

「医妃は知っての通り医仙です。彼女は紅禁城に留まらず、他国からも狙われます。

ゆえに有能な護衛が必要なのです。そのひとりが――」

「俺ってわけ」

猿翔が片目を瞑って笑い、自分を指差す。

「は……俺？」

「女官のふりしてるけど、俺は男。そんで、そこにいる禁軍大将軍の義息」

「わー……俺、すごい弱みを握ってしまった」

　その割には緊張感のない声だ。

「んー、弱みを握られても、なぜかまったく焦りがわかないなー。でも、それだと公平じゃないよね。灰葬の弱みも俺に教えてよ」

「はあ……じゃあ、俺、去勢されてないっす」

　呑気な口調でなにを言い出すかと思えば、本当に重大な秘密だった。私と麗玉はうっかり、持っていた肉まんをぽとっと落としてしまう。猿翔は目が点になっていたが、武凱大将軍は「おおっ、どうやって切り抜けたんだ？」と興味津々に聞いていた。

「奴隷でも、性別まで支配されるのは癪なんで。まあ……あの手この手で？」

「ぶはっ、確か元剣闘士だったか？　やろうと思えば、やれねえこともねえか」

　ふたりの会話から、物騒な手段だったことは想像がつく。

「英秀と琥劉は知ってたんだろ？　お前らだけ、まったく驚いてないしな」

「当然です。未来の皇后の護衛役を選ぶんですから、隅々まで調査します」

　灰葬は「まじっすか」と、自分の身体を抱きしめて驚いている。

「医妃、今回は期待以上の結果でしたね。自分のそば仕えだけでなく、妃嬪も従えてみせたんですから」

英秀様が言っているのは、媛夏妃を問い詰めた翌朝のことだ。あの日、医仙宮に金淑妃と妃嬪らがやってきた。

『わたくしたち、医妃には何度も命を救われましたわ』

『それはお互い様です』

『不思議なことに、いつもなぜか、あなたを蹴落としたいという気持ちにはなりませんの。戦う前から、あなたに負かされている気分ですわ』

金淑妃が自分から負けを認めるなんて、今日は空から槍が降ってきそうだ。

『あなたになら、付き従ってもいいですわ』

金淑妃は媛夏妃に毒を盛られた妃嬪たちと共に地面に片膝をつき、頭を垂れた。

『後宮の主、あなたに従います』

妃嬪は声を揃えて言い、私に深く拝礼する。あのとき、混乱はもちろんしたが、味方になってくれる人が後宮にもいる。それがあの金淑妃だったことが頼もしかった。

「人を従える素質は人それぞれ。自分の才に気づき、武器とできるかが重要なのです。その調子で邁進《まいしん》なさい」

「はい、英秀様」

英秀様にはいつも怒られてばかりなので、褒められると嬉しさ倍増だ。でも、自分の強みに気づかせてくれたのは琥劉だ。隣を見上げれば、琥劉はよくやったとばかりに笑みを返してくれた。

「あ、そうだ。忘れないうちにこれ、灰葬に渡しておくよ」

猿翔は懐から手ぬぐいを取り出し、中を開ける。そこには、私と麗玉も贈られた紅翡翠の耳飾りがあった。

「これ、医仙宮組がお揃いでつけてる耳飾り。灰葬も俺たちの仲間になったんだし、ちゃんとつけてよ？」

耳飾りを受け取った灰葬は、感動したように手の中のそれを見つめていた。

「灰葬、貸して。それ、つけてあげる」

私は横にいる灰葬の手から耳飾りを奪う。「え、ちょっと」と慌てている彼に構わず、耳につけてあげた。

「私たちの仕事の中でいちばん大変なのは、白蘭の自由奔放ぶりを止めることよ」

「姫さんは気づいたら身体が動いてる人だから、灰葬みたいに事前に危機回避してくれる人が必要だよね」

好き勝手に言う麗玉や猿翔に合わせて、琥劉も深く頷く。

「白蘭は俺にも止められない。灰葬、お前にかかっているゆえ、くれぐれも目を離さないでくれ」

「……あんた、珍獣かなんかっすか」

灰葬に思わず「失礼な！」と突っ込んでしまった。

「まあ、あんたのためなら働いてもいいっすよ。あんたのそばにいれば、これも……」

灰葬は自分の頬にある紅牡丹と葉蔓の刺青に触れる。

「自由を欲したばかりに受けた烙印じゃなくて、なんかの勲章に変わるかも……なんて、思ったり」

「あなたが変化を望むなら、きっとそうなるわ。それに……純粋に綺麗よ、その刺青。私の髪飾りと同じ紅牡丹だし、お揃いみたいじゃない？」

「ぷっ……なんか、あんたにそう言われると、深刻に考えてた自分が馬鹿みたいに思えるっすね」

灰葬が初めて、満面の笑みを浮かべた。嬉しくてじっと眺めていたら、照れたように「なんすか」とそっぽを向いてしまう。そのときふと、思い出した。私は灰葬に言わなければならないことがあったんだった。

「灰葬、確認したいことがあるの。遊琳をどうやって寝返るように説得したの？」

「はい？　そうっすね、口説いて夜の相手をして籠絡《ろうらく》し——」

全部言い終わる前に、私は「この下種《げす》！」と思いきり灰葬の頭を引っぱたいた。

「いっ——そんなに騒ぐことっすか？」

「遊琳の乙女心を弄《もてあそ》ぶなんて、次やったら本当にちょんぎるわよ！」

琥劉は「白蘭……」となんとも言えない顔で言い、私の口を手で塞ぐ。口が悪いぞ、と注意を込めての行動だろう。

「怒られついでに、遊琳を仲間に引き入れる条件として、医仙宮の女官として雇うって約束したんで、そこんとこよろしくっていうか」

怒られついでの意味がわからない！　琥劉は馬を諌《いさ》めるように、「んー！」と暴れる私の口を塞ぎながら、頭をぽんぽんと撫でてきた。

「剣闘士は勝つと権力者から、金でも女人でも好きなものを貰えると聞きます。灰葬は女人に奔放だったようですね」

そう言って、興味なさそうに英秀様は酒と月餅を口に入れている。

酒と月餅って、その組み合わせもどうなの!?　と、手当たり次第に心の中で八つ当たりしていると、琥劉はため息をつき、なぜか私を横抱きにして立ち上がった。

「わあ!?」

「少し、外の風に当たってくる」

問答無用で私を運んでいく琥劉。そのまま、私たちは医仙宮の露台《ろだい》に出た。

「凍りつきそうなくらい、頭が冷めるわね」

「寒いなら、もう少しくっつくといい」

私は誰の目もないのをいいことに、「ん」と言って琥劉の胸に頬を擦り寄せる。

「媛夏妃のことだが……誰かに申し訳なく思う必要はない」

初めからその話をするつもりで、私を連れ出したのね。

「この数日、気にさせてしまった？」

「俺のことはいい。お前が罪悪感に苦しんでいないか、それだけが気がかりだった」

「そうね……生きてるうちに、同じ世界から来た人に会えることは、もうないかもしれない。あの世界で知り合いですらなかったとしても、それでも……同じ故郷の人に会えて、生き別れの家族に会えたみたいに嬉しかった。嬉しかったんだ……」

縋るように、琥劉の胸元の服を握り締める。

「白蘭……どんなに俺が、お前のそばにいると言っても、埋められないものがあることは、わかっている。だが……」

吐き出した白い息にも霞まない、真剣な琥劉の瞳に捉えられる。

「それでも、あえて言わせてくれ。今のお前には、俺がいる。決して離さない、決して……離れない」

「……っ、ありがとう。もし時間が巻き戻せたとしても、私の帰る場所はもう……あなたのところだけよ、琥劉」

その顔を両手で包み、自分の方に引き寄せると、私は頬を擦り寄せて目を閉じた。

四章　猫怪の忌み子、ふたりの医仙

外は雷雨だった。琥劉の傘に入れてもらいながら、私は夜空に走る稲妻を見上げる。

「嫌な天気ね」

「ああ、そうだな。白蘭、もう少し寄れ」

琥劉が私の肩を抱き寄せたのは、単に雨に濡れないためではない。前世で私が天災で死んだことを知っているからだ。最近は平気だったのに、身体が震えている。たぶん、目的地が冷宮だからだ。彼女の存在は否応なしに、あの世界を思い出させる。

「ずっと、淡慈がどうして慕ってた芙蓉じゃなくて、媛夏妃に仕えてたのかがわからなかったけど……でも、媛夏妃が医仙だってわかって、はっきりしたわ。媛夏妃が芙蓉だったからなのね。だから、命懸けで庇った……」

「ああ、蛇鴻国皇帝の妾――芙蓉から名を変え、蛇鴻国皇帝の娘――媛夏皇女として雪華国に嫁いでくるとはな。蛇鴻国皇帝と媛夏妃は二十以上も歳が離れているゆえ、誤魔化せると思ったのだろう。これも雪華国を内側から乗っ取るための、蛇鴻国皇帝と獏一族の策略だろうな」

「媛夏妃は蛇鴻国皇帝に身請けされたあとに、また別の人と婚姻させられたのよね。獏一族だって、一度は妓楼に売り飛ばしておきながら、医仙だってわかった途端に利用しようとした。媛夏妃が帰るところがないって言ってた理由が少しだけわかる気がするわ。媛夏妃の周りには、自分を道具のように扱う人しかいなかったんだもの……」

琥劉は「犬畜生にも劣る輩だ」と言い、ため息をつく。

「蛇鴻国の皇女たちとは、宴でも会ったことがあったのだが、夫以外の男に顔を見せないという風習があるゆえ、いつも面紗を被っていた。事前に皇女の顔がわかっていれば、皇后候補を選ぶ際に偽物の皇女か否か、すぐに気づけただろう」

「名前も含めて、書面上の経歴なんて、いくらでも詐称できてしまうものね。でも、同盟国の風習を無視して顔を見せろとは言えないし、そんなことをしたら疑ってると思われる。同盟の繋がりを深めるための婚姻なのに、関係にひびが入ってしまうわ」

「ああ。なんにせよ、お手つきの妾を雪華国に嫁がせたという事実は有利な手札となる。それを媛夏妃に証言させることができれば、だがな」

もうじき機は熟す。ただ、彼女の協力を得るには心を開いてもらわないとならない。それがいちばんの難関であるような気がした。

やがて冷宮の前に辿り着くと、媛夏妃は壁に寄りかかって床に座り込み、ぼんやりと格子窓を眺めていた。

「大丈夫？」

声をかけられて初めて、私たちの存在に気づいた媛夏妃は、微笑を顔に張り付ける。

「ほら、私たちはあの世界で、災害で……死んだでしょう？　私はそのときのPTSDにしばらく悩まされて、ときどき雨と雷に不安になることがあるから……」

「そうやって、私に同族意識を持たせて懐柔するのが狙い？　生憎、もう利用されるのはたくさん。道具にされるくらいなら、ここで凍え死んだ方がマシだわ」

道具にされたくない。それは蛇鴻国にも、そうやって利用されてきたから？

私たちは、すべては蛇鴻国と獏一族が雪華国を貶めるためにやったことだと証言してほしい。医仙の発言ならば、証人としてより効き目がある。でも、そんなこちらの打算は、彼女に見透かされてしまう。それでは心なんて開いてもらえるはずがない。

「……確かに、私たちにはあなたにしてほしいことがある。だけど、それを抜きにしても、私はあなたに会いたかった。あなたは、もし他の医仙がいたら、会ってみたいと思う？って、前に私に聞いたでしょ？」

前に褐色の肌の人が多い蛇鴻国で、なぜ媛夏妃と淡慈が色白なのかと聞いたことがあった。あれはもともとふたりが、雪華国の出身だったからなのだが、その話をしているときに彼女がそう尋ねてきたのだ。

「あのときと答えは変わらない、会ってみたい。私も故郷にはもう帰れない身だし、一緒に思い出話に花を咲かせてくれる医仙がいたらいいなって思うよ」

私は羽織を脱ぎながら白襦袢姿の彼女に歩み寄り、震えるその肩にそっとかけた。

「また、会いに来るわね」

利用されて生きてきた彼女と距離を縮めるには、時間が必要だった。

冷宮を出た私たちは、すぐに帰る気にもなれず、御花園の池のそばを歩いていた。

「お前たち転生者は、二度目の人生を生きているのだろう。もう一度命を与えられたというのに、このような人生では媛夏妃も浮かばれない」

妃嬪殺しの主犯とはいえ、媛夏妃は同盟国の皇女だ。本来なら婚姻の破棄と共に身柄を蛇鴻国に引き渡される。だが、媛夏妃が医仙だと判明した今、蛇鴻国にその力を渡せば、いずれ雪華国の脅威となる。ゆえに媛夏妃は冷宮に永遠に囚われるだろうと英秀様や琥劉は言っていた。

ただ、蛇鴻国が婚姻の破棄や媛夏妃の身柄を雪華国が預かることに反発した場合は同盟が破棄され、戦争に発展することもある。そうなれば、同盟国との友好関係を気にせずともよくなり、新たな争いの火種になりうる媛夏妃は死罪になる可能性が高いそうだ。それを当然だと思う自分と、彼女の境遇を思うとやるせなく思う自分がいる。

「媛夏妃は……いろんな顔を持ってる。無邪気に見えて、残酷で、優しく見えて、冷酷で、自分の罪が明るみになっても笑ってる。でも、どれも本当の媛夏妃じゃない。あんなにも自分を覆い隠してしまっている人を、私は初めて見たわ」

「掴みどころがない幻影のようだと、俺も思っていた」

「そうなのよ。彼女と話してると、言葉が……なにもかも届いていない気がするの。

ただ、人を信じていないってことだけはわかる」

彼女の心を閉ざしたのは、人間離れした容姿を忌み、妓楼に売り飛ばした咎村の人間か、医仙の力に目をつけ利用する皇帝や獏一族の者か、無情なこの世界そのものか。

「媛夏妃は多くの妃嬪を殺めた。なのに……私はどうしても、彼女の中に悪意を感じられない。むしろ空っぽに見えるの」

私は傘を持つ琥劉の手を握る。

「でも、淡慈が信頼した彼女もどこかにいるはずよ。だから知りたい、本当の彼女を。皇后を目指してる人間が、こんな甘い考えで……がっかりした？」

目を伏せたとき、琥劉が足を止め、こちらに向き直った。

「俺は誰もが黒に染まるこの場所で、心を失わずにいられるお前に感服する。疑い、無情に切り捨てるのは俺の役目だ。お前はそのまま、人として正しい感覚を失うな」

「でも、あなたにだけ、つらい決断はさせたくない。私も同じものを背負いたいの」

「その気持ちは嬉しいが、同じものを背負っても、同じ考えを持たなければいけないわけではない。お前が正しいと思ったことを大事にしてほしい」

「あ……あのときの私の言葉、覚えててくれたの？」

私たちは愛し合っているけど、個々別々の人間だ。私の考えを押しつける気はない、琥劉の思いを大事にしてほしい、そう言ったことがある。でも、もし正しい答えがわからなくて悩んでしまうときは一緒に考えようと。

「忘れるわけがない。俺はこんな世界で生きてきたゆえ、どんなときでも冷酷に判断できてしまう。だが、お前は違う。同じになる必要はない。お前が人間らしい善悪で物事を見ていてくれれば、その隣にいる俺は暴君にならずに済む。逆に、お前が感情で突っ走るときは、俺が止める。俺たちは、そういう形で……いいのだと思う」

琥劉の言葉が萎れた心に降り注ぎ、優しく染み渡る。

「……それが、私たちの夫婦の形？」

琥劉はふっと笑い、こくりと頷くと、私の手を引いて歩き出した。

いつからだろう、私が引いていたはずの手を琥劉が引くようになったのは。

いつからだろう、ぼやけていた夫婦の形がはっきりと見えてくるようになったのは。

いつからだろう、私が抱きしめてあげなきゃと思っていた目の前の広い背中を、頼もしく思うようになったのは。

＊＊＊

朝議のあと、俺は書庫に向かっていた。注射器事件の際、こちら側に引き込んだ戸部長官から、【会って話がしたい】と綴られた書簡が人づてに届いたのだ。

武凱に見張りを任せ、英秀と書庫の中に入ると、すでに戸部長官が待っていた。

「陛下、どうかお助けください！」

俺を見るや足元に縋りつこうとした戸部長官を、すかさず英秀が羽毛扇で追い払う。

「わきまえなさい、このお方は皇帝陛下ですよ」

「も、申し訳ありませんっ。ですが、裏切ったことが仲間に気づかれてしまい、近々子を産む妻が殺されるかもしれないのです！」

「だから助けろと？　勘違いしているようですが、あなたと娘は我が国を敵国へ売ろうとした謀反人なのですよ。そもそも、交渉できる立場にないのです」

英秀に突き放されながらも、戸部長官は折れることなく地面に額を擦りつけている。

「私は流刑でも死罪でも、お受けします！　ですが、妻と子供だけは何卒……っ」

英秀の言うように、こちらがそこまで裏切り者の面倒を見る義理はない。だが白蘭なら、仁義を重んじる。最初に犯した罪がどうであれ、俺たちは助けられたのだから、それに報いるべきだと。あれは救う側にいる人間ゆえ、迷わず助けるはずだ。

「……医妃のもとでお前の妻を預かり、出産させる」

英秀は嘆くような声で、戸部長官は涙交じりに「陛下……！」と声をあげた。

「医妃は今、大事な時期なのです。もし無事に出産させられなければ、医仙の能力を疑われ、医妃を責める格好の機会を六部長官に与えることになります。皇后の道を歩み始めた医妃を、陥れるための策では？」

「その線も考えた。だが、戸部長官に罪はあれど、その愚行に巻き込まれた妻子に罪はない。医仙もそうだ。国や親の事情で売り飛ばされ、飼われ、政の道具にされてきた。もう、生まれで不幸な人生を歩む者を出したくはない」

そのとき、書庫の外で見張りをしていた武凱が扉に寄りかかる音がした。

「嬢ちゃんに感化されたか。皇帝は孤独なもの。それは高見から国を見渡し、いつでも公正な判断を求められるからだ。だが、民と同じ目線で世界を見れる、人間らしい皇帝がいてもいいのかもしれねえな」

「皇族の血を引いていなくとも、その身を豪華な装飾品で飾り立てずとも、泥にまみれていようとも、人心を動かす白蘭を見ていると、俺も同じ気持ちになる」

「疑ったり無情になるのは、俺たち臣下にもできることだ。父親みてえに心を押し殺して、身内にすら平等に厳しく接する皇帝でなくてもいいんじゃねえか？　お前が正しいと思う皇帝を目指せばいい」

俺が白蘭と荷物を分け合っているように、臣下たちとも分け合えるものがあるのか。白蘭を通して、俺たちは大事なことに気づかされていくな。

「まあ、医妃のようにお人好しすぎるのも自滅を招きますから、私は皇后の方を自分の身を守れるくらいには、しっかりとした皇后に育てて見せます」

英秀は眼鏡を押し上げ、諦めたように俺の提案に折れた。英秀が慎重なのは、俺を案じてのことだ。辛口ではあるが、白蘭という未来の皇后を守ると言ってくれている。

「白蘭の腕ならば、子も無事に生まれよう。ゆえにお前も、守るべき妻子のために愚行は重ねるな」

「……！　恐悦至極にございます、陛下！」

戸部長官は涙を浮かべ、何度も繰り返し頭を地面に擦りつけていた。

＊＊＊

「ご機嫌麗しゅう、皇医妃《こういひ》様」

朝礼殿の上座に立つ私に、妃嬪たちがいっせいに膝をつき、拝礼する。

『今こそ、あなたが後宮を取り仕切るときです』

媛夏妃の冷宮行きから七日が経った頃、私は英秀様にそう言われ、ついに側室の最高位であり、皇后代理兼皇后候補に与えられる『皇貴妃《こうきひ》』と同義の称号を賜った。日々、元貴妃の麗玉に指南されながら、後宮の主の務めを果たすべく奮闘している。

「皆、楽にしてください」

立つよう手で促し、自分自身も御座に腰を落とす。妃嬪や女官、宦官といった大勢の人に囲まれながら話すのは未だに慣れないが、麗玉と英秀様の厳しい教育の甲斐あって、どんなときでも慌てず落ち着き払った態度がとれるようになってきた。

「陛下の勅命で、身籠っている戸部長官夫人のお世話を医仙宮でさせていただくことになりました。子が生まれるまで、後宮も少し騒がしくなると思います」

「宮廷医もいますのに、妃嬪でもない戸部長官夫人の面倒を後宮で見るのですか？」

官吏の治療は尚薬局の医官が診るのが普通なのだが、琥劉の話では医部長官を含む六部長官は戸部長官の裏切りに気づいたため、その妻子の命を奪う可能性があるのだとか。男子禁制の後宮であれば、六部長官であっても簡単に出入りできない。それで私に白羽の矢が立った。

「お産は殿方に肌を見せることを避けられません。当然、羞恥心を伴います。夫人はとても恥ずかしがり屋だそうで、女人であるわたくしがお産の介助を任されたのです」

注射器事件や銅中毒の一件で、私に味方してくれる妃嬪は増えたが、媛夏妃派の妃嬪らの何人かは、まだ私を見定めているところだ。すぐに認めてもらうのは難しいだろうが、根気よく関わっていかないと。

「最近、後宮では相次いで妃嬪が亡くなり、派閥争いや自己保身ゆえに他の妃嬪を貶める行為が目立ちました。後宮に忍び寄る死の影を跳ね除けるためにも、命の誕生をここで迎えることは、後宮にとってもいい福招きになるのではないでしょうか」

それに頷く者もいれば、余所者《よそもの》をよしとしない者もいる。これだけの人間がいれば、全員を納得させられないのも致し方ない。

「皇医妃様の仰せのままに」

「母とこれから生まれるきょうだいを、どうぞよろしくお願いいたします」

金淑妃と、戸部長官の娘であり注射器事件の協力者である御女が拝礼する。四夫人が従っているのに、それ以下の嬪らが拒絶するわけにはいかない。金淑妃に助けられるような形で、私はなんとか皆の同意を得ることができたのだった。

「媛夏妃派の妃嬪たちと茶会を開くべきだわ。まだ白蘭に対して敵対心が見えるもの」

朝礼が終わったあと、足早に医仙宮に向かう道すがら、麗玉が言う。

「そうよね、妃嬪たちと打ち解けられるような茶会の案があったら、ぜひ聞かせて」

「ただでさえ、皇医妃の仕事が忙しいってときに、身籠ったご夫人の世話っすか。鬼畜の所業っすね。あ、茶会の日程、最短で空けられるのが七日後っす」

医仙宮は後宮内外問わず、尚薬局で治療効果が得られていない患者を受け入れている。媛夏妃が冷宮行きになったことで、私の悪評が嘘だったとわかり、前から治療を受けたかったが、保留にしていたという人たちの予約が殺到しているのだ。

「その日までに茶会を開けるように頑張るわ。金淑妃の意見も聞いてみようかな」

「姫さん、女官に言伝《ことづて》を頼んでおくよ」

「ん、ありがとう」

私は忙しなく医仙宮に戻ると、戸部長官夫人がいる部屋を訪ねた。

「夫人、来るのが遅くなってしまって、ごめんなさい」

この世界の医者は妊娠周期を数えないので正確にはわからないが、夫人はお腹の大きさ、活発な胎児の動きから妊娠二十八週あたりだろう。

「いえ……皇医妃様にはご迷惑をおかけしています。お忙しいのに、夫のことも……」

寝台に歩み寄り、恐縮しきった様子で言葉を濁す夫人の横に膝をつく。

「赤ちゃんは掌《てのひら》に幸せを握り締めてるんだそうです。それはこの世に生まれ落ちて、手を開いた瞬間に飛んで行ってしまうけど、その幸せをまた掴むために生きていく」

「仙界の逸話ですか？」

「あ……はい、そうなんです」

転生前に私がいた世界の逸話なんです、とは説明できないので曖昧な笑みを返した。

「生まれてくる赤ちゃんは、まだ世界を知らない。貘一族とか関係なく、この子にはなんの罪もないし、これから幸せになる権利があるって言いたくて」

私は夫人の手を取り、そのお腹に導いた。

「この時期は赤ちゃんの耳もよく聞こえてるんですよ。大きな音とか、こうしてお腹に触ると動いたり。あなたの中で生きてるこの命を、私にも守らせてください」

「ありがとうございます、ありがとうございます、皇医妃様……」

私の手を両手で握り、何度も頭を下げる夫人の目には涙が浮かんでいる。私は夫人に笑みを返し、寝台机の膳に視線を移した。並んでいるのは餡まんや饅頭、胡麻団子に月餅など、甜点心《てんてんしん》と呼ばれる甘味のある点心料理だ。

「食事は野菜中心でって、お願いしたはずだけど、昼食はいつからこの献立《こんだて》に？」

「昼はだいたい、この料理でした」

夫人の言葉に、猿翔は訝るような眼差しで料理を見つめ、「厨房に急いで確認してまいります」と言い、すぐに部屋を飛び出していく。

これじゃあ炭水化物の摂りすぎだわ。炭水化物の大半は糖質だから、血糖値が高くなる。ひとり分の料理を別に作るのが面倒だったとか？　でも、一介の女官が後宮妃の指示を無視するとは考え難い。

「夫人、甘い物を食べすぎると、妊娠糖尿病という病になって、赤ちゃんの発育に悪さをしてしまうんです。違うものに変えてもいいですか？」

「え、ええ……あの、私の赤ちゃんは大丈夫でしょうか？」

「まずは検査をしてみないと……」

でも、どうやって？　ここには血糖値を測定できる機械なんてない。

食事を改善させるのは決定として、血糖管理をどうするのか、考えを巡らせていたとき、灰葬が棒読みで「甘っ」と声をあげた。

「この月餅、甘すぎないっすか？」

「ちょっと、夫人の料理を勝手に食べるんじゃないわよ！」

麗玉が叱るが、灰葬は素知らぬ顔で私の口に自分が味見した月餅を突っ込む。

「んぐ！　ん……あんまっ。なにこれ、砂糖入れすぎでしょう！」

わざととしか思えないほど、味付けが殺人級に甘い。灰葬と舌を出して、げんなりしていると、猿翔が戻ってきた。

「医妃様、確認してまいりました。厨房の女官が、いつも野菜だけでは味気ないだろうからと、気を利かせて昼食の献立を変えたとか」

「じゃあ、善意だったのね？」

猿翔は「それが……」と歯切れ悪く言い、夫人を気遣うように見る。その仕草で猿翔の懸念していることがわかり、私は夫人に向き直った。

「夫人、あなたに無事な子を産ませないよう誰かが動いている可能性があります」

夫人の顔が強張り、気の毒に思いつつも続ける。このまま事実を隠し通せば、夫人が自衛できないからだ。

「献立表を作ります。夫人も、その内容と違う料理や、いつもと違う女官が運んできた食べ物は口にしないように警戒してください」

「わ、わかりました」

「それじゃあ、また顔を見に来ますね」

笑みを向け、部屋を出た私たちは、丸くなるように立って本題に入った。

「気を利かせたにしては、砂糖の量が多すぎっすよね」

「うん。妊娠中は味覚が変化することがあるから、夫人は違和感がなかったのかもしれないけど、意図的に糖を摂らせたとしか思えない味だった」

灰葬の意見に頷き、私は麗玉を見る。

「麗玉、妊婦に糖を与える危険性を、この世界の侍医はどれくらい把握してる?」

「妃嬪の出産に立ち会ってきた侍医であれば、誰でも知ってるわ。まあ、それが白蘭の言ってた、とにょうびょう？　って病になるからだとは知らないと思うけど」

「それがわかれば十分。考えたくないけど、誰かが夫人に糖を盛ったのね」

「まさか、またあの蛇女の仕業？　夫人の子が無事に産まれなかったら、白蘭は医仙としての力量を問われるのよ。白蘭を皇后にさせないための策略なんじゃ……」

「媛夏妃が皇后になれる機会はもうないのに、私を蹴落とそうとするかな……」

それに冷遇にいた彼女はぼんやりしてて、そんな気力があるようには見えなかった。

「姫さん、ひとまず昼食の献立を変えた女官を問い詰める？」

「そうだね。まずは真相を確かめないと」

そこで「それなら俺が」と挙手する灰葬を、私はじとりと見据える。

「やり方は考えてね？」

「……まあ、命があるだけ儲けもんっすよね」

また、籠絡する気なんだろうな……。でも、痛い尋問をされるよりは、マシなんだろうか。散々悩んだ挙句、不安しかないが「ほどほどに、よろしくね」とお願いした。

「今後は医仙宮の女官に味付けまで見張らせて。媛夏妃のことは私に任せて」

私は息をつく間もなく、戻ってきたばかりの医仙宮を出た。猿翔を連れて、再び冷宮に赴くと、部屋の隅で壁に寄りかかるように座っていた媛夏妃が意味深に微笑む。

「今、医仙宮で妊婦を見てるそうね」

「……どこでその情報を得たのですか？」

猿翔が疑いの目を向けるが、媛夏妃は意に介していない様子で「食事を運んでくる女官が勝手に話していったのよ」と答える。私は問い詰めようとする猿翔を首を横に振って止め、媛夏妃の前の床に座る。

「戸部長官夫人を診てるの。でも、夫人の料理に砂糖をたくさん入れられてて……妊娠糖尿病になってしまわないかが心配だわ」

媛夏妃は嘲るように笑う。

「まどろっこしい言い方はやめにしない？　私が夫人の料理に砂糖を盛るよう指示したのか、それを確かめに来たんでしょ。私の罪を暴けば、あなたの手柄になるものね」

「……手柄が欲しいわけじゃない。真実が知りたいのは本当だけど、同じ医仙のあなたがなにを考えてるのか、本当はどういう人なのか、興味があるの」

媛夏妃が医仙であることは、灰葬の歓迎会の席で猿翔たちにも知らされている。

「でも、その前に助けて。夫人が無事に出産できたとしても、このまま血糖値が高い状態が続けば、巨大児や奇形児が生まれてくるかもしれない。この世界で変わった容姿で生まれた子供が、どんな扱いを受けるのか、あなたもよくわかってるでしょ？」

「ふっ、敵に助言を求めるなんて、おかしな白蘭」

「おかしくて結構よ。媛夏妃は冷宮で一日ぼーっとして、どうせ暇でしょ？　だったら夫人の子を一緒に守って。あなたはその手で命を救うことができる医仙なんだから」

ずけずけと物を言う私に猿翔は呆気にとられていたが、媛夏妃は静かに私を見つめていた。やがて、ふうっと息をついて目を伏せると、媛夏妃が口を開く。

「……妊娠中はホルモンの影響で血糖値が高くなりやすい。この世界に血糖を下げるインスリン注射なんてないから、食事と運動で維持するしかないわ」

応えてくれたことが嬉しくて、想わず「媛夏妃……！」と声を弾ませてしまう。

「勘違いしないで。私と違って、なにかしてないと不安でたまらないあなたのために、やることを与えてあげてるだけよ。無事に産ませることができても、それが異形の子なら未来はない。売り飛ばされるくらいで済むといいわね」

それのどこがいいのかと首を傾げる私に、猿翔が説明してくれる。

「皇室では異形の子は、忌み子として生き埋めにされ、葬られるのが通例なんです」

「そんな……っ」

夫人の子の未来は、私の手にかかってるってこと？

改めて感じる責任の重みに震えていると、「……尿よ」と媛夏妃が呟く。「え？」と聞き返すも、媛夏妃はそれ以上話す気はないらしく、ただ意味深に笑っていた。

「今日は、媛夏妃の違う顔が見られた気がするわ。皮肉も混ざってたけど、助言をくれた。きっと、最後に言ってた尿も……」

笑みも言動もすべてが偽り。道化のように会うたび変わる顔。でも、解決の糸口を作ってくれた。あれは、媛夏妃の中にある医療者の顔？

媛夏妃のことを考えながら、医仙宮までの道のりを歩いていると、「姫さん！」と猿翔に腕を引かれた。強い力でもなかったのに、私の身体はぐらりと傾く。

「……っ、ごめん、強すぎた？　前、段差があるのに気づいてないみたいだったから」

猿翔は転びかけた私の身体を、後ろから支えてくれている。

「あ、ううん、全然強くないわ！　ごめんなさい、これしきのことでふらついて」

慌てて笑みを作れば、猿翔がじっと私の顔を凝視する。

「姫さん、最近無理してない？」

「え？　まあ、忙しいなとは思うけど、琥劉はもっと大変なんだし、泣き言は言ってられないわ」

「琥劉陛下と姫さんは違うでしょ？」

「うん……だから、追いつきたいの」

猿翔は歯がゆそうに肩を竦めると、困ったように笑っていた。


医仙宮に戻った私は、とりあえず夫人の尿を取ってみたのだが、それをどうするべきか考えあぐねていた。ひとまず医仙宮の裏手に置いておき、そのまま忙しくしていたら、その存在を忘れて一日が経った。琥劉も最近はまた、医仙宮に来る頻度が減っている。媛夏妃の冷宮行きで、蛇鴻国を問い詰める証拠が集まり、対決が目と鼻の先に迫ったからだ。六部長官全員が今回の謀反で一斉退任に追い込まれるのが予測できるので、今のうちから密かに不正のない科挙の再実施に向けて案を練っているそうだ。

早朝、私は「ふわあ……」とあくびをしながら、医仙宮の裏手に出た。女官が大桶に汲んできてくれた水がそこにあるので、顔を洗おうと歩いていると――。

「あ!?」と思わず叫んでしまう。尿が入った器に蟻《あり》がたかっていた。慌てて器の前にしゃがみ、それを持ち上げて手で仰ぐように匂いを嗅ぐ。

「甘酸っぱい臭いがする……そうか！　なんで今まで気づかなかったんだろう！」

多忙を極めすぎて、こんな基礎的なことを見落としていたなんて。

「ちょっと白蘭、なに騒いでんのよ？」

目を擦りながら麗玉がやってくる。私は彼女のもとへ走り、その肩をがしっと掴む。

「麗玉！　夫人の食前と食後の尿を取ってきて！」


「おかげで目が完全に覚めたわ」

麗玉は半目で、私に尿の入った器を渡す。「ごめんごめん」とそれを受け取りつつ、一晩置いておいた器にたかる蟻のそばに、今日採取した尿を流してみた。すると、今流した尿にも蟻がぞろぞろとたかる。

「うえっ、なによこれ！」

「腎臓で濾過《ろか》しきれなかった糖が尿に出てるのよ」

血糖値が一六〇から一八〇ミリグラムパーデシリットルを超えると、尿に糖が出てくる。これだけで診断するのは難しいが、妊娠糖尿病は空腹時の血糖値が九十二以上で該当するため、すでになっている可能性がある。食事で制御できない場合はインスリン注射だけど、ないものを欲しがってもしょうがない。今できることをやらなきゃ。

「夫人はもうじき妊娠後期よ。特に高血糖になりやすい。夫人には炭水化物を一度に摂りすぎない、野菜から食べてもらうようにして、血糖値が上がりにくい食事の摂り方、血糖値の上がりやすい食べ物は摂らないように指導をしましょう」

「わかったわ。これからも食前と食後の尿は取り続ける？」

「うん。同じ蟻の数で、どれだけ尿に集まったかを記録するの。それを指標にして、血糖値の上がり下がりを確認していきましょう」

私は部屋から夫人の診療記録を取ってくると、再び器の前にしゃがみ、今いる蟻の数と臭いを記録する。そんな私の顔を、麗玉はなぜか下から覗き込んできた。

「……白蘭、目の下のクマが酷いわよ？」

「え、そう？　鏡を見てないから、わからなかったわ」

麗玉は「もうっ」と怒りながら、私の手を引く。そのまま寝室に直行すると、寝台に無理やり寝かせられた。

「クマの原因は、気の巡りの停滞よ。こういうときは、生姜《しょうが》湿布がいいわ」

麗玉はてきぱきと生姜をすりおろし、湯に入れる。薄布をそこに浸けて絞り、私の目の上に載せた。じんわりと目元が熱くなり、私はほうっと息をつく。すると、私が横になっている寝台の端に麗玉が腰かける気配がした。

「ねえ、白蘭。皇医妃になったばかりなんだし、なにもかも完璧にできなくたって、いいんじゃない？　手が届かないところは、私たちが補うし。私たちはあんたに守られてきた。だからこそ、あんたの役に立ちたいと思ってる。頼って任せてもらえるのは、嬉しいんだからね？」

頼っていないわけじゃなかった。でも、ひとりで背負っているように思わせてしまった……？　そう言えば猿翔も、『最近無理してない？』って心配してたっけ。私、麗玉たちを不安にさせるほど、余裕がないように見えるのかな。

「白蘭は私たちを守ろうとするけど、それと同じくらい自分のことも守ってよ」

「麗玉……うん、ありがとう」

皆を心配させてることにも気づかないほど、視野が狭くなってたんだ。身近にいる人の気持ちにも気づかないで、私に皇医妃なんて務まるのかな……。自分の位が上がって目標に近づいていくたびに、肩にのしかかる重圧も責任も心労も増えていく。琥劉もそうだったのだろうかと考えながら、日々は過ぎていき——。

「昨日、この子の夢を見たんです」

自分のお腹を愛おしむように撫でながら、夫人が言う。

「もうすぐ会えるよって、赤ちゃんが教えてくれたのかもしれませんね」

「ふふ、皇医妃様が言うと、そんな気がしてくるから不思議です。でも……最近、赤ちゃんが大人しい気がして」

自分のお腹を見つめる夫人の眼差しは不安げだった。私はお腹に添えられた彼女の手の甲に、自分の手を重ねる。

「妊娠後期に入ると、お腹の赤ちゃんの動きが少なくなるんです。成長と共に子宮の中が狭くなって、動きづらいんだと思います」

「じゃあ、心配ない？」

「ええ。ただ、糖分を摂りすぎていた時期があるので、早産や赤ちゃんが大きく育ちすぎて難産になることもありえます。なので食事に気をつけて、運動もかかさずする。それで一緒に、出産に向けて備えていきましょう」

彼女の話に付き合ったあと、私は部屋を出る。廊下を歩いていると、秘書のように私についていた灰葬が横に並んだ。

「妃嬪との茶会にも定期的に参加して、冷宮の媛夏妃とも頻繁に面会。この激務の中、裏切り者の夫人の話し相手にまでなってる。自分をいじめるのが好きなんすか？」

「お母さんと赤ちゃんはこの時期、ふたりでひとりなの。お母さんの不安は、赤ちゃんにそのまま伝わって、発育に悪影響を及ぼすこともある。これも大切な治療よ」

「……医仙って、生来の自己犠牲持ちなんすね」

「え？」

「あんたも、あの媛夏妃も、他人のために医仙の力を使って、身も心もすり減らしてる。他人の得にしかならないのに、被虐趣味をこじらせてるとしか」

「その感想は……意外だったな」

　私は大切な人を失わないために、媛夏妃もおそらく生き残るために蛇鴻国の言う通りに医仙の力を使ってきた。被虐趣味をこじらせてるというのも、あながち間違いではない。親友を失った喪失感を忘れるために、人を無心で救い続けてきたからだ。自分では克服したつもりでも、まだその名残が消えていないのかもしれない。

「灰葬は鋭いね」

「は……？　俺、結構失礼なこと言った自覚あるんすけど、怒らないんすか？」

「怒らないよ。気づきをくれる人は、私に必要な人だもの」

「……っ、そう言えば、夫人の献立を変えた女官の件っすけど」

　照れ隠しに話題を変える灰葬に、くすりと笑ってしまう。すると、灰葬はばつが悪そうにうめき、なんてことないようなふりをして続けた。

「献立の変更は医部長官の命っすよ。女官はそれを口外しないように脅されてたみたいっす。後宮を自由に出入りできるのは医者くらいなんで、予想はついてましたけど」

「六部長官の中で唯一、男子禁制の後宮に入れる人……だもの、ね……？」

　話しながら、なぜか世界がぐるんっと回った。「え、主殿！」と珍しく焦った灰葬の声を聞いたのを最後に、私の世界は暗転した。

＊＊＊

猿翔に白蘭が過労で倒れたと聞き、政務を投げだした俺は後宮を足早に歩いていた。

「ごめん、強引にでも姫さんを休ませるべきだった」

「お前のせいではない。止めても聞かないだろう。それが誰かのためなら、余計に」

「そうだね……麗玉も灰葬もそれとなく促してはいたみたいだけど、姫さんは俺たちが心配すると、俺たちを不安にさせたことを気に病むんだ。だから……」

「お前たちの気持ちは、白蘭もわかっているはずだ。俺からも話をしてみる」

改めて白蘭のすごさを思い知る。首輪を繋がれるのをなによりも嫌う者たちに、ここまで懐かれているのだ。

白蘭のいる部屋の前に辿り着くと、扉に手をかけた俺の背に向かって猿翔が言う。

「姫さんがね、琥劉陛下はもっと大変なんだし、泣き言は言ってられないって。だからさ、教えてあげてよ。姫さんに」

猿翔の言わんとすることは、すぐに理解できた。俺は「ああ、わかった」とだけ返し、ひとり部屋に入る。寝台に横たわる白蘭のそばには麗玉が付き添っており、慌てて拝礼をしようとしたため、それを手で制す。

「侍医はなんと言っていた」

「はい、過労だろうと。白蘭は座る暇もないくらい忙しくしています。妃嬪たちが揉《も》めれば食事の途中でも仲裁に入りに行って、そんな暇ないのに夫人とあの蛇女……媛夏妃のところにも通って話し相手になったりして、あまり眠れてないようでした」

「確かに、目の下にクマがあるな。それと、少し痩せたか」

寝台の端に腰かけ、青い顔で眠っている白蘭の目の下を指先で撫でる。寝ている間も誰かの心配をしているのか、眉間には深いしわが刻まれていた。

「単に無理が祟ったとしか言いようがないです！　ほんっとに仕事中毒なんだから！」

口調こそ怒っているが、麗玉も白蘭が心配なのだろう。

ふっと小さく笑えば、麗玉は「へ、陛下？」と狼狽える。

「お前たちも気苦労が絶えんな」

「苦労しているのは、白蘭の方です。私たちが頼りないから……」

「動けない白蘭の代わりに、灰葬は後宮を見回り、猿翔は医仙宮内の女官をまとめ、お前も患者の対応をしていると聞いた。お前たちは立派に務めを果たしている」

でも、麗玉も猿翔も灰葬も、もっと白蘭に寄りかかってほしくて、もどかしいのだ。

「白蘭にとって、お前たちは臣下ではなく仲間だ。ゆえに手足のように使うというのが理解できないのだろう」

「私たちはどうすれば、白蘭を助けられるのでしょうか？」

「対等でいろ。止めたいときは本気で成せ。それでも聞かぬときは、相手を変えようとは思うな。それが白蘭にとって譲れないことなら、白蘭が倒れようとも共に背負え。主が傷つく痛みと無力感をな」

麗玉は目が覚めたかのように、顔を上げる。

「俺も臣下を振り回している自覚があるが、それでもやり遂げねばならぬことがある。そういうとき、共に背負い進んでくれる人間というのは、頼もしいものだ」

「陛下……ありがとうございます。白蘭のこと、よろしくお願いします」

一礼した麗玉は、先ほどよりもすっきりした表情で部屋を出ていく。

守りたいからといって、相手を思い通りに変えようとするのは、こちらの要求を相手に押しつけているだけだ。助言や苦言を呈することはしても、行動を起こすかどうかを決めるのは本人の自由。だから俺は白蘭が突っ走るというのなら、その進む道にできるだろう障害を先回りして取り除くだけだ。

＊＊＊

額に柔らかい感触が落ちてきて目を覚ますと、そばに琥劉がいた。

「あれ……今、何時……？」

「戌《いぬ》の刻だ」

「え──大変っ、夫人のところに行かないと！」

勢いよく上半身を起こすと、またためまいに襲われた。ぐらつく私の身体を支え、琥劉は呆れ気味に、ゆっくりと寝台に横たわらせた。

「お前の仲間たちが対処している。問題があれば、すぐに知らせに来るはずだ」

「そう……私が忙しくなって、みんなにも負担がかかるようになったわ。それだけでも心苦しいのに、仕事を増やして……私の馬鹿！」

ばんっと手足で寝台を叩くと、琥劉は小さく息をつき、私の髪を梳く。

「お前の口癖をそのまま返そう。今は自分のことだけを考えろ。……と言っても、お前には難しいだろう。ゆえに、俺の話に付き合ってくれ」

これは新しい休ませ方だな。嫌です、なんて言えるはずがない。だって、琥劉を喜ばせたいし、私も一緒にいたいから。

「お前が走り続ける理由は……わかっているつもりだ。俺の隣にいるため、大切な者たちを守るため、なのだろう？　なにを成すにも力が要る」

「……そう。それでみんなに心配をかけてしまうとわかってても、それでも……この我が儘を通したいの。私が欲しいもの、失いたくないもののために」

琥劉は全部見透かしたような笑みを浮かべ、私の手を握った。

「俺も同じだ。自分が手に入れたいもの、手放したくないもののために、この命を懸ける。俺たちは変わらなくていい。だが、覚えていてくれ。俺が皇帝になるまでに経験した苦悩を、お前まで背負おうとしなくていい」

「え……」

「同じ経験をしていなければ、俺たちは対等ではないのか？　違うだろう。お前がなんでもかんでも分け合い、背負いたがるのは知っている。だが、俺と比べる必要はない。俺たちは違うからいいんだ」

海底に沈む私を、水面の向こうで淡く照らす月。琥劉は波音を立てることなく、そうやってそっと私を闇から引き上げる。

「転生前、平和な世界で育ったお前だから、無条件に人を信じられる。真っすぐでいられる。お前は自分を我が儘だと言うが、この世界の人間からすれば、お前は善人すぎるくらいだ。それがお前の危うさだ」

「危うさ？」

「関わった人間が傷つけば、自分のことのように胸を痛める。こうと決めたら休むことも忘れて突っ走る。ゆえに俺は、お前が信じる者に裏切られる瞬間や、立ち止まれずに命を落とすお前を想像して……怖くなる」

繋いだ手に力がこもり、私は初めて気づく。天災で死んで、この世界に生まれ変わってから、悔やむよりも進めという思考で生きてこざるを得なかった。前だけを見て走っている間、私は後ろどころかそばにいる人たちすらも振り返っていなかったのだ。

「そうして悩むたび、同じ答えに辿り着く。一度育った人間の根はそう簡単には変わらん。なら、叶えたい願いや救いたい人間のことで頭がいっぱいになり、周りや自分さえも見えなくなったお前を……俺が守ればいいと」

ああ、また驚かされる。琥劉はどんどん強くなって、私を追い越して大人になっていく。だから私も、早く追いつきたいと焦っていた。でも、琥劉から早く皇后になれと、自分と同じところまで来いと急かされたことは一度もない。

「私は……本当に突っ走ってたのね。あなたの苦悩を理解したくて、早く同じ場所に立てば、あなたをひとりにせずに済むと思ってた。だけど……私が窮地に立たされると、私を大切に思う人たちも苦しいんだって学んだはずなのに……懲りないね、私」

「お前はそれでいい。お前もそうやって、変われない俺のそばで、出会ってから即位するまでずっと守ってくれていた。だが、我が儘を言えば……お前が逞しすぎると、見守っている人間は少し寂しいゆえ、こちらにも寄りかかってくれ」

生きているうちに、何度こう思うだろう。私には、この人しかいないと。

「……じゃあ、甘えてもいいかな。私が眠るまで……そばにいて」

琥劉はふっと笑みをこぼし、布団に入ってくると、私を腕の中に閉じ込める。目が覚めたら、猿翔や麗玉、灰葬にももっと寄りかかろう。琥劉の胸に頬を擦り寄せて、そんなことを考えながら、私は夢の世界へと落ちていくのだった。


野菜中心の食事と運動療法を取り入れながら尿検査を繰り返し、臨月になる頃には尿糖も減っていった。無論、運動のために一緒に御花園を歩く際は、猿翔たちにも手伝ってもらい、仕事を背負い込みすぎないように気をつけた。

そして予定よりも早く、夫人におしるしや陣痛、破水といった出産の兆候があった。

「温かいお湯と、布をありったけ持ってきて！」

麗玉や女官たちが忙しなく動き回る中、私はいきみ方を指示し、産児の自然な回旋《かいせん》を助けるよう介助する。血糖が高い時期が長かったので、母親から出てきた産児の頭はやはり大きく難産だったが、八刻ほどかけてようやく――。

「うぎゃあああっ、うぎゃあああっ」

「夫人、男の子ですよ！」

医仙宮に命の誕生を知らせる産声が響き渡った。皆が歓喜の声をあげ、私は生まれたばかりの産児をおくるみに包む。目や鼻に詰まっている羊水を拭い、呼吸しやすいように処置していると、麗玉が赤子を覗き込んだ。

「白蘭、沐浴させなくていいの？」

「赤ちゃんは体温が安定しないの。だから、数日は手ぬぐいで拭くだけに――」

瞼を開いた赤ちゃんの目を見た瞬間、言葉を失った。麗玉はひっと悲鳴をあげ、その場で腰を抜かす。右目だけ黄色く、おまけにひとつの眼球の中に瞳がふたつあるのだ。多瞳孔症《たどうこうしょう》――名前だけは聞いたことがあったが、実際に見たのは初めてだった。それに加えて、左右で瞳の色も違う――先天性の虹彩異色症《こうさいいしょくしょう》。

お産に立ち会っていた女官たちが「重瞳《ちょうどう》！　忌み子だわっ」「色も違うなんて不吉なっ」「猫怪《びょうかい》の赤子よ！」と騒ぎだす。付き添っていた夫人の長女である御女も、口元に手を当て、声も立てられないほど震えあがっていた。

「どうしたのですか……？　私の子に、なにかあったのですか……？」

ただ事ではない空気を感じてか、夫人は不安そうに横になったまま顔だけを上げる。

夫人……。いつまでも隠しておくわけにはいかず、意を決して赤ちゃんを夫人のもとへ連れていく。その姿を見た夫人は、全身をぶるぶると震わせた。

「そんな……猫に憑かれると、目の色が左右で変わると聞くわ。そして重瞳も……双子同様に二心を抱くとして、忌み嫌われる……この子は、猫怪の忌み子なの……？」

赤子を抱きしめ、泣き暮れる夫人にかける言葉を探していると、部屋の外が騒がしくなる。そしてすぐに、猿翔が飛び込んできた。

「皇医妃様、申し訳ございません。医部長官が宦官を引き連れて、医仙宮に押しかけてきました。扉を閉め、灰葬に足止めをさせていますが、時間の問題です」

「最悪ね、赤子は目の色が左右で違う重瞳よ。どうする、白蘭？」

麗玉の言葉で、猿翔も赤子の異変に気づいたらしい。重い空気の中、どうすべきか悩んでいたとき、夫人に腕を強く掴まれた。

「皇医妃様っ、どうか……この子をお助けください！　この城で猫怪の忌み子を産んだなどと知れれば、この子は殺されてしまいます！」

「夫人、もちろんです。とにかく、この子をここから連れ出さないと。猿翔は琥劉に報告、麗玉は夫人をお願い。私は琥劉が来るまで、この子と御花園に身を潜めてるわ」

「待ってください、皇医妃様の護衛は誰が？」

「女官に変装して、裏口から出ようと思ってるの。護衛をつけると目立つから……」

「……なにを言っても止められないと思うから、これだけ。すぐに陛下を連れてくる」

苦しげな笑みを浮かべ、小さく自分の言葉で告げてくれた猿翔。私は想いに応えるように「待ってる」と答え、女官服に着替えると、赤子を抱えて医仙宮を抜け出した。

どうか泣かないで！　そう祈りながら、何度も追手がいないか後ろを振り返りつつ、等間隔で置かれた松明《たいまつ》の明かりを頼りに御花園まで来たとき――。

「おぎゃあっ、おぎゃあっ」

「あそこだ！　あそこに猫怪の忌み子を連れた女官がいるぞ！」

気づかれた！　この子を連れ出したことも、この子の瞳のこともバレてるってことは、医部長官たちは医仙宮に押し入って、私たちのことを聞いたんだ！

全力で走るも、「待て！」「逃げられると思うな！」と宦官が追いかけてくる。

「もう、逃げられないぞ……って、皇医妃様⁉」

池の前まで追い詰められ、振り返った私の顔を見た宦官が目を見張った。

「皇医妃様、その子は猫怪の忌み子です。陛下にお仕えする六部長官のお子が、二心を抱く重瞳など許されないのです」

「違うわ！　そういう病なのよ！　夫人は妊娠中、高血糖で赤子は大きく育ち、難産でした。発達中の色素運搬、産道を通るときの負荷や外傷が引き金となって……っ」

「医妃様、それくらいになさってください。ああ、今は〝皇〟医妃様でしたかな」

私の説明を遮ったのは、医部長官だった。

「ひとつの眼球にふたつの瞳がある上、色も違う病など、聞いたことがありませぬ。さあ、その忌み子を池に遺棄してしまいなさい」

口元に冷笑を湛え、医部長官が歩いてくる。宦官たちの手がいっせいにこちらに伸びてきて、思わず後ずさると、片足がドボンッと水に沈んだ。

え……。気づいたときには、赤子と池の中だった。水を吸った衣服は重く、底に引きずり込まれそうになりながら手足をばたつかせ、赤子と一緒に水面に顔を出す。

「はあっ……げほっ、げほっ……」

赤子の顔が水に浸からないよう陸まで泳いでいくと、待ち受けていたのは——。

「皇医妃様！」

「主殿！」

二本の腕に身体を引き上げられる。地面に膝をついて息を整えたあと、ゆっくり顔を上げると、目の前には猿翔と灰葬の背中があった。

「はあっ……ふたりとも、麗玉と夫人は……？」

前方を警戒したまま、猿翔と灰葬が私を振り返る。

「宮殿には押し入られましたが、無事です。武凱大将軍がふたりをお守りしています」

「向こうの目的は主殿の抱えてる赤子なんで、あっちよりも主殿の方が危ないんすよ」

ふたりの無事がわかり、ほっと息をついたとき、医部長官が怒号を飛ばす。

「ここに陛下が来るのは時間の問題……ええい、なにをしている！　妃嬪様方をお守りするため、猫怪の忌み子を葬り去るのだ！」

医部長官が妃嬪を守るという大義名分の裏側でやろうとしているのは、見せしめだ。他の六部長官に裏切った者の末路を思い知らせるための。そんなことのために、夫人が命懸けで産み、命懸けで生まれた赤子を巻き込むなんて……。

怒りに震えながら立ち上がり、赤子を強く胸に抱いた私は医部長官に向かって叫ぶ。

「猫怪の忌み子？　容姿が理由で殺すというのなら、赤い瞳に白銀の髪をしている私は……わたくしはどうなるのです！　あなた方の言う異形の姿ではありませんか！　この子を殺すというのなら、まずはわたくしから殺《や》りなさい！」

今は医仙であり皇医妃という鎧が必要なときだと、自然にその振る舞いが表に出る。

この世界の人たちが外見の奇形を病ではなく、物の怪の祟や呪いと考えるのは今に始まったことではない。でも、医部長官は違う。夫人が子を産んだのを見計らい、赤子の姿を見る前から医仙宮に乗り込んできたのがその証拠。両目の色が違っても、重瞳でなくとも、きっと他の理由を取ってつけて赤子を手にかけたはずだ。

「この子は、わたくし医仙がこの手で受け止めた命。ここで天が生かした赤子の血が流れれば、天の裁きが下るでしょう。わたくしは皇医妃として、医仙として、この後宮と天意を守ります。後宮に災いを招く医部長官、あなたから！」

悔しげに医部長官が後ずさったとき、宦官たちを押しのけるように、妃嬪たちを引き連れた金淑妃がやってきた。私の前で片膝をつき、声を揃えて拝礼する。

「皇医妃様に、ご挨拶いたします」

「金淑妃、皆さんもどうしてここに……」

「恐れながら、医部長官がわたくしたちを守るためにこのような暴挙に出たと聞き、止めに参りましたわ」

当人は「なんですと！」と反論しようとしたが、金淑妃は喋らせる隙を与えない。

「後宮に忍び寄る死の影を跳ね除けるため、命の誕生をここで迎え、後宮の厄《やく》を払おうとなさった皇医妃様の意思と、わたくしたちの意思は同じ。頼んでもいませんのに、わたくしたちのために赤子を葬り去るなど、正直に申しますと遺憾《いかん》ですわ」

他の妃嬪たちも「陛下の側室であるわたくしたちの意思を代弁する権利が、六部長官にあって？」と加勢する。医部長官や宦官は立つ瀬がなくなった様子で、「くっ」と悔しげな声を漏らす。金淑妃や嬪たちが私を後宮の主として扱ってくれたおかげで、医部長官たちへの抑止力となっていた。

「そこを退きなさい！　陛下の御成《おなり》ですよ！」

英秀様の声が聞こえたと思ったら、人垣が割れて次々とその場にいた者たちがひれ伏していく。その中央を英秀様と戸部長官と共に歩いてきたのは、琥劉だ。

「天の使いである医仙が受け止めた命を奪い、この雪華国に災厄をもたらそうとした者たちは、国への反逆罪として罰する。全員捕らえよ！」

琥劉の一声でぞろぞろと現れたのは、武凱大将軍率いる禁軍だ。

「仰せのままに、陛下」

大薙刀を肩に担ぎ、ニヤリと笑う武凱大将軍のそばには嘉将軍の姿もある。医部長官は「き、禁軍!?」と腰を抜かし、命に従った宦官もろとも縄にかけられていった。

「まさか、禁軍まで動かすとは思いませんでしたよ」

後ろ手に縛られながら、医部長官は最後の足掻きとばかりに不敵に笑い、琥劉を見上げる。琥劉はそんな医部長官を冷ややかに横目で見下ろし、抑揚のない声で答えた。

「国への反逆罪ゆえ、相応の対処をとったまでだ。お前には聞きたいことが山ほどある。牢でゆっくり待っているといい」

琥劉が医部長官と話している間、戸部長官は真っ先にこちらに駆け寄ってきて、

「その子が……？」と震える両手を伸ばしてきた。

「おめでとうございます、男の子ですよ」

戸部長官は赤子を受け取ると、涙を流しながら抱きしめる。

「ああ……生まれてきてくれて、ありがとう。お前がどんな姿でも、私の子だ……っ」

「その赤子を見ていると、今を生きる者たちに過去の罪まで受け継がせるなど、理不尽だと気づかされるな」

戸部長官は驚いたように顔を上げ、いつの間にかそばにいた琥劉を見つめた。

「そのことに俺たち皇室も、お前たちも気づくのが遅すぎたのだ。お前の祖先のしたことは許されることではないが、この時代まで引きずることではない」

「ですが……私たちはすでに一族の恨みに囚われ、多くの罪を……」

「皇室にも責任の一端はあるゆえ、妻子の安全は保障しよう。だが、お前がこたび犯した罪の精算はせねばならん。時が来たら、お前のしたことを包み隠さず話せ」

戸部長官は赤子を強く抱き、揺らがない眼差しで琥劉を見上げた。

「心より償います。そして、この子と家内を守ってくださり、心より感謝いたします」

戸部長官は深々と頭を下げる。止めないといつまでもその体勢から動かなそうだったので、「早く夫人のところへ」と促した。戸部長官は何度も頭を下げながら、医仙宮へと走っていく。その背を見送っていると、力強い腕に抱きしめられた。

「本当は駆けつけてすぐ、こうしたかったのだが……」

「琥劉……ちゃんとわかってるわ。でも、私はそれを望んでなかった。あなたは私の守りたいものを……赤ちゃんを救うためにできることをしてくれたのよね」

背中に腕を回せば、琥劉は『そうだ』と言うように、さらにきつく私を閉じ込める。

「言葉にせずとも、お前が俺の意を察するたびに実感する。心が通じ合っていると」

「ふふ、私もあなたとなにかを乗り越えるたびに、そう思ってるわ」

笑みを交わせば、琥劉は私の顔に張り付いていた髪を耳にかける。どちらともなく、そっと額を重ねると、私たちは無事を確かめ合うように互いの体温を感じていた。

「あなたのおかげで、夫人は無事に男の子を産んだわ」

琥劉と冷宮へ行き、その報告をすると、媛夏妃は当然のように笑みの仮面を被る。

「でも、ひと悶着あったようね。赤子は重瞳で左右の目の色も違ったって。どうやって納得させたか知らないけど、よくそこまで他人のことに必死になれるわね」

「媛夏妃も嫌だったんでしょう？　その子が私たちと同じ経験をするのが。だから、尿糖のことを教えてくれたんじゃない？」

「さあ……？　わからないわ。助けたかったのか、ただの気まぐれか……自分でも」

笑みを浮かべ、首を傾げる媛夏妃。確証はないが、その言葉は嘘ではない気がした。

「本心がわからないのは、つらいことや苦しいことが心を占めてるから。自分が見えないのは、なんのために生きてるのかがわからないから……じゃないかな。あなたはきっと、大きくて大切ななにかを……失くしてしまったのね」

しばらくの間、沈黙が部屋に降りた。ややあって、媛夏妃はぽつりと話し始める。

「……あの世界が壊れて、私は夫と離れ離れになったわ。あの世界に大切な想いを残したまま、私はこの世界にひとり転生した。それからずっと、心は空っぽのまま……」

「あなたも、あの災害を経験したのね。私も、あの世界で親友と離れ離れになって、ずっと自分の中のなにかが欠けてるような……そんな感覚を抱えて生きてたわ」

「人間って不思議よね。生きる目的がなくても、死ぬのは怖いのよ。死ねないから、ただ命を繋ぐために医仙の自分を利用し続けた。そうして気づけば、蛇鴻国の皇帝や獏一族の道具になり果ててたわ」

媛夏妃はそこに見えない血でもこびりついているかのように、自分の手を眺めながら蔑笑した。

「もう後戻りできないほど命を奪いすぎて……私を慕ってくれていた淡慈を殺めたときでさえ、躊躇わなかった。私はそうしてなにも感じず、言われるがままに動く操り人形としてしか、生きていけないのよ」

忙しくすることで忘却しようとした私とは違って、彼女は考えず、抗わず、すべてを放棄することで喪失感から逃れようとしたのだ。

「なにも感じずに生きていくことなど、不可能だ。己を偽るな。お前のしていることは、都合の悪い感情から目を逸らしているにすぎない」

今まで黙っていた琥劉が放った言葉は、彼自身を指している。

「兄上を手にかけてから、心を守るため、己に感情はないのだと思い込んできた。だが感情を抑え込めば抑え込むほど、ふとした瞬間に取り返しのつかない弾け方をする」

血に狂う衝動のことだ、とすぐに察しがついた。

「どんな理由があろうと、自分を守るために逃げ続け、他者を傷つけた罪は背負わねばならない。お前はそれでも、人として壊れていく自分を達観して生きていくのか」

琥劉の言うように、どんな事情があろうと、命を奪った事実は消えない。そして、どこかで今の自分と向き合わなければ、これからも罪を重ねていくことになる。

媛夏妃は、ぼんやりと一点を見つめている。今も彼女は逃げ続けているのだろうか。

「……ねえ、どうして仙人は存在すると思う？」

なんの脈絡もなく、媛夏妃は問いを投げかけてくる。

「あなたはきっと、陛下を皇帝に即位させ、その力で雪華国と、その地に生きる者たちを救い、守るという使命のために、この世界に転生させられたのでしょうね」

私は芽衣を思い出していた。確かに私たち医仙は本人が望む望まないにかかわらず、権力者のそばにいて、芽衣は立国に、私は即位に関わった。

「なら私は？　蛇鴻国の悪行を成就《じょうじゅ》させるためだけに、愛する者と引き離され、転生させられたの？　そんなことのために使われる命に、なんの意味があるの？」

「あなたは、その知恵で夫人とその赤ちゃんを助けたじゃない。少なくともここにふたり、あなたが救った命もあるのよ。だから、もっと助けて」

彼女の前まで歩いていき、足を止める。

「自分で見つけられないなら、私があげる。この世界に転生した意味を」

媛夏妃は私を見上げた。その瞳には縋るような光が見え隠れしている。

「仙人が皆、あの震災で亡くなった人間で、この世界のどの時代に生まれ変わるかはバラバラでも、役割を持って生まれ変わってるのだとしたら。私とあなたが出会ったことにも意味があるはずよ。それは今、戦争を止めることなんじゃないかな」

「蛇鴻国と雪華国の同盟は遅かれ早かれ破綻していた。ある意味、お前という武器を手に入れ、図に乗ったおかげで、蛇鴻国の腹の内が早めにわかったことは、雪華国にとって幸運といえる。寝首を掻く機会を窺っている国との同盟など、組む利はない」

それを聞いた媛夏妃は、ふっとおかしそうに笑ったが、その瞳は潤んでいた。

「いいわ、教えてあげる。あなたたちの知りたがってる、獏一族と蛇鴻国の繋がりを」

媛夏妃の話はこうだ。雪華国に現れた医仙——私が紅い瞳と銀の髪をしているという噂を聞きつけた獏一族は、医仙について調べ始めた。すると獏を破滅させた始皇帝の医仙——芽衣も同じ出で立ちであったことがわかる書物が見つかったそうだ。そこで獏一族は、異国の妓楼に売った咎村の娘も同じ容姿であったことを思い出した。

皇室への報復の機を窺ってきた獏一族は、医仙である媛夏妃の行方を必死に捜し、蛇鴻国の皇帝のもとにいることを突き止めた。

「獏一族は生まれたときから擦り込まれるのよ。雪華国の皇族を許すなってね。虐げられた恨みを晴らし、復権するため、獏一族で医仙でもある私を琥劉陛下と婚姻させ、雪華国を内側から支配するよう蛇鴻国皇帝を唆したのが今の六部長官なのよ」

「医仙は立国の時代から国の栄光の陰に存在する。白蘭の存在でさらなる繁栄を成し遂げるだろうこの国を手に入れる。そんな浅はかな野心が蛇鴻国にもあり、獏一族の話に乗ったというわけか。雪華国は新しい皇帝を迎えたばかりゆえ、動くなら今だと」

「そうよ。ちなみに謀反で死罪になった第四皇子が白蘭を攫い、売ろうとした先は蛇鴻国よ。でも成功しなかったから、国ごと医仙を手に入れようなんて暴挙に出たの」

「その頃から蛇鴻国と獏一族が雪華国の内側に手を忍ばせていたとはな。だが、これで六部長官らを含む獏一族と蛇鴻国の繋がりを証明できる。媛夏妃、俺たちに情報を提供する気になったということは、心が決まったのか？」

「白蘭が……私は命を救える医仙だって言ったから。どの自分が本当の私なのかは、もうわからなくなってしまったけど……どうせ演じるなら、そんな医仙がいい」

清々しい表情で、媛夏妃は格子窓の向こうに広がる青空を見上げる。

「おかげで、生きる目的は見つけられなかったけど、あの人のもとへ帰るときの土産話にできそうな……意味のある死は見つけられそう」

同盟が破棄されれば、媛夏妃は死罪になる可能性もある。その瞬間を待ちわびているかのような微笑みを浮かべている媛夏妃に言葉にならない息苦しさを感じた。

狂っても忘れられない医療者だった頃の善意や、胸の中に残る愛する人への想い。それを捨てきれないからこそ、彼女は壊れるしかなかったのだ。そして、悪夢のようなこの世界での生を終えて、愛する人のもとへ帰りたいのだ。

「媛夏妃――ううん、芙蓉。あの注射器を依頼したのって、あなたなの？　店主が言うには、依頼主は芙蓉って名乗ったって。本名を名乗るなんて、あなたらしくない」

「違うわ。店に依頼したのは淡慈よ。私は平気で、尽くしてくれた人間を切り捨てられるような女よ。きっと、私の本性に気づいて、保身のために私を売ったのね」

「……淡慈は死ぬ間際まであなたを案じてた。罪を重ねるあなたを止めたくても、医仙の力を使わないあなたは、蛇鴻国にとって不要な存在になってしまう。そうなれば、命の保証はない。だから寄り添うことしかできなくて……でも、雪華国で身柄を保護してもらえれば、希望はあるかもしれない。そう思って、あなたの名前を職人に伝えて、私たちが真相に辿りつき、あなたを止めてくれることを願ったんじゃないかな」

芙蓉は目を見張り、やがて不格好な笑みを浮かべて俯くと、震える吐息を吐き出す。

「……他人の都合に振り回されて生きる境遇が似ていたから、気まぐれに優しくしただけなのに……馬鹿ね。こんな私を慕ったりして……」

慈悲もないような言い方だが、声に涙の気配が混じっているような気がした。淡慈と過ごしている間、彼女の孤独が和らいだ瞬間もあったのではないだろうか。

「あなたのために生きた人がいた。それもまた、あなたがこの世界にいる意味よ」

「死を寄せつけない光……誰もがあなたに惹かれる理由が、わかる気がするわ」

眩しそうに私を見上げ、芙蓉が見せた笑みは、本物のような気がした。

五章　立皇

その夜、武葉省の一室で軍議が開かれていた。

「蛇鴻国皇帝は、獏一族である六部長官と謀反を目論み、己の妾を娘と偽り我が国の皇后に据えようとしただけでなく、天然痘を持ち込むなど、侵略ともとれる行いを働いた。もはや、同盟関係にあるとはいえ看過できない状況だ。かの国の罪状及び証拠は十分に揃ったゆえ、近々蛇鴻国皇帝と会談を開く。場所は国境海域、船上だ」

武凱に目をやれば、腕組みをしながら片目を瞑り、口端を上げる。

「新入りたちはいい具合に仕上がってるぞ。いきなり海上戦を経験できんだ、武功を挙げるいい機会だな」

「戦になると決まったわけではありませんよ。ですが実力で選ばれただけあり、この短期間で実践で使えるまでになりました。雪華国の軍事力を見せつけるいい機会です」

この同盟の最大の利は、俺が国内を平定するまでの軍事力の備えだ。雪華国の軍事力が育った今、もはやこの同盟には不利益しかなくなる。

「南方海域は海山が多い。会談を行う船の後方に配備する本隊とは別に、海山の影に別部隊を潜ませるのはいかがでしょう」

地図に指を滑らせる嘉将軍に、俺は頷く。

「後方中央に陽動部隊をあえて配備することで、周囲への警戒を薄めるのか。いいだろう、それでいく」

俺は背を伸ばし、将軍らをひとりひとり見回した。

「皆、よく聞け。下手を打てば開戦となる。我が国を内側から腐らせんとするかの国から、この国を守らねばならん。その時は容赦するな。俺と共に雪華国に勝利を」

将軍らは息を呑み、すぐに「はっ、陛下の仰せのままに」と片膝をつく。

「期待している。それから英秀、兄上に書状を出せ。証人は多いに越したことはない」

細かく説明しなくとも俺の狙いを汲んだ英秀は、「承知いたしました」と即答した。

＊＊＊

蛇鴻国との会談前夜。

軍議が長引いていたのか、琥劉が医仙宮に渡ってきたのは遅い刻限だった。

「戦争になるやもしれん。それでどちらかが命を落とすこともありえるだろう」

そんなことはないと軽々しく言えるほど、ここは甘い世界ではない。

ふたりで寝台に座りながら、私は琥劉の肩に頭を預ける。

「特別なことじゃないわ。人生どころか、世界が終わることだってありえるんだから。なんて……震えながら言うことじゃないわね」

苦笑いしながら、小刻みに震える手を見せると、琥劉に強く握られた。

「俺も同じだ。何度も命を狙われ、死にかけたこともあった。だが、今ほど人生が終わる瞬間を恐れたことはない。俺は……お前ともっと生きていたい」

「琥劉……私もよ。後悔のないように今を生きようっていつも思ってるけど、あなたと離れ離れになったら、やっぱり私は……つらいわ」

想像だけで胸が詰まり、強く目を閉じると、私は苦しみに耐えようとした。

「ならば、再び約束をしよう」

繋いでいた手が私の手首に移り、やんわりと掴まれる。ゆっくりと体重をかけられ、軋む音を響かせながら寝台に押し倒された。真上には琥劉の真剣な顔がある。

「俺たちは互いに離れず、互いを離さないと誓い合ったゆえ、生きるときも死ぬときも共に在ろう」

出会った頃はがらんどうだった瞳が、私の心も映してしまいそうなほど澄んでいる。

「ねえ、琥劉……私の心が見える？」

心が通い合っているのに、前はまだ早すぎると思った。すべてを委ねてもいいと、そう自然に思えるときにこそ、捧げたかったからだ。

「……ああ、見える。俺は……お前の心を深くまで、手に入れることができたのだな」

切なくも嬉しげな声だった。琥劉の顔が近づき、そっと目を閉じる。私の心を暴《あば》いた琥劉の口づけは、どんなに触れても足らないとばかりに深くなっていく。

触れ合えるのが、これで最後かもしれないのなら。なにがあっても、決してほどけない強い結びつきが欲しい。私は我が儘なんだ。好きだ愛してると言葉にしても、されても、もっともっととこの人を求めてる。

互いの肌を温める吐息が、愛してるを伝えてくる。手足を絡め、口づけを欲するように唇を寄せれば、求める心を感じられる。私たちにはもう、言葉は必要なかった。

「万徳《まんとく》殿、我が国の獏の話はご存じで？」

太陽が天頂に昇る頃、船の甲板では齢四十になる蛇鴻国皇帝と雪華国皇帝の会談の席が設けられていた。国境を境に南方と北方には両国の軍船が何艘《そう》も待機している。緊張感が漂う中、ふたりの皇帝は赤い円卓を挟み、悠然と食事をしていた。

「確か、建国時代に貴殿の国を荒らしたとして追放された豪族だとか」

素知らぬ顔で杯を煽る蛇鴻国皇帝の横には芙蓉もいる。私は琥劉の隣に座りながら、平静を装い、料理を口に運ぶだけで精一杯だった。

「ええ。その獏一族が復権を目論み、不正に六部長官の座に就きましてね」

「それは即位したばかりで、琥劉殿も気苦労が絶えませんな」

「お気遣い痛み入る。ですが収穫もありました。その獏一族の中に医仙がいたことがわかったのです。保護しようにも、蛇鴻国の妓楼に売り飛ばされたようで」

「ほう、皇医妃殿の他にも医仙が。蛇鴻国にいるとなれば、私の民でもあるゆえ、力になれることがあれば協力しましょう」

「万徳殿もお人が悪い。その医仙を身請けされたのは万徳殿では？」

ここに来て初めて、蛇鴻国皇帝の笑みが引きつった。

「ご自分の妾になった医仙を貴殿は蛇鴻国の皇女と偽り、私の皇后候補にと婚姻を勧められた。これはどういうことでしょうか」

蛇鴻国皇帝は冷や汗をかきながら、隣の芙蓉を見る。

「媛夏妃は年若い女子《おなご》ゆえ、私のようなおいぼれに嫁がせるのは不憫に思い、養子にしたのです。同盟を強固なものにするためにも、琥劉殿と婚姻関係を結ばせるのが良策と考えただけで他意はない。媛夏妃が獏一族の者であったことは知らなかったが、血の繋がりはなくとも私の娘ゆえ、この同盟に免じて勘弁してやってほしい」

「言い訳はそこまでに。同盟は互いの国を脅かす繋がりであってはならないのですよ」

「なっ……どういう意味かわかりかねる！」

ダンッと円卓を叩く蛇鴻国皇帝にも動じず、琥劉はため息をつきながら腰を上げた。

「では、わからせて差し上げる。……出てこい」

船室から、戸部長官や天然痘を持ち込んだ船員と患者がぞろぞろと現れ、横に並ぶ。

「紹介しよう。左から他の六部長官同様、貴殿と手を組み、我が国の政権を掌握しようとした戸部長官、我が国に疫病を持ち込んだ船員と患者、そして医仙の能力で我が国の後宮妃たちを殺めたのが……貴殿の隣に座っている媛夏妃だ。間違いないな？」

船員は気まずそうに俯き、「俺たちは金を貰って、雪華国に患者を運ぶようにと命じられただけです」「依頼してきたやつは蛇鴻国の紋章がついた剣を持ってました」と言い、患者らは「私たちは急に船に押し込まれたのです！」と涙ながらに訴える。

「お前たち、国父の顔を忘れたのか？　そのような虚言、皇帝への反逆にあたるぞ！」

蛇鴻国皇帝は顔を赤くして憤慨するが、

「我ら獏一族が、復権を望んで万徳陛下と結託したのは事実です」

「わたくしも、雪華国の国母に収まり、琥劉陛下派の高官の勢力を削ぎ、蛇鴻国の息のかかった者に権威を持たせよとの万徳陛下の命を受け、雪華国に嫁ぎました」

そう戸部長官と芙蓉は頭を垂れて証言した。

「世迷言《よまいごと》を！　そのように口裏を合わせて、これは私を陥れるための策略か！」

蛇鴻国皇帝は勢いよく席を立ち、芙蓉や戸部長官らを怒鳴りつける。

「雪華国を乗っ取るべく、我が国の御子《みこ》を生む妃嬪らを殺め、疫病を我が国に持ち込み、我が国の禁忌――獏一族と結束した。貴殿の行いも立派な同盟違反にあたるが？」

「……そこまで断言するとは、我が国を敵に回す覚悟はできているのか」

「貴殿こそ、我が国を敵に回す覚悟がおありか。今挙げた証拠はほんの一部、まだ必要であれば貴殿の前にお持ちしよう」

いよいよ開戦かと、後方に控える軍船からも緊迫感が伝わってくる。

「それにしても、万徳殿は思い切ったことをしてくれた。こたびの件が周辺諸国に明らかになればどうなるか、想像がついていなかったわけではあるまい」

「もしや……他の同盟国が最近よそよそしいのは……」

「想像通り、我が国の第一皇子を出向かせ、こたびの件を密告して回らせた。とはいえ、こちらの話を鵜呑みにできない方もいるゆえ、ここに各国の要人をお招きした」

琥劉がすっと腕を上げれば、海山の影からぞろぞろと軍船が現れた。そこに掲げられた国旗には雪華国を始め、周辺諸国の旗がついたものまである。蛇鴻国皇帝は「なっ」と開いた口が塞がらない様子で、それを眺めていた。

「俺の一存で、あなたは周辺諸国から袋叩きにされるということだ」

蛇鴻国の同盟国に根回しをする。同盟を逆手に取った琥劉の包囲網に、蛇鴻国皇帝は成す術なく、よろよろと椅子に腰かけた。

「貴殿と我が国だけの戦争だけでは済まなくなりそうだな。だが、我が国も波風を立てたいとは思っていない。ゆえに貴殿を見逃す利を掲示していただきたい」

蛇鴻国皇帝は不本意そうに不機嫌な唸り声を漏らし、言葉を絞り出す。

「……媛夏妃との婚姻は破談に。娘は今日にも連れ帰ろう」

「彼女は医仙で獏一族の者。我が国の脅威になり得るゆえ、身柄はこちらで預かる」

「医仙を独り占めする気か！」

円卓に拳を落とす蛇鴻国皇帝に、琥劉は目を細める。

「安易に他国に送り込んだ、貴殿の自業自得だ。我が国は貴殿の出方次第で、同盟を破棄する。医仙ひとりで貴殿は地位も国も失わずに済むのだ。安い代償だと思うが」

医仙を手放したくないというのが本心だろうが、「ぐっ、承知した」と渋々返した。

これで開戦もせず、芙蓉はもう蛇鴻国の道具にならずに済むと安堵したとき――。

「悪の種は摘み取らねば」

芙蓉は不穏な呟きと共に立ち上がった。蛇鴻国皇帝が「おい、なにをしている。これ以上、余計な真似はするな！」と座らせようとしたが、無視して声を張り上げる。

「ああ、我が夫である万徳陛下のため、陛下の妻から娘となり、陛下に愛されたこの身で雪華国に嫁ぎました！　心からお慕いしております陛下が、わたくしに反逆の罪をすべて被り死ねと申されるのなら……喜んで死にましょう！」

舞台役者のように、芙蓉は観客たちを見回しながら声高らかに語り、懐から短剣を取り出す。とっさに動けない私とは違い、琥劉が芙蓉に手を伸ばすが――。

芙蓉は自分の首を大きく横に斬りつけた。ザシュッと肉が裂ける音と共に噴き上げる鮮血が、円卓の料理や私たちの肌と衣服に飛び散る。私は「芙蓉！」と叫び、甲板に倒れた彼女に駆け寄ると、その身を抱き上げて首の傷を止血した。

「同盟を隠れ蓑《みの》に侵略を目論んだだけでは飽き足らず」

「その罪をすべて娘に着せ、切り捨てるとは……愚皇帝にもほどがあるぞ！」

各国の要人たちから非難が飛び交う。この船でされた細かいやりとりは彼らには聞こえていないだろうが、芙蓉の演説を見れば誰が愚か者なのかは一目瞭然だ。

「おのれ、媛夏妃。いつから蛇鴻国を潰すつもりだった」

「ふっ……さあ……？　ずっと前からだった気もするし、最近、そう思い立った気もするわ……」

血を吐きながら笑う芙蓉を、蛇鴻国皇帝は忌々しげに睨み下ろす。

「これでは交渉は決裂……このような事態になった以上、貴様を討ち、すべては周辺諸国と我が国を仲違いさせるための、雪華国の妄言であったと吹き込むほかあるまい」

蛇鴻国皇帝はゆらりと立ち上がり、その目に殺気を走らせるや、円卓を飛び越えて琥劉に斬りかかる。思わず「琥劉！」と叫ぶと、琥劉は身を翻して相手の剣を避け、自身も腰の剣を抜き放ち、「ふっ」と短い息遣いで迎え撃つ。

「白蘭、芙蓉を頼む！」

攻撃の手を休めずに琥劉が言った。周囲では「陛下をお助けするのだ！」と蛇鴻国の船がこちらに向かってくるが——。

「左翼隊、弓を構え！　後方の敵を射抜くのです！」

英秀様率いる軍船が蛇鴻国の軍船に矢の雨を降らせる。武凱大将軍も自分のいる船の上で薙刀を振り回し、敵の矢を薙ぎ払いながら好戦的な笑みを浮かべて叫んだ。

「右翼隊、どんどん乗り込め！　戦果を挙げろ、新入り共！」

武凱大将軍は、英秀様率いる弓兵の攻撃で体勢を崩した敵船に乗り込み、蛇鴻国の兵を討ち取っていく。初めて経験する、国同士の戦に身を震わせていると――。

「俺たちも逃げるぞ！」「人質がいる！　あの女を捕まえろ！」と声がして振り返る。

天然痘を広めた罪で捕らえられていた船員たちがいつの間にか縄から抜け出し、こちらに走ってきていた。芙蓉を抱きしめ、身を硬くすれば、船員の額に暗器が刺さる。

「ぐあああっ」と、耳を塞ぎたくなる悲鳴と共に、頭上からふたつの影が降ってきた。

「あー、自力で縄を切ったのか。馬鹿っすね、大人しくしてれば死なずに済んだのに」

環首刀を一回転させながら、灰葬は別の船員を斬り伏せる。

「怪我はない？　俺の姫さん」

私を庇うように立っていた猿翔は、いつもの女官姿ではなく護衛役の格好だ。こちらを振り返り、片目を瞑って笑っている。

「ふたりとも……！　うん、平気よ。ありがとう！」

思わず泣きそうになりながら答える。今頃、麗玉も軍医たちと負傷者の手当てに走っているはずだ。私は護衛をふたりに任せ、芙蓉の患部を見る。

傷が深い……それも、この吹き出すような出血。傷ついたのは動脈！

私は懐から包みを取り出して開き、蓬を傷口に塗り込んで、再び圧迫止血をする。

「これが意味のある死だっていうの⁉」

剣がぶつかり合い、矢が風を切り、怒号や悲鳴が飛び交う中、私は声を張り上げた。

円卓から転がり落ちていた酒壺を引き寄せ、包みの中の針と糸を手に取ると、傷口と一緒に消毒する。すぐに縫合しようとしたのだが、芙蓉が針を持つ私の手を掴んだ。

「離して！　私は淡慈にあなたのことを託されたの！　死なせるわけにはいかない！」

「雪華国の未来に……私の存在は、影をもたらしてしまう……」

苦しげに顔を歪めつつも、口端にやはり笑みを絶やさず、彼女は言う。

「私は……曲がりなりにも、同盟国の皇女……万徳は雪華国にいる私を利用して、娘を雪華国に奪われた……医仙をふたりも手に入れて、今度は周辺諸国を脅かすつもりだと噂し……雪華国を追い詰める。そういう……男なのよ、あいつは……」

「……っ、こんなことをしたのは、自分を利用させないため？」

「言ったでしょう、悪の種を摘み取るって……私は、あなたたちが築く国の陰りになってはいけない……理不尽しか与えてくれないこの世界が、壊れることだけを祈っていた私にも……この世界に生まれ変わった意味が……本当に、あるのなら……この生を以て……贖罪《しょくざい》を……私の命を……正しく、使って……」

そう言って、芙蓉は私にその意図を耳打ちする。

「芙蓉、あなた……」

「私を……本当の医仙に、してね……白蘭……」

目を閉じた芙蓉の身体から、ふっと力が抜ける。逝ってしまった。あの世界を共に懐かしみ、世界が壊れる絶望を理解し合える唯一の人が。

しばらく動けずにいた私は、ゆっくりと深呼吸をする。私にはやるべきことがある。無駄にしてはいけない、芙蓉が命懸けでくれた雪華国を守るための切り札を。

『これは、いい機会よ……私を本来の姿に戻して』

私は船の端にある桶を手に取り、彼女の髪の染料を落とす。彼女は取り寄せていた指甲花ではなく、墨で髪を黒くしていた。

芙蓉、あなたは……。目の奥が熱くなり、涙で視界がぼやけるが、私は手を動かす。

彼女の瞳から透鏡を外し、本来の姿に戻すと、その身体を抱きしめながら叫んだ。

「なんて罪深い！　仙界は同胞を奪ったかの国をきっと許しはしないでしょう！」

本当に天が味方しているかのように、風が私の声を海に響かせる。皆が戦いの手を止め、「あの髪色……」「皇女は医仙だったのか？」と、ざわつく。

『周辺諸国にも侵略しようなんて気を起こさせないように、私たちの強みを使うの。

雪華国の強さを……知らしめるのよ』

「仙人は天より下界を見ています！　雪華国に手を出す者、他の仙人が同じような末路を辿るようなことがあれば……天は、その者を許さない！」

皆が息を呑む気配を肌で感じる。そのとき、琥劉の隙を突いて蛇鴻国皇帝が剣を振るう。それをふっと息を吐き、薙ぎ払った琥劉は、その喉元に切っ先を突きつけた。

「医仙の加護は雪華国にあり！　これからも雪華国は天界と地上に住まう者たちを守るため、剣を取るであろう！」

腰を抜かし、震えあがっている蛇鴻国皇帝を一瞥《いちべつ》したあと、「捕らえよ！」と琥劉は猿翔と灰葬に命じる。頭が捕まったことで雪華国の勝利は決まり、歓声が上がった。

そんな中、喜ぶこともできずに芙蓉を抱きしめていた私のもとへ琥劉がやってくる。

「琥劉……芙蓉は取り寄せてた指甲花を使ってなかった。髪染めを使ってたなら、水をかけたくらいで、こんなふうに髪の先まで綺麗に落ちることはないわ。きっと紅禁城に来たときから、墨で髪を黒くしてたのよ」

思い返せば、事情を知っている淡慈以外の女官に、わざわざ指甲花や透鏡を取り寄せていることを話すなんて、芙蓉にしては迂闊《うかつ》すぎる。私たちに自分の素性を気づかせるためだったとしか思えない。

「私……思うの。芙蓉は心のどこかで、道具になんかなりたくない、雪華国に害を成す蛇鴻国を止めなきゃって思ってたんじゃないかって」

ああ、そうか……淡慈はただ芙蓉を止めたかったんじゃない。その気持ちに気づいていたから、私たちに芙蓉の正体の手掛かりを残したんだ。

「そうかもしれないな。ただ、悲しみを受け入れられず、心から目を背けていたせいで、その気持ちも見えなくなっていたのだろう。だが、お前が芙蓉の本当の願いを、芙蓉自身に気づかせた。最期に芙蓉を救いの医仙にしたのは、お前だ」

「……っ、そうだといいな」

血だらけの彼女の羽織を脱がせ、自分の羽織に着替えさせてやり、組んだ手に円卓に飾られていた花を持たせた。

「もう決して、あなたを誰にも利用させない」

琥劉の手を借りて亡骸を海に返す。沈んでいくその姿を見送っていたら涙が流れた。

「さようなら、芙蓉。もうひとりの……医仙」

もっと違う出会い方ができていれば……。そう思わずにはいられなくて泣く私を、琥劉がそっと抱き寄せてくれていた。

皇帝が失脚し、蛇鴻国は雪華国の属国となった。統治は琥劉が行うそうだ。謀反を起こした六部長官は戸部長官を除き全員投獄され、近々新たに科挙が実施される。

皇后候補であった芙蓉も亡くなり、ついに皇医妃の私が皇后に即位する時が来た。

大扉が開き、龍鳳《りゅうほう》が飾られた金の輿が紅禁城最大の正殿――『雪華殿』の大門から入っていく。広大な敷地の中には何万という参列者が並んでいた。私は黄金の花冠の中に髪をまとめ、額に雪華の化粧を施し、金糸の龍鳳が刺繍された赤の襦裙を着ている。皇后の正装に身を包んだ私を待っていたのは、同じく皇帝の正装をした琥劉だ。

「綺麗だ。俺の皇后、白蘭」

優しい笑みを湛え、差し伸べられる琥劉の手。それを迷わず取って輿を降りると、そのまま手を引かれて歩いていく。横を通るたびに皆が跪いていき、長い階段を上がりながら仲間たちを見つめた。皆のおかげで、ようやくここまで辿り着いた。

「おふたりの長寿を祈る菊酒でございます」

杯を持ってきた女官姿の猿翔は、皆に気づかれないように片目を瞑って笑った。私も笑みを返し、酒を飲むと、琥劉と並んで皇后の金印が中央に置かれた御座につく。その瞬間、皆が立ち上がり「皇后陛下万歳、万歳！」と口々に叫んだ。

「白蘭、手を」

言われた通りに手を出すと、そっと掬うように握られた。左の薬指に、紅と蒼《あお》の翡翠の花があしらわれた金の指輪がはめられる。

「琥劉、これ……」

「お前の世界では、こうして指輪を交わし、愛を誓い合うのだろう」

ぼやける視界の中、琥劉の手にも同じ指輪がはめられているのが見える。琥劉は柔らかな笑みを浮かべ、私の涙を指で掬った。

「お前は決して黒く染まらない雪華のような女だ。俺はその花の美しさや香りに癒され、守られている。ゆえに、決して誰にも手折《たお》らせない。永久に慈しみ、永久に愛で、散る時も共に風に攫われよう。そして、来世でもお前を離さない」

「……もし、また生まれ変わる時が来ても、あなたのいる世界がいい。だから、ちゃんと見つけてね。今度は私も、探しに行くから」

私たちは約束するように、指輪がはまっている方の手を指を絡ませながら固く握る。

「俺たちは太陽であり月だ。黄昏《たそがれ》に寄り添い互いを支え合うときもあれば、昼と夜、正反対の空に浮かび、それぞれの役割を果たし、その下で生きる者たちを照らす」

「ええ、私たちが感じた幸せを、みんなにも返していきましょう」

始皇帝時代から何千年とかかり、医仙が再び雪華国の皇后となった。雪華が舞う中、めでたいと喜ぶ臣下や民に祝福され、私たちはお互いだけを見つめて口づけを交わす。

これはただの看護師だった私が、医仙、後宮妃、そして皇后となって愛する人の隣に立つ、数奇な運命の物語。


（完）

あとがき

こんにちは、涙鳴《るいな》です。本作をお手に取ってくださり、ありがとうございました。ありがたいことに、二巻を出していただけることになりました。一巻で白蘭が皇后になると言っていたのに、皇后にしてあげられなかったら悲しいので（笑）この二巻で無事に皇后にしてあげることができて、ほっとしています。これでやり残したことはない……はずですので、ご安心ください！

今回は白蘭が皇后になるため、夫婦になるために、ふたりに必要な課題はなんだろうと考えて書きました。

それから、前回は即位までピリついた状態が続いていたので、二巻では白蘭と琥劉が恋人として過ごすシーンを増やせたらと追加してみました。でも、やっぱりバタバタしていて、忙しくなってしまいましたね……。

読者の皆様の感想はできるだけ拝見させてもらっておりまして、こんなシーンが見たかったとか、ここが物足りなかったなどなど、それをひとつひとつ反映できたらいいなと、参考にさせていただいております。

逆にここが楽しかった、という部分はたくさん盛り込みました。いろんな気づきをくれる読者の皆様に感謝しております。

最後になりますが、ここまで書ききることができましたのは、読者の皆様のおかげです。また、今作を書籍化するにあたり、一巻同様にイラストで物語に命を吹き込んでくださった漣《さざなみ》ミサ先生。担当編集の森上《もりうえ》様、編集協力の小野寺《おのでら》様、校閲様、デザイナー様、販売部の皆様、スターツ出版様。

そして、なにより読者の皆様に心より感謝いたします。

涙鳴

この物語はフィクションです。実在の人物、団体等とは一切関係がありません。

涙鳴先生へのファンレターのあて先
〒104-0031　東京都中央区京橋1-3-1　八重洲口大栄ビル7F
スターツ出版（株）書籍編集部 気付
涙鳴先生

後宮医妃伝二～転生妃、皇后になる～

2022年10月28日　初版第１刷発行

著　者　　涙鳴　©Ruina 2022

発 行 人　菊地修一
デザイン　フォーマット　西村弘美
　　　　　カバー　おおの蛍（ムシカゴグラフィクス）
編　　集　森上舞子
発 行 所　スターツ出版株式会社
　　　　　〒104-0031
　　　　　東京都中央区京橋1-3-1　八重洲口大栄ビル7F
　　　　　出版マーケティンググループ　TEL 03-6202-0386
　　　　　（ご注文等に関するお問い合わせ）
　　　　　URL　https://starts-pub.jp/
印 刷 所　大日本印刷株式会社

Printed in Japan

ISBN　978-4-8137-1341-8　C0193

スターツ出版文庫　好評発売中!!

『余命　最後の日に君と』

余命を隠したまま恋人に別れを告げた主人公の嘘に涙する（『優しい嘘』冬野夜空）、命の期限が迫る中、ウエディングドレスを選びにいくふたりを描く（『世界でいちばんかわいいきみへ』此見えこ）、大好きだった彼の残した手紙がラスト予想外の感動を呼ぶ（『君のさいごの願い事』蒼山皆水）、恋をすると寿命が失われる病を抱えた主人公の命がけの恋（『愛に敗れる病』加賀美真也）、余命に絶望する主人公が同じ病と闘う少女に出会い、希望を取り戻す（『画面越しの恋』森田碧）――今を全力で生きるふたりの切ない別れを描く、感動作。

ISBN978-4-8137-1325-8／定価704円（本体640円+税10%）

『だから私は、今日も猫をかぶる』　水月《みずき》つゆ・著

母が亡くなり、父が再婚したことがきっかけで〝いい子〟を演じるようになった高２の花枝七海。七海は家でも学校でも友達といるときも猫をかぶり、無理して笑って過ごしていた。そんなある日、七海は耐え切れず日々の悩みをＳＮＳに吐き出す。すると突然“あお先輩”というアカウントからコメントが…。『俺の前ではいい子を演じようと無理しないで。ありのままでいて』そんな彼の言葉に救われ、七海は少しずつ前へと進みだす――。自分と向き合う姿に涙する青春恋愛物語。

ISBN978-4-8137-1327-2／定価660円（本体600円+税10%）

『鬼の生贄花嫁と甘い契りを三～鬼門に秘められた真実～』　湊祥《みなとしょう》・著

鬼の若殿・伊吹から毎日のように唇を重ねられ、彼からの溺愛に幸せな気持ちいっぱいの凛。ある日、人間界で行方不明者が続出する事件が起き、被害者のひとりは、なんと凛の妹・蘭だった。彼女はかつて両親とともに凛を虐げていた存在。それでも命が危うい妹を助けたいと凛は伊吹に申し出、凛のためなら一緒に立ち向かうと約束してくれる。狛犬の阿傍や薬師・甘緒の登場でだんだんと真実に迫っていくが、伊吹と凛のふたりの愛を引き裂こうとする存在も現れて…⁉　超人気和風あやかしシンデレラストーリー第三弾！

ISBN978-4-8137-1326-5／定価671円（本体610円+税10%）

『後宮薬膳妃～薬膳料理が紡ぐふたりの愛～』　朝比奈希夜《あさひなきよ》・著

薬膳料理で人々を癒す平凡な村娘・麗華。ある日突然、皇帝から呼び寄せられ後宮入りすると、そこに皇帝として現れたのは、かつて村で麗華の料理で元気になった青年・劉伶だった。そして麗華は劉伶の専属の料理係に任命されて…⁉　戸惑う麗華だったが、得意の料理で後宮を癒していく。しかし、ただの料理係だったはずが、「麗華を皇后として迎え入れたい」と劉伶のさらなる寵愛を受けて――。薬膳料理×後宮シンデレラストーリー。

ISBN978-4-8137-1328-9／定価682円（本体620円+税10%）

スターツ出版文庫　好評発売中!!

『わたしを変えた夏』

普通すぎる自分がいやで死にたいわたし（『だれか教えて、生きる意味を』汐見夏衛）、部活の人間関係に悩み大好きな吹奏楽を辞めた紘葉（『ラジオネーム、いつかの私へ』六畳のえる）、友達がいると妹に嘘をつき家を飛び出した僕（『あの夏、君が僕を呼んでくれたから』栗世凛）、両親を亡くし、大雨が苦手な葵（『雨と向日葵』麻沢奏）、あることが原因で人間関係を回避してきた理人（『線香花火を見るたび、君のことを思い出す』春田モカ）。さまざまな登場人物が自分の殻をやぶり、一歩踏み出していく姿に心救われる一冊。

ISBN978-4-8137-1301-2／定価704円（本体640円+税10%）

『きみと僕の5日間の余命日記』　小春《こはる》りん・著

映画好きの日也は、短編動画を作りSNSに投稿していたが、クラスでバカにされ、孤立していた。ある日の放課後、校舎で日記を拾う。その日記には、未来の日付とクラスメイトの美女・真昼と出会う内容が書かれていた——。そして目の前に真昼が現れる。まさかと思いながらも日記に書かれた出来事が実際に起こるかどうか真昼と検証していくことに。しかし、その日記の最後のページには、５日後に真昼が死ぬ内容が記されていて…。余命×期限付きの純愛ストーリー。

ISBN978-4-8137-1298-5／定価671円（本体610円+税10%）

『夜叉の鬼神と身籠り政略結婚四～夜叉姫の極秘出産～』　沖田《おきた》弥子《やこ》・著

夜叉姫として生まれ、鬼神・春馬の花嫁となった凛。政略結婚なのが嘘のように愛し愛され、幸せの真っ只中にいた。けれど凛が懐妊したことでお腹の子を狙うあやかしに襲われ、春馬が負傷。さらに、春馬ともお腹の子の性別をめぐってすれ違ってしまい…。春馬のそばにいるのが苦しくなった凛は、無事出産を迎えるまで、彼の知らない場所で身を隠すことを決意する。そんな中、夜叉姫を奪おうと他の鬼神の魔の手が伸びてきて…⁉鬼神と夜叉姫のシンデレラストーリー完結編！

ISBN978-4-8137-1299-2／定価660円（本体600円+税10%）

『後宮の生贄妃と鳳凰神の契り』　唐澤《からさわ》和希《かずき》・著

家族に虐げられて育った少女・江瑛琳。ある日、瀕死の状態で倒れていた青年・悠炎を助け、ふたりの運命は動き出す。彼は、やがて強さと美しさを兼ね備えた国随一の武官に。瑛琳は悠炎を密かに慕っていたが、皇帝の命により、後宮の生贄妃に選ばれてしまい…。悠炎を想いながらも身を捧げることを決心した瑛琳だが、神の国にいたのは偽の鳳凰神で…。そんなとき「俺以外の男に絶対に渡さない」と瑛琳を迎えに来てくれたのは真の鳳凰神・悠炎だった——。生贄シンデレラ後宮譚。

ISBN978-4-8137-1300-5／定価638円（本体580円+税10%）

スターツ出版文庫　好評発売中!!

『壊れそうな君の世界を守るために』　小鳥居《ことりい》ほたる・著

高校二年、春。杉浦鳴海は、工藤春希という見知らぬ男と体が入れ替わった。戸惑いつつも学校へ登校するが、クラスメイトの高槻天音に正体を見破られてしまう。秘密を共有した二人は偽の恋人関係となり、一緒に元の体へ戻る方法を探すことに。しかし入れ替わり前の記憶が混濁しており、なかなか手がかりが見つからない。ある時過去の夢を見た鳴海は、幼い頃に春希と病院で出会っていたことを知る。けれど天音は、何か大事なことを隠しているようで…。ラストに明かされる、衝撃的な入れ替わりの真実と彼の嘘とは——。

ISBN978-4-8137-1284-8／定価748円（本体680円+税10%）

『いつか、君がいなくなってもまた桜降る七月に』　八《はち》谷《や》紬《つむぎ》・著

交通事故がきっかけで陸上部を辞めた高２の華。趣味のスケッチをしていたある日、不思議な少年・芽吹が桜の木から転がり落ちてきて毎日は一変する。翌日「七月に咲く桜を探しています」という謎めいた自己紹介とともに転校生として現れたのはなんと芽吹だった——。彼と少しずつ会話を重ねるうちに、自分にとって大切なものはなにか気づく。次第に惹かれていくが、彼はある秘密を抱えていた——。別れが迫るなか華はなんとか桜を見つけようと奔走するが…。時を超えたふたりの恋物語。

ISBN978-4-8137-1287-9／定価693円（本体630円+税10%）

『龍神と許嫁の赤い花印～運命の証を持つ少女～』　クレハ・著

天界に住まう龍神と人間である伴侶を引き合わせるために作られた龍花の町。そこから遠く離れた山奥で生まれたミト。彼女の手には、龍神の伴侶の証である椿の花印が浮かんでいた。本来、周囲から憧れられる存在にも関わらず、16歳になった今もある事情で村の一族から虐げられる日々が続き…。そんなミトは運命の相手である同じ花印を持つ龍神とは永遠に会えないと諦めていたが——。「やっと会えたね」突然現れた容姿端麗な男・波琉こそが紛れもない伴侶だった。『鬼の花嫁』クレハ最新作の和風ファンタジー。

ISBN978-4-8137-1286-2／定価649円（本体590円+税10%）

『鬼の若様と偽り政略結婚～十六歳の身代わり花嫁～』　編乃《あみの》　肌《はだ》・著

時は、大正。花街の料亭で下働きをする天涯孤独の少女・小春。ところがその料亭からも追い出され、華族の当主の女中となった小春は、病弱なお嬢様の身代わりに、女嫌いと噂の実業家・高良のもとへ嫁ぐことに。破談前提の政略結婚、三か月だけ花嫁のフリをすればよかったはずが——。彼の正体が実は"鬼"だという秘密を知ってしまい…!?　しかし、数多の縁談を破談にし、誰も愛さなかった彼から「俺の花嫁はお前以外考えられない」と、偽りの花嫁なのに、小春は一心に愛を注がれて——。

ISBN978-4-8137-1285-5／定価649円（本体590円+税10%）

スターツ出版文庫　好評発売中!!

『この雨がやむまで、きみは優しい嘘をつく』　此見《このみ》えこ・著

母子家庭で育った倉木は、病気の妹の治療費のために野球をやめ、無気力に生きていた。そんなある雨の日、「あなたを買いたいの」とクラスメイトの美少女・春野に告げられる。彼女は真顔で倉木の時間を30万円で買うと言うのだ。なぜこんな冴えない自分を？　警戒し断ろうとした倉木だが、妹の手術代のことが浮かび、強引な彼女の契約を受け入れることに…。しかし、彼女が自分を買った予想外の理由と過去が明らかになっていき——。ラスト彼女の嘘を知ったとき､切ない涙が溢れる｡痛々しいほど真っ直ぐで歪な純愛物語。

ISBN978-4-8137-1271-8／定価660円（本体600円+税10%）

『すべての季節に君だけがいた』　春田《はるた》モカ・著

「延命治療のため、年に四週間しか起きていられませんがよろしくお願いします」という衝撃の一言とともにずっと休学していた美少女・青花が禄の前に現れた。あることがきっかけで彼女と放課後一緒に過ごすことになり、お互い惹かれあっていくが…。「大切な人がいない世界になっていたらと思うと朝が怖いの——。」今を一緒に生きられない青花を好きになってしまった禄。青花の病状は悪化し、新しい治療法の兆しが見え長い眠りにつくが、彼女にある悲劇が起こり…。ただ一緒に時を過ごしたいと願う二人の切なすぎる恋物語。

ISBN978-4-8137-1272-5／定価715円（本体650円+税10%）

『後宮医妃伝～偽りの転生花嫁～』　涙鳴《るいな》・著

平凡な看護師だった白蘭は、震災で命を落とし、後宮の世界へ転生してしまう。そこで現代の医学を用いて病人を救ってしまい、特別な力を持つ仙女と崇められるように。噂を聞きつけた雪華国の皇子・琥劉に連れ去られると、突然「俺の妃となり、病を治せ」と命じられて⁉　次期皇帝の彼は、ワケありな病を抱えており…。しかし、琥劉の病を治すまでのかりそめ妃だったはずが、いつしか冷徹皇子の無自覚天然な溺愛に翻弄されて——⁉　現代の医学で後宮の病を癒す、転生後宮ラブファンタジー。

ISBN978-4-8137-1270-1／定価737円（本体670円+税10%）

『龍神様の求婚お断りします～巫女の許婚は神様でした～』　琴織《ことおり》ゆき・著

神を癒す特別な巫女として生まれ、天上の国で育った・真宵。神と婚姻を結ばなければ長く生きられない運命のため、真宵に許婚が決められる。なんと相手は、神からも恐れられる龍神・冴霧。真宵にとって兄のような存在であり、初恋の相手でもあった——。「俺の嫁に来い、真宵」冴霧からの甘美な求婚に嬉しさを隠せない真宵だったが、彼の負担になってしまうと身を引こうとするけれど…⁉　その矢先、ふたりを引き裂く魔の手まで伸びてきて…。「俺がお前を守る」神様と人間の愛の行方は…⁉

ISBN978-4-8137-1273-2／定価693円（本体630円+税10%）

書店店頭にご希望の本がない場合は、書店にてご注文いただけます。